小学館文庫

人面島

中山七里

小学館

◉目次

人面島

一　忘れられた島

I

長崎県平戸《ひらど》市から海上を北へ三十キロほど行くと、面積二十キロ平米少々の小島が浮かんでいる。その名を仁銘島《じんめいとう》と呼ぶ。

人口わずかに四百十二人。本島への行き来は連絡船に頼るのみだが、それとても一日に二往復しかしない。まさに絶海の孤島と言っていいだろう。遣隋使《けんずいし》・遣唐《とう》使の時代より寄港地の一つとして利用され、当時は重要な交通拠点でもあったが、明治維新からは平戸をはじめとした周辺の大きな港にその役割を奪われ、今では利用する者は島の住民だけとなっている。

八月末、相続鑑定士の三津木六兵《みつぎろっぺい》はその連絡船に乗り、仁銘島に向かっていた。

船のエンジン音に波しぶきの音が重なり、振動に身を任せていると睡魔が襲ってきそうになるものだが、三津木は逆に落ち着かない。デッキの手摺《てす》りにしがみついて襲い来る船酔いに耐えている。

山村で生まれ育った三津木にとって海は解放感溢《あふ》れる別天地ではなく、周囲に縋《すが》るものが何もない不安な空間でしかない。広場恐怖症とまではいかないが、大海原に放り出されると立っていられなくなる。そういえば海で育った者が山林に足を踏み入れると圧迫感に襲われるというから、これは生育環境のせいに違いない。

鼻腔《びこう》に侵入してくる潮の香りが嘔吐《おうと》感を更に促す。しばらく堪《こら》えていたが、やがて胃の内容物が逆流した。

「げぼぼぼぼぼぼぼ」

海に向かって思いきり吐き出すと、涙と鼻水で顔はびしょ濡《ぬ》れになった。

吐瀉《としゃ》物を喉に詰まらせて咳《しわぶ》いていると、背中を擦《さす》る者がいた。

「船に弱いなら弱いと、前もって言ってくれんと」

呆《あき》れ半分に嘆いたのは、今回の依頼人である馬喰敬久《ばくろうたかひさ》弁護士だ。

「揺れが、ホントに、ひどくって」

「乗船してまだ一分も経《た》っておらんじゃないか。言っておくが今日は少し時化《しけ》気味だから、この先もっともっと揺れが」

「げぼぼぼぼぼぼぼ」

「うわ」

今朝食べた納豆定食どころか昨晩のラーメン定食も全部戻した。未消化の麺が見えたから間違いない。

「他に、船に強い人はいなかったのかね」

「不動産鑑定士の資格を持っているのが、僕を含めて三人だけなので」

その三人のうち二人は別の案件で北関東と関西に出張しているので、残った三津木が仁銘島に遣《や》られたのだ。

三津木の勤める〈古畑《ふるはた》相続鑑定〉はその名の通り相続財産の鑑定事務所だ。平成二十七年一月から相続税法改正で相続の基礎控除額が引き下げられ、相続税の課税対象者は従来の一・八倍に膨れ上がった。以来〈古畑相続鑑定〉の受注は年々増え続けているが、所長の蟻野弥生《ありのやよい》は一向にスタッフを増やそうとしない。

「確かに土地家屋の鑑定ができなければ意味がないなあ。何しろ鴇川《ときかわ》家の相続財産といえば不動産しかない」

仁銘島の村長を務める鴇川行平《ゆきひら》が亡くなったのは四日前のことだった。享年八十。平戸で行われた村長懇親会の宴席で突然人事不省に陥り、そのまま病院に搬送されたもののクモ膜下出血での死亡が確認された。ところが行平は生前に遺言書を残していなかったため、遺産分割協議に馬喰弁護士が駆り出されたという次第だ。三津木は相続財産の鑑定を行い馬喰に報告、必要であれば相続に関する助言を許されている。

「不動産しかないのなら、路線価で凡《おおよ》その価格は分かるんじゃないですか」

口にしてからしまったと思った。相続財産である不動産の鑑定を依頼されているというのに、下手をすれば島に到着した時点でお払い箱ではないか。

「路線価方式でも倍率方式でも算定が難しい。島には路線価が表示された場所がなく、しかも相続財産である地所が広すぎて参考にもならないんだ」

一般に土地の価格は一物四価といわれており、時価（実勢価格）・公示価格（公示地価）・相続税評価額（路線価）・固定資産税評価額が数えられる。相続税の算出には基本的に路線価が適用される。

路線価方式は路線価が定められている地域の評価方法で、道路に面した宅地一平方メートル当たりの価格を各種補正した後に、土地の面積を乗じて計算する。だが島に路線価の決まった場所がなければこの計算式は使えない。

倍率方式は路線価が定められていない地域での評価方法で、その土地の固定資産税評価額に一定の倍率を乗じる計算方法だ。だが対象とする地所が極端に広いと、実勢価格との乖離《かいり》が大きくなるのでこれも採用は難しくなる。

「地所が広すぎてって、いったいどれくらいの広さなんですか」

「島の宅地の三分の二が鴇川家の所有だよ」

「え。三分の二もですか」

「島民のほとんどが鴇川家が所有する家屋や土地を借りて生活している。鴇川家は島民からの家賃や地代収入で生活の糧を得ている」

離島の地価は著しく低い。賃貸料にしても地方都市のそれに遠く及ばない。しかし土地だけでも二百五十余人の住民に貸しているとなれば話は別だ。

「相続財産の条件が特殊過ぎて弁護士でも算定が難しい。わざわざ〈古畑相続鑑定〉に依頼したのはそういう事情からだよ」

では仁銘島における宅地は全体の何割程度になるのか。三津木はスマートフォンを取り出して島の画像を検索する。航空写真さえ見れば、宅地とその他の山林等の分布状況が凡そ把握できるはずだった。

だが最初に表示された仁銘島の全体像を見た瞬間、三津木はぎょっとした。

「ああ、初めて上からの写真を見た人は大抵驚くわね」

肩越しに画像を眺めていた馬喰はさもありなんといった口調で笑う。

島は縦に伸びた楕円《だえん》形をしており、中央に二つの池が横に並んでいる。港は西側に位置しているが、それとは別に南側が大きな入り江になっている。水辺が東西に深く切れ込んでおり、三日月を形作っている。

それは、まるで人の顔だった。

「こちらに向かって嗤《わら》っているように見えるだろう。だから島の正式名称は仁銘島だが、この辺りじゃあ人面島で通っている」

人面島。

改めて見ると、島が左右の口角を上げて三津木を嘲笑《あざわら》っているようだった。

仁銘島の港は狭く、みすぼらしく、そしてすっかり老朽化していた。観光地ではないにしても、もう少し手を入れればいいのにと思ったが、港の有様が島の財政事情を如実に物語っている。

「やあやあ、馬喰先生」

港で馬喰と三津木を出迎えたのは、赤ら顔の老人だった。ひどく上機嫌だが、馬喰の方はちらと煩《うるさ》そうに顔を顰《しか》めてからすぐ愛想笑いに切り替えた。

「毎度辺鄙《へんぴ》なところに呼んで申し訳ないな」

「仕事ですからね。こちらは仁銘島の漁業組合長の佐倉豪造《さくらごうぞう》さん。こちらはわたしが相続財産の鑑定をお願いした〈古畑相続鑑定〉の三津木六兵さん」

「馬喰先生が言うておった相続鑑定士というのはあんたか。遺産に関してはありとあらゆるモノをカネに換算してくれるとか」

「ありとあらゆるモノなんてそんな。僕が鑑定できるのは土地家屋と貴金属類だけですよ」

「ほほう、貴金属類か」

一瞬、佐倉が興味深げな視線を投げて寄越したが、その意味するところは分からない。

「まあ、とにかく鴇川の家に案内してやろう。クルマを用意してある。乗った乗った」

港湾の倉庫を横切ると俄《にわか》に敷地が広がる。がらんとした駐車場にはワンボックスカーや軽トラが停《と》めてある。佐倉が乗車を勧めたのは運転手つきのハリアーだった。

「お出迎えまでしていただいてありがとうございます」

「なんのなんの。死んだ村長はわしにとって竹馬《ちくば》の友みたいなものだったからな。後始末にやってきた御仁をもてなすのはわしの務めだと思っとる。気を遣わんでもええ」

「いや、気は遣うさ」

二人の間に馬喰が割って入る。三津木の前に手を伸ばし、無言で乗るなと命じる。

「鴇川宅までは歩いて行ける距離だ。クルマの送り迎えは必要ないだろう」

「いや馬喰先生。そんな他人行儀な」

「広義ではあんたも利害関係者だからね。送迎が饗応《きょうおう》と見られないこともない。気持ちだけ受け取っておこう」

「……先生は無粋なくらいに真面目でいらっしゃる」

佐倉は意味ありげに笑って見せるとそのまま走り去っていった。

「三津木さんには迷惑だったかな」

「いえ。歩ける距離なら問題ないです」

馬喰を横目で見ると、やはり苦虫を噛《か》み潰したような顔をしている。どうやら佐倉とは浅からぬ因縁がありそうだった。

港の前には漁師相手と思《おぼ》しき居酒屋があり、その先には民家が建ち並ぶ。どの建物も港に負けず劣らず古びており、眺めていると今が令和の時代であるのを忘れそうになる。古びているということは現時点まで開店しているのだから何とか永らえてはいるのだろうが、島民だけを客にしているのでは先細りするばかりだろうと他人事《ひとごと》ながら要らぬ心配をしてしまう。

「さぞかし寂れた島だと思っているんだろう」

「滅相もない」

「三津木さんは嘘《うそ》が下手だな。店舗や民家を見る目で丸分かりだ」

馬喰は仕方がないというように苦笑する。

「人面島が寂れているのは事実だからな。しかし高度成長期にはそれなりに賑《にぎ》わっておったらしいよ。この辺りの海は豊饒《ほうじょう》で、漁業だけでも充分生活していけた。だがオイルショックで船の燃料費が上がるのと同時に漁獲量が激減して以来、島民の生活は低空飛行を続けている」

「お詳しいですね。この島のお生まれですか」

「わたしは博多《はかた》の出身だよ。縁あって二十年前から平戸で法律事務所を開いている。人面島に弁護士や司法書士はおらんから、揉《も》め事があれば大抵平戸の事務所に相談が舞い込む。多少は島の事情に詳しくもなるさ」

「佐倉さんともお付き合いは長いみたいですね」

「島民から依頼された仕事をしていると、自然と組合長と顔を合わせることが増えるからなあ」

　馬喰は嫌なことでも思い出したのか、ゆるゆると頭を振る。

「さっきは面食らったと思うが、わたしが佐倉漁業組合長の接待を拒んでいるのには理由がある。要するに分割協議を担う弁護士が組合長と昵懇《じっこん》だという先入観を抱かれるのを極力避けたいからだ」

「昵懇だと何か都合が悪いんですか」

「ご多分に漏れず相続争いだよ。鴇川村長には二人の息子がいて、ともに次期村長の座を狙っている」

　途端に話が見えなくなった。

「あの、すみません。この島の村長というのは、まさか世襲制なんでしょうか」

「失礼。これはよそ者には説明が必要だったな。亡くなった鴇川行平はもう八期連続で村長を務めていた。そのほとんどが無投票当選だが、対立候補がいた時も話にならないくらいの圧勝だった。何故《なぜ》だか分かるかね」

「現職の強みでしょう」

「それもあるが一番の勝因は鴇川行平が大地主だからだ。人口四百十二人、全戸数百六十五戸。百六十五戸のうち百二十五戸が鴇川家の賃貸住宅を借りて生活している。言うなれば店子《たなこ》だ。店子だったら大家に投票しない訳にはいかんだろう」

「でも、村長選挙だって無記名でしょう」

「狭い島の中だ。誰かが対立候補に投票したら、あっという間に話が広がる」

「つまり鴇川行平氏の所有する不動産を相続する者は不動産収入とともに票田も獲得するという意味ですね。でも馬喰先生、鴇川行平氏は奥さんと二人の息子さんがいるんですよね」

「今の奥方は後添いだがね。先妻はずいぶん前に亡くなっている」

「だったら財産の半分は奥さん、息子さんたちにはそれぞれ四分の一ずつに等分されますよ」

「相続法上ではな。しかし島の宅地面積の三分の二を占める不動産をどう等分するのかね。こんな狭い島の中でも優良物件とそうでない物件があるだろう。それに家賃を滞りなく納める家もあれば滞納している家もある。鴇川家に好意を持つ家もあれば敵意を持つ家もある。どう仕分けするかで票も左右されるから、えいやで分割するのは困難を極める」

「三人とも家族なんだから、それこそ内々の話し合いでどうにでもなるんじゃないですか」

「今まで三津木さんも遺産分割協議の場面に出くわしただろう。巨額なカネや広大な土地が相続される時、相続人は皆が皆紳士淑女なのかね」

「……ちょっと無理ですね」

「家族だからこそ話し合いでは解決できないケースがある。殊に鴇川家の場合は家族の問題に留《とど》まらない特殊事情がある」

馬喰は鴇川家の家族構成について説明を始めた。

「先妻華江《はなえ》との間に長男匠太郎《しようたろう》四十三歳。その妻須磨子《すまこ》との間に公一郎《こういちろう》。匠太郎が五歳のときに華江が亡くなり、翌年再婚。後添いの深雪《みゆき》夫人との間に次男の範次郎《はんじろう》三十七歳がおり、この範次郎と由梨《ゆり》夫人との間に雛乃《ひなの》。由梨夫人も四年前にがんで他界している」

三津木は頭の中で系図を描いてみる。

「特殊事情というのは、三人の相続人のバックに第三者が介在している点だ。まず深雪夫人の父親がさっきの佐倉組合長だ。つまり亡くなった鴇川行平氏の義父にあたる」

「竹馬の友と言ってましたね」

「歳《とし》は三つ違いだから幼馴染《なじ》みには違いないだろうが、竹馬の友というのはどうかな。島の漁業組合長というのは昔で言うところの網元だ。大方の島民が漁で生計を立てている現状、組合長である佐倉さんも島の権力者ということができる」

つまり土地を握る者と漁業権を握る者が存在する訳だ。

「厄介なのは、島にはもう一つの権力があることでな」

「まだあるんですか」

「島の冠婚葬祭一切を取り仕切っているのが宮司の法蔵地円哉《ほうぞうじえんや》だが、この宮司の娘が先妻の華江夫人になる。つまり宮司もまた鴇川行平の義父だった訳だ」

「ちょっと待ってください。すると鴇川行平氏は同じ島内から先妻と後妻を娶《めと》ったことになりますね」

「元々閉鎖的な島だったからね。遡ればどこかで血が繋《つな》がっているかもしれん。逆に言えば全員親戚みたいなものだから気兼ねも要らん。大地主が自分の嫁を選ぶには好都合な土地柄だろうね」

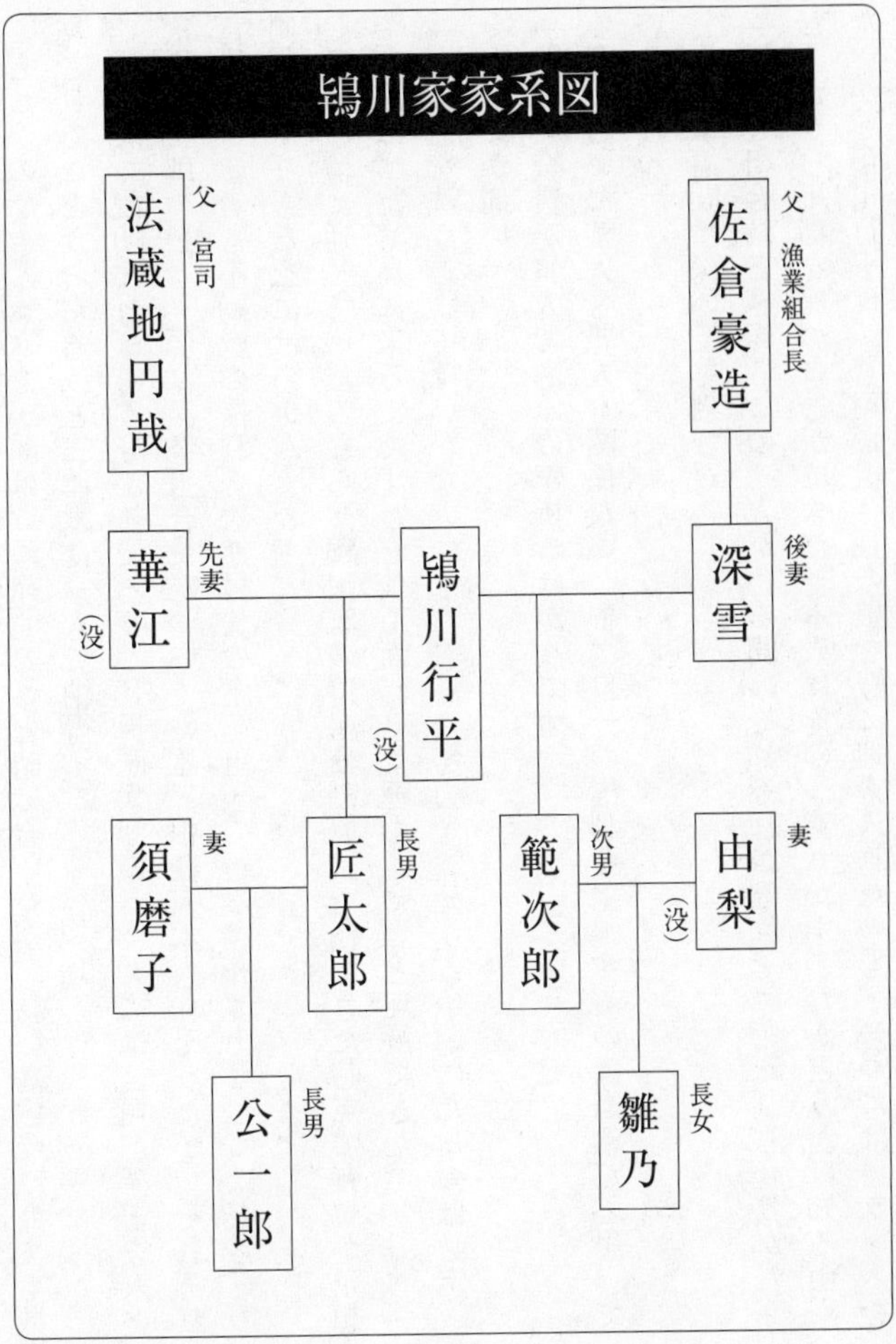
鴇川家家系図
法蔵地円哉
父 宮司
佐倉豪造
父 漁業組合長
華江
先妻
(没)
鴇川行平
(没)
深雪
後妻
須磨子
妻
匠太郎
長男
範次郎
次男
由梨
妻
(没)
公一郎
長男
雛乃
長女

どこかのフェミニストが聞けば激昂《げっこう》すること請け合いだが、狭い島内では今でも散見されることなのだろうと三津木は一人で納得する。

「ここまで説明すればもう分かるだろう。長男匠太郎のバックには宮司、深雪夫人と次男範次郎のバックには漁業組合長がついている。相続人本人もそうだが、それぞれ背後にいる者も不動産の権利と次期村長の座を狙っている。弁護士としてはどちらの側にもすり寄る訳にはいかん」

島の事情に通じているのなら、鴇川家の遺産分割協議を任された時点で難航が予想できたはずだ。島に来るまでずっと仏頂面だった理由がやっと理解できた。

「血で血を洗うとまではいかないにしろ、島の勢力を二分する争いになるのは必定。今から頭が痛い」

「関係者全員が善人であるのを祈るばかりです」

「奪い合いに善人も悪人も関係ない。皆、自分の権利を主張するのは当然だと思っているからね」

馬喰は眉間に深い皺《しわ》を刻む。

「村長と組合長と宮司。この三人がいる間はそれぞれがそれを牽制《けんせい》し合うかたちだったから平穏を保つことができた。本人にそのつもりがあったかどうかは知る由もないが、鴇川行平氏が宮司と組合長の娘を嫁に迎え入れたのも、一つにはバランスを取る目的があったかもしれない」

ところが、そのバランスが行平氏の死によって呆気《あっけ》なく崩れてしまったのだ。間に立つ馬喰の気苦労はいかばかりか。

「組合長と宮司が仲よくという訳にはいきませんかね」

すると馬喰は冷ややかな目でこちらを見た。

「そんなことが可能かどうか自分の目で確かめてみればいい。わたしだって平和裏に事を進めることができれば願ったり叶《かな》ったりなんだが、なかなかそうは思い通りにいかない」

今頃になって危機感がぞわぞわと足元から忍び寄ってきた。

「実は今回の相続争いには別の一面があって、そっちの方がよほど面倒臭い」

「どんな一面ですか」

「素面《しらふ》で話せるような内容じゃない。おいおい三津木さんにも分かってくるだろう」

三津木はあまり勘の鋭い男ではないが、それでも馬喰に襲い来る誘惑や懐柔、逆に反感や怨恨は容易に予測できる。そして馬喰の依頼で相続財産の鑑定を請け負った自分にも同様の働きかけがあるのも必至だった。

しばらく歩いていると目的の家が見えてきた。わざわざ説明されずとも、家屋の立派さが近隣とは別格なので鴇川宅と分かる。

本格的な日本家屋だった。屋根つきの塀が四方を取り囲み、門にも屋根がついている。昔ながらの和瓦切妻造りで深い軒と白い漆喰《しっくい》の壁、窓も南側に開いている。今までに何軒も日本建築の査定をしてきたが、個人的には五本の指に入る家屋だ。

ふと建物横の駐車場を見ると先刻のハリアーが停まっていた。運転手以外の姿は見当たらないので、佐倉は既に家の中に入っていると思われる。

「まあ馬喰先生、ようこそお出でくださいました」

玄関で出迎えてくれたのは深雪夫人だった。事前の説明では六十歳のはずだが、四《よ》十路《そじ》のような艶がある。嬉《うれ》しそうに媚《こび》を売っているが、つい先日行平氏の葬儀を終えたばかりの未亡人の振る舞いとしてはいささか問題があるのではないか。

「あなた様が鑑定士の方ですね。遠路はるばるご苦労様でございます」

「三津木です。よろしくお願いします」

「奥の間に家族全員揃《そろ》っております。どうぞお上がりくださいませ」

深雪夫人に先導されて二人は上り框《がまち》を越えて屋敷へと入っていく。

廊下を進んでいくと、ちゃんと間取りが田の字形になっている。襖《ふすま》を移動させるだけで小部屋にも大広間にもできる設計だ。言い換えれば、この屋敷では大広間を必要とする機会が多くあったに違いない。

「こちらでございます」

深雪夫人が襖を開けると、座敷では鴇川家の肉親と縁者が顔を突き合わせていた。広さは三十畳ほどだろうか、普段であれば宴席に使われる座敷に違いない。床の間には刀掛け、その上は神棚が設《しつら》えられている。定番の三社神棚かと思ったものの、仔細《しさい》に見れば扉全面に金箔《きんぱく》が貼られ、屋根はいくぶん丸みを帯びている。おそらく特注品なのだろうと三津木は判断した。

長男匠太郎らしき男の側には須磨子夫人と息子の公一郎。背後では白衣と袴《はかま》姿の老人が睨《にら》みを利かせているが、この神職風の人物が法蔵地円哉宮司だろう。

次男範次郎らしき男の横に深雪夫人が座る。その後ろに控えている長髪の少女が雛乃らしい。そして宮司と同様、佐倉組合長が背後から目を光らせている。

顔を突き合わせていると表現したのは比喩でも何でもなく、長男側と次男側が左右に分かれて睨み合っているのだ。しかも馬喰は双方の間に割って入るかたちとなり、どうにも剣呑《けんのん》な雰囲気で三津木は居心地が悪い。

長男の匠太郎はでっぷりと下腹の出た男で、我儘《わがまま》そうな性格が顔に出ている。子どもの頃から甘やかされ何不自由なく育った過程が目に浮かぶようだ。

片や範次郎は範次郎で反抗的な目が印象的だった。絶えず誰かと敵対するのが習い性となったかのように、下から睨《ね》めつけるような表情が堂に入っている。長男として自由奔放に振る舞ってきた匠太郎と、それを物陰から妬ましく眺めていた範次郎という構図が自《おの》ずと浮かび上がる。

気の進まない様子で一同を見渡した馬喰は、咳払《せきばら》いを一つすると三津木の紹介から始める。三津木が不動産だけではなく宝石鑑定士でもあることに話が及ぶと、やはり数人が好奇の視線を送ってきた。

「それなら骨董品《こっとうひん》も鑑定できるのかね」

真っ先に問い掛けてきたのは匠太郎だった。

「陶器や掛け軸といったものはちょっと。ダイヤモンドとかサファイアとかの石関係が専門なものですから」

「不動産の鑑定もこなすという話だが、島では数年来不動産の売買取引がされていない。そんな有様でもカネに換算できるのかね」

「離島の不動産というのは銀行の担保ローンには不適格ですが、お話を伺う限り家賃設定の根拠をお求めのようです。それなら平戸市内の家賃相場を補正するかたちで算出が可能かと存じます」

「いや、家賃相場も大事だがやはり土地本来の価値というものもあるだろう」

急《せ》かされるように問われると三津木は返事に窮する。

実際、不動産価格というのはあってないようなものだ。もちろん国土交通省が発表する公示価格が土地価格の基準にはなっているが、詰まるところ実勢価格というのは美人コンテストと酷似している。魅力的だと思う人間が多ければ価格は高騰するし逆なら暴落する。一坪三百万円だから百坪で三億という掛け算も成り立たず、常に需要と供給の間を行き来するのが不動産価格という胡乱《うろん》な生き物の正体だ。

こういう質問をされた時の模範解答は用意してある。

「現物を見なければ何ともお答えできません」

見かけが頼りなくても相続鑑定士の肩書は伊達《だて》ではない。三津木がそう答えると、匠太郎は不承不承といった体で「それはそうだな」と納得したようだった。

不動産価格に話が及ぶと、居並ぶ者たちの目の色が変わった。欲望に素直な人たちだと思ったが例外が三人。公一郎と雛乃、そして宮司だけはまるで興味がないという顔をしている。行平氏の孫たちはまだ十四歳、宮司は俗事から離れた神職だから三人とも欲に縁遠いと言ってしまえばそれまでだが、目をぎらつかせている他の五人との対比があまりにも際立っている。

五人の執着ぶりが目に余るのか、馬喰は咳払いで皆の緊張を解く。

「念のためにお訊《き》きしますが、本当に行平氏は遺産分割については何も仰《おっしゃ》らなかったのですか」

馬喰の疑問はもっともだった。島の三分の二もの宅地を有している事実も然《さ》ることながら、兄弟間の確執については日頃から承知していたはずだから、もしもの事を考えて遺言書を作成しておくべきではなかったのか。

「オヤジは本当に、ただのひと言も残さなかったんですよ」

匠太郎の口調は亡父を恨んでいるように聞こえる。

「長男のわたしに全てを託そうと決めてはいたが、当然過ぎることだったので敢《あ》えて口にはしなかったんだと思いますけど」

「冗談はやめろよ」

すかさず範次郎が言葉を遮った。

「勝手なことばかり言いやがって。オヤジが信頼していたのはお前じゃなくて俺だった。生前からずっと嘆いていたんだぞ。匠太郎は長男の癖してカネにだらしなさ過ぎる。あいつに家督を継がせたら、三日で身上を潰すってな」

「もう一回、もう一回言ってみろ」

「ああ、何回だって言ってやる。お前の浪費癖は母親の遺伝だ。先妻の華江は冷えた飯と三十過ぎの男には手を付けないって、オヤジがぼやいてたぞ」

「この野郎っ」

どう聞いても仲の良い兄弟同士のいじり合いではない。今にも摑《つか》み合いの喧嘩《けんか》が始まりそうなので、三津木は思わず身を硬くした。

「お二人とも、少しは控えてください。見苦しいとは思わないんですか」

馬喰が呆れたように口を差し挟むと、さすがに二人はばつが悪そうに口を噤《つぐ》む。

「今日のところは顔合わせということで。明日からは三津木さんの本格的な鑑定が始まります。もし三津木さんから質問があればお答えください。ただし客観的な答えしか必要ありません。遺産相続に関して流言飛語や噂《うわさ》の類は雑音にしかならない。彼に主観を吹き込むような真似《まね》は厳に慎んでいただきたい。以上です」

馬喰が宣言しても尚《なお》、双方は睨み合いをやめようとしない。一触即発、どちらかが暴言を吐いた瞬間にまた罵倒合戦が再開する。

三津木の緊張と居心地悪さは臨界点を超え、不意に船上での嘔吐感が甦《よみがえ》ってきた。

「げぼぼぼぼぼぼ」

2

「まさかあのタイミングで胃の中身をぶち撒《ま》けるとは」

借りた洗面所で顔を洗う三津木を見ながら、馬喰は半ば呆れ半ば感心していた。

「お蔭《かげ》で匠太郎氏と範次郎氏は毒気を抜かれたようになってしまった。怪我《けが》の功名というか何というか」

「ずびばぜんでじた」

「鼻に詰まったものを出してから喋《しゃべ》りなさい。落ち着いたら島を案内しよう」

馬喰の話では、鴇川行平と賃貸契約している家の一覧表はあるものの、全ての物件の現況を確認した訳ではないらしい。大家からすれば黙っていても毎月家賃が振り込まれるのだから現況確認の必要はないのだろうが、相続が絡むとなれば話は別だ。一同の前では平戸市内の家賃相場を補正すると答えたが、重大な瑕疵《かし》が存在するのなら看過できない。精緻な鑑定は地積測量図の閲覧に留まらず現況確認が必須事項になる。

調査期間中は鴇川家の空き部屋に逗留《とうりゅう》させてもらうことになっている。三津木は着替えてから、馬喰とともに外へ出た。

港から鴇川宅に向かう最中には気にも留めなかったが、至るところから潮と魚、加えて鉄錆《てつさび》の匂いが漂っている。そういえば、そろそろ夕食の時間が近づいている。

「これって各家庭で魚を焼いているんですか」

「その日のうちに揚がった漁獲の一部は自分《じぶん》家《ち》の食卓に出る。自給自足じゃないが、その場で獲《と》れたものをその場で調理するから最高の贅沢《ぜいたく》といえるだろうな。そのせいか島には鮮魚店が一軒もない」

「でも年がら年中魚だけ食している訳にはいかないでしょう」

「あなたね、いくら離島だからって郵便局もあれば宅配サービスもある。一軒きりだがコンビニだってある。島民の生活は本島とさほど変わらんよ」

「失礼しました」

「海底には光ケーブルも敷設されているし、ケータイだって余裕で圏内だ。建物はいささか古色蒼然《こしょくそうぜん》としているが、紛れもなく人面島も令和の時代に生きている。もっとも人の争いはいつの世もカネと欲だがね」

どことなくペシミズムの響きを聞き取れるのは馬喰の人生観なのか、それとも親族同士の争いごとに食傷している弁護士業のゆえなのか。

試しにスマートフォンを開いてみると電波状況は良好だった。

「平戸から三十キロも離れているのによく電波が届きますね」

「最寄りだと佐世保《させぼ》に基地局があるからね。離島でもスマホとパソコンがあれば都会と一緒だ。一日二日の遅れはあるが通販で何でも届く。事件も政治も世界情勢もリアルタイムだ」

三津木は表示部分を操作してネットニュースの見出しを眺める。香港《ホンコン》のデモ、アメリカ大統領に対する弾劾、日本シリーズの行方。なるほど掌《てのひら》には世界が収まっている。周囲を見渡せば昭和の離島、掌には世界中に発信できる携帯端末。これが現代なのだろうと、三津木は不思議な感慨に耽《ふけ》る。

「それにしても馬喰先生。鴇川家所有の百二十五軒の家、全てを案内してくれるんですか」

「まさか。わたしもそれほど暇じゃない。大方の道順と集落を教えるのが精一杯だ」

馬喰は持参していたカバンからゼンリン住宅地図のコピーを取り出した。

「スマホで地図を呼び出すのもいいが、全体図を見るなら、こっちの方がいいだろう」

「助かります」

「それに、特に見せておきたい場所がある。ついてきてくれるかね」

依頼主の申し出を断る理由はなく、三津木は馬喰の後についていく。

道すがら何人かの島民とすれ違う。馬喰と三津木のことを聞き知っているのかいないのか、こちらが会釈をしても反応がない。しんねりむっつりと通り過ぎるだけだ。

「僕ら、ひょっとして嫌われているんですかね」

「嫌われているんじゃなくて珍しがられているんだ。滅多によそ者が立ち寄らない島だからな」

「いくら情報網が発達しても排他性はそのままということですか」

「排他性というより、人面島ならではの事情によるものだよ」

「事情って何ですか」

「それを今から教える」

馬喰は意味深に言うだけで、なかなか全てを明かしてくれない。

住宅地図を片手に急な坂を上っていると、馬喰が向かっている場所に薄々見当がついてきた。

仁銘神社――離島の神社にしては立派で高台にある境内も充分な広さを誇っている。

馬喰によれば法蔵地円哉が宮司を務める神社らしい。

「さすがにここは神社の所有地でね。鴇川家の支配が及ばない、数少ない場所の一つだ」

ところが鳥居を眺めていると違和感を覚えた。見慣れた鳥居とどこかかたちが異なる。しばらく観察していて理由が判明した。横柱が一本きりで、しかも縦柱が突き出ているのだ。

「変わったかたちの鳥居ですね。横柱が傾いた鳥居は見たことありますけど、一本というのは初めてです」

「そうだろうな。こういう鳥居は人面島だけだと思う」

馬喰は構わず、鳥居を潜《くぐ》って境内に足を踏み入れる。手水舎《ちょうずや》の横を過ぎるとすぐに社殿だ。

社務所は窓が開きっぱなしになっていた。馬喰が中に向かって「ごめんください」と声を掛けると、ややあって法蔵地が姿を現した。

「馬喰先生。さっきはどうも」

法蔵地は殊勝に頭を下げる。

「三津木さんにも見苦しいものを見せて申し訳なかった」

「いや、僕は、別に気にしていませんから」

「宮司。実は三津木さんはこの神社に興味があるそうでね」

いきなり馬喰は切り出す。

「よければ拝殿を拝ませてはもらえないですか」

すると途端に法蔵地は渋い顔をした。

「氏子でもない者を拝殿の中に招き入れるのは気が進まないな」

「三津木さんは鳥居のかたちを見て不思議がっていてね。あんな鳥居は見たことがないと」

「確かにあの鳥居は島独特のものだが……」

「氏子ではないが参拝客だ。我儘を聞いてみてくれませんかね」

「参拝客なら、まあ」

馬喰の押しの強さに抗しきれず、法蔵地は外に出て二人を拝殿へと迎え入れる。

仁銘神社は本殿と拝殿と幣殿が一つになっているようだった。つまり御神体が安置された場所で、そのまま拝礼を行うことになる。

ところが拝殿に足を踏み入れた三津木は再び違和感に囚《とら》われる。

何かが違う。

普通、拝殿の中はくすんだ色で統一されている印象がある。派手な色といえばせいぜい紫色か朱色くらいのものだ。ところがこの拝殿は緑に赤に青、それどころか金や銀まで使われている。

「宮司、それではそろそろ御神体を」

「いや、さすがにそれは勘弁してほしい。神社の関係者でも御神体を拝見するのは年に一度しかない」

「しかし仁銘神社の御神体は岩や鏡ではなく像でしょう。手の込んだ細工の像を参拝客に見せない手はないと思いますが」

「御神体は見世物ではない」

「宮司」

馬喰は改まった言い方になる。

「ここの神社については平戸の人間も噂《うわさ》半分に聞いている。噂半分というのは、当の宮司であるあなたが否定も肯定もしないからです。もちろん信教の自由は憲法で認められているから、人面島の人間が神を崇《あが》めようとイワシの頭を信じようと勝手だ。しかし鴇川行平氏が亡くなり、人面島の不動産が相続財産となった今、仁銘神社の事情を明らかにしておく必要があるんじゃないですか」

「宮司であるわたしの口から事情を話せというのかね」

「宮司だからです。部外者であるわたしが説明するのは却《かえ》って僭越《せんえつ》な気がします。誤解を抱かせないためにも法蔵地さんが説明した方がよろしいと思います」

会話の意味を解する余裕もなく、三津木は二人の男を見守る。法蔵地はしばらく逡《しゅん》巡《じゅん》している様子だったが、やがて意を決したような面持ちになる。

「三津木さんは鳥居のかたちに興味を持たれたのでしたね」

「ええ、ああいう鳥居は初めて拝見しました」

「眺めていて何か気づきませんでしたか。横柱が一本きりで、縦柱が突き出ている。あれは十字架を二つ、横に繋げたかたちなんです」

「十字架ですって」

「神社を名乗っているが、ここは神道の社ではない。キリスト教の教会ですよ。正確には隠れキリシタンの集う聖域です」

宗教には特段詳しい訳ではないが、隠れキリシタンなら三津木も概要は知っている。一五四九年、来日したフランシスコ・ザビエルは布教活動を開始し、日本にもキリスト教が広まる。ところが改宗した者の中には仏像を破壊してしまう輩《やから》もおり、一六一三年に禁教令が発布される。これによってキリスト教は禁教となったが、それにもめげず密かに信仰を続けた信者たちを一般に隠れキリシタンと呼ぶ。歴史上一番有名なのは長崎県島原《しまばら》市や熊本県天草《あまくさ》市の信者たちだろう。

「でも宮司さん。明治以降、禁教令は事実上廃止になっているはずじゃないですか。それがどうして今の今まで隠れキリシタンの風習が残っているんですか」

「禁教令が出ても多くの信者たちは改宗しなかった。しかし幕府の目を逃れるためにキリスト教を仏教や神道に模す必要があった。観音像を聖母マリアに見立てたりロザリオや十字架を別の物で代用したりしたんです。外にある鳥居もその一つですな。信仰していた家は玄関を上がるとまず仏壇があって、その横に御神体を隠していました。祈りの言葉もそうと分からぬような内容になるし、教会も神社の装いを纏《まと》うことになる。当然元のカソリックからはずいぶんと違う形式になってしまうが、それが百年も二百年も続いてごらんなさい。生活にすっかり定着してしまって、いつしかそれが本式になる。そうなると元々のキリスト教に戻ろうとしても無理が生じる。今まで拝んでいた御神体も捨てなきゃならない。第一、ご先祖様が続けていた信仰を途中で別のかたちに切り替えるのには大きな抵抗がある」

　それで隠れキリシタンが令和の時代になっても連綿と続いているという次第か。

「もう一つ。人面島は平戸から三十キロも離れているから江戸時代も幕府や藩の監視から逃れやすかった。だから余計、生活に定着したんだ」

　ここまでくれば隠れキリシタンというより、既に全く別の宗教だ。馬喰が回りくどい言い方をした理由もこれで合点がいく。

「宮司。そこまで打ち明けてくれたのなら、最後まで言うべきでしょう。鴇川家の相続人たちが財産の鑑定と分割協議に並々ならぬ熱意を持っている理由を」

「しかし、あれは噂どころか与太話の類ですよ。それを真面目に話せというのですか」

「鴇川家には、その与太話を大真面目に考えている者たちがいる。弁護士であるわたしや相続鑑定士の三津木さんに告げないのは、却って不親切というものです」

またしても宮司は逡巡する様子を見せるが、ここまで話したら最後まで説明するべきとでも思ったのか、自身を納得させるように頷《うなず》いた。

「人面島周辺の海域が豊饒なお蔭で、以前は賑わっていたという話はもうお聞きになりましたか」

「はい。高度成長期までは豊かだったと」

「あの頃までは高級魚も多く獲れたから村長や網元はもちろん、島民一人一人も裕福に暮らしていた。ところで最初にキリスト教に改宗したのは平戸藩の有力な家臣たちだが、この家臣たちが信仰の証《あかし》として民衆から寄進を募り、教会に献上したという話があるのです。当時平戸にはオランダ商館があり貿易で莫大《ばくだい》な利益もありましたからね。ところが献上しようにも宣教師は帰国していて再来日を待つより仕方がない。そこで一時預かりのかたちで、ここ人面島に蓄財を委ねた。しかし、その直後に禁教令が発布されたため、信者たちは自身の信仰が発覚するのを恐れて回収さえできなかった。以来、金銀財宝は人面島のどこかに隠されたまま場所も分からなくなってしまった……そういう伝説ですよ」

「まさか、そんな。四百年以上も前の話ですよ。伝説というかまるでおとぎ話じゃないですか。百歩譲って蓄財がこの島のどこかに隠されたとしても、とっくに誰かが見つけて」

「あなたは信仰心の深さを知らんのだ。さっきも言った通り、昭和の半ばまで島は裕福だった。衣食が十二分に足りている状況下で、どこの信者が先祖の浄財に手を付けるものですか」

毅然《きぜん》とした口調に、三津木は反射的に畏《かしこ》まる。

「すると宮司。平戸藩が貿易で溜《た》め込んだ財宝が手付かずのまま人面島のどこかに眠っているというのは、あながち与太話でもおとぎ話でもなくなる。可能性は少ないながらも、辛うじて伝説の域にある」

馬喰は手品の種明かしをするような言い方をする。無論、その相手は三津木に相違ない。

民法の規定では埋蔵金等が発見された場合、所有者が判明しなければ発見者のものになる。また他人の土地から発見した場合は土地所有者との折半になる。言い換えれば自分で発見するにしろ他人に発見されるにしろ、土地所有者になるのが有利ということだ。

鴇川家の面々が不動産の鑑定や割り当て、三津木が貴金属類の鑑定も手掛けることに興味を露《あら》わにした理由はこれだった。

「隠れキリシタンの事情と相俟《あいま》って、今に至るまで島内の不動産が綿密に調査されたことはない。今回、相続に絡んで三津木さんがそれぞれの不動産を調べ回るのには二重の意味がある。素面で話せるような内容じゃないと言った理由はそれだ。理解できたかね」

理解はできた。しかし期待に副《そ》えるかどうかは別問題だ。

「長らく不動産鑑定の仕事をしていますが、宝探しは初めての経験です」

「言っておくが、三津木さんに課せられた仕事は、あくまで不動産の鑑定だ。宝探しの話は忘れてもらって構わない」

馬喰は不意に表情を緩めた。

「遺産分割協議を任された弁護士としても、鑑定士が本来の仕事を放り出すのは勘弁してほしい。それでは宮司、お手数をおかけしました」

「ご苦労様です」

宮司は軽く一礼したが、最後に三津木を見つめた視線は期待とも失望とも知れぬ色を帯びていた。

神社を出ると、そろそろ夕闇が迫りつつあった。高台にあるので、陽《ひ》が海岸線の向こう側に沈んでいくのがここからでも一望できる。

「今日の調査に同行したのは、宮司の口から隠れキリシタンの財宝について語ってほしかったからだ。噂にしろ何にしろ、相続人たちの思惑は知っておく必要があると思ってね」

「色々と衝撃的でした」

「突き放すようで申し訳ないが、明日からは三津木さんだけで物件を調べ歩くことになる。それとも誰かサポートが要るかね」

「いえ、一人で充分です」

「そうか、それなら今日はここでお別れだ。そろそろ平戸への連絡船が到着する頃なのでね」

「お疲れ様でした」

坂の途中から、馬喰は小走りに港方向へ向かっていく。少しばかり不便であっても、平戸の自宅や事務所に戻った方が気が楽なのだろう。

潮風の温度が下がり始め、周囲に人けがなくなったその時だった。

俄に右肩がむずむずとしてきた。

そろそろ顔を出したくなったか。

三津木はシャツのボタンを一つ外し、右肩を露出させる。そこにあったのは大小三つの傷痕だった。

突然、三つの傷痕が同時に開き、あろうことか声を発した。

『ったく相変わらずの物識《ものし》らずだな、このヒョーロクがよ。平戸の近辺、鴇川家の連中の言動。勘のいいヤツならその二つだけですぐに隠れキリシタンを連想するはずだぞ』

3

初めて目にする者は言葉を失うか眉を顰《ひそ》めるだろうが、三津木の右肩には人の顔に似た裂け目を持つ瘤《こぶ》がある。所謂人面瘡《いわゆるじんめんそう》と呼ばれるものだが驚くべきはこの瘤、意思を持ち言葉を発することができるのだ。

三津木がこの人面瘡をこしらえたのは五歳の時だった。父親の実家近くの山で遊んでいたところ崖から転落し右肩に傷を負ったのだが、この傷が野草の汁で化膿《かのう》してみるみるうちに膨れ上がった。

傷は拳大の瘡蓋《かさぶた》となり大小三つの裂け目ができた。幼い三津木が裂け目を弄って遊んでいると、不意に大きな裂け目が開いてこう言った。

『オモチャじゃねえぞ』

それが人面瘡とのファーストコンタクトだった。驚いた三津木少年は両親に報告するが、二人ともまともに取り合ってくれない。父親に至っては嘘吐《つ》きめと烈火のごとく怒る始末だ。しかも人面瘡は三津木以外の人間とは話す気がないらしい。

元々友だちの少なかった三津木少年は次第に人面瘡を相談相手として認識するようになる。ジンさんと名付けた人面瘡は付き合ってみれば頭脳明晰《めいせき》で博学卓識、三津木が困った時のアドバイスも適切だった。以来、三津木はジンさんと二人三脚、いや二心同体で暮らしている。

だがこの相棒にも問題があった。ジンさんはおそろしく口が悪く、宿主である三津木をおよそ人とも思っていないのだ。その証拠にジンさんは三津木を「六兵」を引っ繰り返して「ヒョーロク」と呼ぶ。今も三津木の勘の悪さを嬉々《きき》として論《あげつら》う。

「いや、あのさ。平戸の近くっていう事実はともかくとして、どうして鴇川家の言動で隠れキリシタンを連想するのさ」

『鴇川家の座敷に招かれた時、床の間の上に神棚があったろ。扉全面に金箔が貼られて屋根が丸くなっていた。あんな三社神棚があるもんか。あれこそ宮司の言っていたキリスト教を神道に偽装していた象徴じゃねえか』

「そんなの、見ただけで分かるもんか。僕は神棚の専門家じゃないよ」

『顔合わせの席上で匠太郎が骨董品の鑑定はできるのかと訊いてきただろ。あれは隠れキリシタンの財宝が念頭にあったからだ。江戸時代、民衆から寄進を募ったのなら金銀の他に古美術品の類も含まれていそうだからな』

「でも隠された財宝なんて、いかにも眉唾だよ」

『長崎には天草四郎《しろう》の財宝伝説だってある。島原の乱で自害した天草四郎が、後々の軍資金として財宝を埋めたという話だ。これには重さ六キロの黄金の十字架・金銀の燭台《しょくだい》二十台なんて具体的な明細までまことしやかに伝わっている。もちろん伝説のほとんどは眉唾物だろうが、火のない所に煙は立たない。相応に根拠があるからこそ伝説になっているんだ。ファンタジーや陰謀論で脳みそ溶けてるのは考えものだが、想像力皆無ってのも貧乏臭い。今のお前がそれだ。だから女にもモテない』

「それ、関係ないよね」

『想像力の欠片《かけら》もないような男に魅力なんかあるか。お前は三次元の女を実利一辺倒の生き物だと思ってる。今まで碌《ろく》に女と付き合ってこなかった素人童貞の見本みたいなもんだ』

隠れキリシタンを連想しなかっただけのことで、何故こうまで悪し様《あざま》に言われなければならないのだろうか。

「馬喰先生は宝探しの件は忘れて不動産鑑定に注力しろと言ったじゃないの」

『どうして、お前はそう字面通り言葉通りに受け取る。幼稚園児かよ。いいか、遺産分割協議を任された弁護士がわざわざお前に釘《くぎ》を刺したのは、それだけ無視できない要因だからに決まってるじゃねえか』

「じゃあ馬喰先生も財宝の伝説を信じていることになる」

『信じる信じないの話じゃない。まだ分かんねえのか。島全域の不動産鑑定と分割だけでもいい加減ややこしいのに、この上財宝まで相続財産に含まれたら厄介事が増える。第一、そんなものがいつ見つかるかも分からねえ。だから、あの馬喰って弁護士はさっさと不動産だけで分割協議を済ませてお役御免になりたいんだよ』

「そんな人には見えなかったんだけどなあ」

『ヒョーロクの目が節穴ってだけだ。普段は閉じている俺の目にも見えるぞ』

いつの間にか陽は完全に沈み、街灯に坂道が浮かび始める。暗がりの上に慣れない道では、どこで足を引っ掛けるか分からない。今のうちに帰った方がいいだろう。

鴇川家に戻ると、迎えてくれたのは雛乃だった。

「遅くまでお疲れ様でした、先生。もう夕食の支度はできていますので、どうぞ」

顔合わせの際にはいくぶん硬い表情だったが、一対一で話してみれば、十四歳の幼さを残しながら、どこか大人めいた色香も感じさせる。祖母である深雪夫人もそうした風情なので遺伝かもしれない。

「や、ありがとう。でも、その『先生』っていうのはやめてくれないかな」

「色んな資格を取っているんですよね。だったら先生じゃないですか」

「不動産鑑定士も宝石鑑定士も、それなりの勉強をして試験に受かれば誰だってなれるよ。馬喰先生みたいな超難関の司法試験じゃないしね」

「合格したから、そんな風に言えるんだと思います」

微《かす》かに拗《す》ねたような口ぶりが気になった。

「先生は島を知らないから。こんな島の中じゃ資格も専門職も必要ないから、勉強もできないですよ」

「島にも学校はあるんでしょ」

「小学校は分校があります。中学高校は平戸まで行かないと」

「高校在学中に取得できる資格もあるよ」

「先生は色んな場所に行くんですよね」

「本当は出不精なんだけど仕事だからね」

「色んな場所に行けるから、簡単にそんなことが言えるんです」

まさか戦前でもあるまいしと思ったが、雛乃のプライバシーにかかわることなので深くは尋ねなかった。

「これだけのお屋敷になると、食事も専門に調理する人がいるんでしょう」

「通いで佳代《かよ》さんていう家政婦さんがいて、三食を作ってくれます。三津木先生みたいにお客様が泊まることもありますから」

「申し訳ないね」

「でも、お祖父《じい》ちゃんが死んで六人になったから、これから先はどうなるか分かりません」

鴇川家に住んでいる女たちといえば深雪夫人と須磨子夫人と雛乃の三人だ。女手が三人もあれば家政婦を雇うまでもなく炊事はこなせるだろうと思ったが、どうも雛乃の反応は芳しくない。

「僕なんかは独身生活が長いものだから、家族団欒《だんらん》とかにはすごく憧れるんだけどね」

すると雛乃はじろりとこちらを睨んできた。

「それだって一人でいられるから言えることだと思います」

雛乃のつんけんした態度は、どうやら三津木の言葉に気分を害したからのようだった。

またやったか。

相手が十四歳の子どもだと見くびって、また迂闊《うかつ》な言動に出てしまった。ジンさんの悪罵は耳に痛いが正鵠《せいこく》を射ている。女性全般に苦手意識があるせいか、どうにも相手との適度な距離が摑めない。必要以上に畏まったり、逆に馴《な》れ馴《な》れしく接したりして人間関係をぎくしゃくさせてしまうのだ。

自己嫌悪に心を黒くしながら、雛乃に連れられてダイニングに足を踏み入れる。ここもまた鴇川家の隆盛ぶりを見せつけるかのように、小屋組みの見える吹き抜けの空間で、壁と床一面に少しくすんだ色の無垢《むく》材が張られている。大ぶりな楕円形のテーブルも無垢材製で、オーダーメイドであるのが窺《うかが》える。広々としており居心地はよさそうだ。

もっともテーブル周りには剣呑な雰囲気が漂い、とても長居をしたい場所ではない。匠太郎の家族と範次郎の家族が向かい合い、奥の間での睨み合いを再現している。

「あの、お待たせしたみたいですみません」

三津木が頭を下げても、応える者は一人もいない。蒸し暑さの残る室内にいながら背中が寒い。

空いている席に座ると、間もなく膳が運ばれてきた。運んできたのは五十代と思《おぼ》しき女性で、これが雛乃の言っていた家政婦の佳代だろう。客である三津木を見ても会釈一つしない。家族団欒に憧れていると言った己がひどく馬鹿者に思えてくる。

全員の前に膳が配られたのを見計らい、徐《おもむろ》に深雪夫人が咳払いを一つして首を垂れる。すると他の家族も一斉に頭を下げた。慌てて三津木も皆に倣った。

「父よ、あなたの慈しみに感謝して、この食事をいただきます。与えられた生き物を祝福し、わたしたちの心と身体《からだ》を支える糧としてください」

深雪夫人の声は低く、祈りというよりは呪いのように響く。食前の祈りには違いないが両手を組んでいないのは、やはり長年の信仰で形態が変質してしまったせいだろうか。

相続争いで角突き合わせていても、宗教的行為では一糸乱れぬ態度を見せる。この島に隠れキリシタンの教義が根付いている証左だった。

祈りが済むと、家族たちはようやく箸に手をつけた。

島だけに皿の上は海産物で溢れている。アワビの刺身、コチの唐揚げ、カサゴの煮つけ、吸物は海老《えび》のあら汁だった。どれもこれも口の中に入れた途端、磯《いそ》の香りと濃厚な魚介の味が広がる。何しろ今日獲れたばかりのものが食卓に並んでいるのだ。これこそ漁村ならではの贅沢だと思った。

箸が止まらない。嚙む度に味が広がるので、顎も止まらない。そういえば船酔いと雰囲気酔いで吐き散らかし、胃の中身は空っぽだった。

「三津木先生は健啖家《けんたんか》ですのね」

三津木の食いっぷりを眺めていた深雪夫人が半ば感心し半ば呆れていた。

「そんなに急がなくてもお代わりはありますよ」

気がつけば他の家人も似たような目でこちらを見ている。

「またお腹《なか》の具合が悪くなっても知らないよ」

雛乃だけが白けたように箸を動かしている。

「雛乃」

父親の範次郎が窘《たしな》めるが、雛乃は気にする風もない。

「いや、あの。すごく美味《おい》しいので、ついがっついちゃって」

「そんなに美味しいものかね」

匠太郎は小馬鹿にするように鼻で笑う。

「先生は東京モンらしいが、あっちの食い物はよほどひどいのかな」

妻の須磨子夫人は眉を顰めるばかりで何も喋らない。さすがに息子の公一郎は同情してくれたのか、ついと三津木から視線を外す。

料理は美味《うま》いが雰囲気は気まずい。本来なら居たたまれなくなって当然の場面だが、食欲が羞恥心を上回った。三津木は自己嫌悪に陥りながら、黙々と箸を動かし続けた。

テーブルの上があらかた片付いた頃、匠太郎が声を掛けてきた。

「三津木先生は貴金属の鑑定もするんでしたね」

「ええ、まあ」

「飯が済んだらわたしの部屋に来てくれませんか。実は女房の持ち物で見てもらいたい宝石があるんです」

断る理由もないので、三津木は二つ返事で応諾した。

何度か屋敷の中を歩いていると、おおまかだが鴇川家の部屋の配置が分かってきた。奥の間を中心に匠太郎の家族と範次郎の家族が東西に振り分けられているのだ。

指定された匠太郎の部屋に向かう途中で、ふと三津木は思いつく。鴇川行平・深雪夫妻の部屋は奥の間の隣なので匠太郎一家と範次郎一家を隔てたかたちになっている。上手《うま》く説明できないが、部屋の配置でも行平が息子たちを支配しようとしていたのではないか。

部屋の襖を開けると匠太郎と須磨子が畳に座って待ち構えていた。

「やあ三津木先生、食事が済んだばかりなのに申し訳ない」

「本当ですよ。先生、顔合わせが済むなり馬喰先生と出ていって、ずっとお仕事されてたのに。さぞお疲れでしょうけどごめんなさいねえ」

須磨子は科《しな》を作って三津木ににじり寄る。四十路の色香は深雪夫人のそれに勝るとも劣らず、免疫のない三津木は彼女が近づくだけで女の香りに噎《む》せ返りそうになる。

「それで鑑定する貴金属というのは何でしょうか」

「すみません、三津木先生。あれは方便です」

匠太郎は笑いながら手刀を振ってみせる。

「あの場には範次郎たちがいた手前、本当の用件を言うことができませんでした。まあ、運よく財宝でも見つかればどのみち先生には鑑定をお願いすることになるから、満更嘘ではないんですが」

含みを持たせたような言い方から、やはり匠太郎は隠れキリシタンの財宝に少なからぬ期待をしているようだ。

「でも僕に話があるということは鑑定絡みの用事なんですよね」

「実は不動産鑑定についてご相談がありまして」

今度は匠太郎が三津木ににじり寄る。女に近寄られるのは苦手だが、匠太郎相手では心がときめかないどころか、逆に嫌な予感がする。

「不動産鑑定の結果によっては、家賃の見直しとかも発生するんでしょうか」

「ええと、鴇川家が徴収している賃貸物件の家賃は改定とかされましたか」

「いや……ここ二十年はしていないはずですがね」

賃貸物件の家賃変動は条件によって異なる。たとえば利便性が高い地域で新規供給が少ないエリアでは下落圧力は小さい。しかし大抵の賃貸物件は経年とともに価値が薄れていくので、家賃が安くなるのはむしろ当たり前だ。

仁銘島の場合は、島民が他の場所に移転しづらいという特殊事情があり、三津木が簡易鑑定した限りではいずれの物件も優に築二十年以上は経過しているため、下落圧力は安定しているといえる。

「物件によって条件に差異があるので一概には言えませんが、デフレが続いている状況でもあり、家賃が大きく跳ね上がる可能性は高くはないでしょう」

相続人なら行平の主な収入源であった家賃収入が気にならないはずがない。仮に不動産の価値が予想以上だったら、それを理由に家賃の値上げを目論《もくろ》んでいるのだろう。過大な期待をされても困るので、早めに釘を刺しておくことにした。

ところが匠太郎は三津木の予想の逆をいった。

「値上げするなんてとんでもない。わたしはむしろ家賃を下げてやりたいんですよ」

「え」

「オヤジは業突張《ごうつくば》りなところがありましてね。昨今は漁獲量が目減りして島民の収入も、それからモノの値段も上がっているというのに、島民から徴収する家賃はずっと据え置き。わたしはその現状にずっと心を痛めていたんですが、オヤジが生きているうちは何も口出しができず歯噛みしていたものです」

意表を突かれ、すぐには思考が纏まらない。

「三津木先生にお願いというのはですね。不動産鑑定を低めに出してほしいんです。そうなれば家賃を下げる理由になりますからね」

「ただ家賃を下げるだけなら不動産鑑定評価は関係ないのではありませんか。大家の権利ですよ」

「わたしが全てを相続するのなら問題ないのですが、財産は深雪さんにも範次郎にも相続されるんでしょう。あいつらは島民のことなんて何も考えていないから家賃収入は今まで通り、いや、事によれば値上げをする可能性さえある。そうなれば百二十五戸で家賃に格差が出てしまう」

義理であっても母親は母親だ。それを名前で呼ぶことに、範次郎側との断絶を感じる。

「ええとですね」

相続鑑定士が特定の相続人に肩入れするのは許されないが、真意を確認したり誤った認識を正したりすることは職業倫理に反しない。ここは虚偽の不動産鑑定結果を出せない理由を明言し、匠太郎を説得するのが筋というものだろう。

「不動産鑑定結果がどうあれ、それを匠太郎さんの一存で家賃を下げれば店子は感謝するでしょうし、範次郎さんが大家に代わった店子は逆に羨ましいと思うだけなんじゃないですか。どっちにしてもあなたの損失にはならないでしょう」

「三津木先生は島民の気持ちをご存じないから、そんな風に言うんです」

最前は雛乃からも似たようなことを言われた。どうして今日初めて顔を合わせた一族から、こうまで言われるのか訳が分からない。

「オヤジが死んで、今は他の村議が村長職を代行していますが、早々に選挙管理委員会が臨時会を開いて選挙期日を決定します」

馬喰の言葉を思い出した。仁銘島の村長は半ば世襲制に近い。しかし匠太郎と範次郎が先代の財産を分割相続するとなれば、当然村長の座も奪い合うことになる。

「普通に相続されたなら深雪さんに半分、後の半分をわたしと範次郎で等分する計算です。つまり範次郎側は四分の三、わたしの方は四分の一。四分の一の島民が感謝してくれても、四分の三に反感を持たれたら選挙になんて勝てっこない」

つまり賃貸物件全ての家賃が下がれば店子全員が潤い、いち早く家賃の改定を表明した匠太郎の株が上がるだろうと計算しているのだ。

「事情はお察ししますが、不動産鑑定で虚偽記載が発覚したら罰金に加えて下手をすれば登録消除になります。勘弁してください。第一、家賃の引き下げということなら範次郎さん側に働きかけるのも手じゃありませんか。その上で発案者は匠太郎さんだと表明すれば選挙戦を有利に闘えますよ」

「わたしが根気よく説得したとしても、深雪さんと範次郎が応じるとは到底思えない」

　匠太郎は吐き捨てるように言う。

「深雪さんの父親が佐倉組合長であるのはご承知ですよね」

「鴇川行平氏と竹馬の友だったとか」

「馬鹿な。それ、佐倉組合長が自分で吹聴《ふいちょう》しているだけですよ。ひとつ屋根の下で暮らしていましたけど、オヤジが佐倉組合長を褒めたことなんて一度もありませんでした。年々漁獲量が減って島民の生活は先細りなのに、佐倉組合長はその地位を悪用して彼らから搾取を続けている。今まではオヤジが島を纏めていたから義父の立場にあっても干渉はしなかった。それがオヤジが死んだ途端、露骨に鴇川家に入り込んできた。深雪さんと範次郎を裏で操り、鴇川家をそっくりそのまま乗っ取ろうって魂胆ですよ。今後、漁業だけでやっていけないのは佐倉組合長が一番よく知っている。だからオヤジの最大の財産である家賃収入を独占し、あろうことか家賃の値上げまで画策している」

「画策とか……ちょっと大袈裟《おおげさ》な気が」

「佐倉組合長を知らない人はそう思うでしょうね。しかし知っている者が聞けばさもありなんと頷くはずです。わたしは佐倉組合長以上にカネに汚く、独占欲の強い人間はいないと思っています」

「でも組合長を長年務めているくらいだから人望はあるでしょう」

「ウチと一緒ですよ」

匠太郎は自嘲する。

「江戸の昔から佐倉家は網元でしてね。戦後になって網元制度は廃止になりましたけど、網元と網子の主従関係はそのまま続いています。漁で飯を食うヤツらは未《いま》だに借金と給料で組合長に支配されていますから」

裏で操る、家をそのまま乗っ取る——まるで再放送の時代劇でよく目にするお家騒動ではないか。

だが仁銘島の、しかも江戸時代からの習俗が連綿と続く屋敷の中で説明されると、たちまち現実味を帯びてくる。隠された信教、家父長制度が色濃く残る家、閉じたムラ社会。そうした因習が仁銘島だけを時代から切り離しているようだった。

気の毒なのは島民だった。馬喰と匠太郎の話を総合すれば、漁で生計を立てている者は土地で鴇川家に縛られ、カネで佐倉組合長に縛られていることになる。二重に支配されている図式であり、まさに江戸時代の封建制度を連想させる。

「それに範次郎はわたしをひどく憎んでいるようでしてね。仮に佐倉組合長の意向がなくても、わたしが家賃の値下げについて同意を求めたらあいつは感情的な理由だけで反対するでしょう」

一人っ子の三津木には、腹違いとはいえ兄弟同士で憎み合うという事情がどうしても腑《ふ》に落ちない。数少ない友人の中にも兄弟仲が悪い人間がいるので理解はできるものの、納得ができないのだ。

「匠太郎さんを憎む理由は何なんですか」

「それは本人じゃないと分かりませんよ。自分を何で嫌うんだなんて改まって訊いたこともありませんしね」

匠太郎は質問を突き返すが、言葉に切れがない。

「そういう事情で三津木先生にお願いするんです。もちろんタダとは言いませんよ」

まだ三津木を口説き落とすつもりでいる。

「鑑定結果を調整してくれるのなら、相応の報酬を支払わせていただきます」

匠太郎とともに須磨子も熱い視線をこちらへ向けてくる。三津木から色よい返事が聞けるまでは一歩も退《ひ》かないという顔だ。

進退窮まった刹那、いきなり思い出した。以前、ジンさんから聞いたアドバイスで、クライアントや相続関係者から無理な依頼をされそうになったら使えと言われた決まり文句だった。

「あの、選《よ》りに選って僕にお願いするのだけはやめた方がいいと思います」

「どうして」

「僕はですね、本当にとんでもなく口が軽いからです」

二人ともきょとんとしていた。

「秘密を守れないことには絶対の自信があります。それでもいいですか」

匠太郎と須磨子は思わずといった様子で顔を見合わせ、すぐに落胆の溜息《ためいき》を吐いた。


匠太郎夫婦から解放されて部屋を出ると、腋《わき》の下から嫌な汗が流れた。三津木の身体は精神状態に即座に反応する。今の会見がどれだけ苦痛だったかの証左だった。

咄嗟《とっさ》に使用した決まり文句は情けない限りの内容だが、効果は絶大だ。これで匠太郎夫婦が自分に密約を申し入れることは二度とないだろう。

緊張が解けると一気に疲労がやってきた。今日一日だけで収集した情報は三津木の処理能力の限界を超えている。今はただひと風呂浴びてから泥のように眠りたかった。

だが浴室に向かう途中で背後から声を掛けられた。

「三津木先生」

どこか切羽詰まった口調に振り返ると、そこに範次郎が立っていた。

「少し、いいですか」

こちらの都合など最初から考えていないという顔つきだ。今しがた匠太郎との面談を終えたところだが、ここで申し出を断れば三津木が匠太郎に肩入れしていると誤解されかねない。

三津木は嘆息したいのを堪えて応諾した。

前述した通り、範次郎の部屋は匠太郎夫婦の部屋と離れているので、大声を出さない限り秘密は保たれる。とはいえ秘密を保たなければならないような面談は御免こうむりたい。

「さっきはウチの雛乃が失礼を言いました」

「いや、僕が粗相をしたのが悪いんです」

「四年前に由梨……母親を亡くしてからというもの、俺にも懐かなくなって。反抗期なんですかね」

「さあ、僕は独り者で子どもがいないのでよく分かりません」

「男親にとっても娘のことはあまり分かりませんよ」

範次郎は三十七歳だから三津木とも歳が近い。一方は中学生の娘を持ち、一方は未だ独身のままなので、三津木は少し恥ずかしく思う。

苦笑した顔が匠太郎と似ても似つかない。鷹揚《おうよう》な態度が印象的な匠太郎に対し、範次郎は神経質な面を感じさせる。

「お話というのは、三津木先生に折り入ってお願いがあるんです」

やはり、そうきたか。

悪い予感は大抵当たる。

「今日一日、馬喰先生と島を回ったんですよね。家屋の不動産鑑定について、どんな感触を得ましたか。たとえば現在の家賃は相場に比べて割高だとか平均だとか」

「不動産の価値というのは個別で差異がありますから何とも」

「差異は確かにあるでしょう。しかしこんな離島の中古物件です。第一、オヤジが管理会社と協議したことになっているけど、設定されている家賃は畳の数に比例しているだけで、島のどこに建っていても一畳当たりの家賃に極端な差はないはずです」

当然だ。不動産価値も家賃相場も、利便性と供給量でほぼ決定する。離島の中にあって地域要因はどの物件も均一だ。個別的要因といえば船着き場に近いかどうかくらいだが、これも高潮の危険性を考慮すると相殺されてしまう。

「極端な価格差はないかもしれませんが、だからこそそれぞれの不動産について厳正な鑑定が必要なのだと馬喰先生から言われています」

「お言葉ですが、時代から取り残されたようなこんな離島で厳正を謳《うた》っても無意味ですよ。何しろ島を牛耳る権力者が三人もいたお蔭で、島民同士が争うことも珍しい。喧嘩っ早い連中のいざこざくらいはありますけど、それだって半日もすれば収まっちゃいますしね」

これは馬喰から聞いた話でもある。泥棒騒ぎや暴力沙汰といった紛争が起き平戸から弁護士が呼ばれても、鴇川村長や佐倉組合長、あるいは法蔵地宮司が仲裁に入るため、島に到着する頃にはすっかり解決しているのだという。今回のように相続の分割協議でわざわざ弁護士が呼ばれるのは相当に珍しいのだそうだ。

「三津木先生にお願いしたいのは、家屋の不動産鑑定の結果を実際より高く報告してほしいんです」

一瞬、匠太郎の言葉が脳裏に甦る。異母兄の予想通りの展開だ。

「賃貸を始めてから相当の年数が経っているし、一部の家屋はひどく老朽化しています。先生が仰る通りの厳正な査定をすれば、不動産価格に応じて家賃を下げることになる可能性が高い。しかし、敢えて高めの数値か、それが駄目でも家賃が現状維持になる程度に調整してほしいんです」

偽装とは言わず、ともに調整という言葉で誤魔化す辺りがやはり兄弟だと思った。

「あまり驚いていませんね。もっと反発されるかと予想していたのに」

「……所有している不動産の価格を高く見積もってくれという要望自体は珍しいことじゃありません。誰だって自分の資産は大きい方がいいですから」

「例外もあります。きっと匠太郎は逆に不動産鑑定価格を低くしてくれと言ってくるでしょうね」

何と範次郎は範次郎で異母兄の思惑に気づいている。

匠太郎との面談内容を聞かれでもしたかとひやひやするが、範次郎の顔色を窺う限りその気配はない。

「どうして匠太郎さんが鑑定価格を下げようとするんですか」

「すぐに思いつくのは島民への配慮。村長選挙を見据えて、公約の一つにでも掲げれば票が集まりますからね。ただし、それは匠太郎夫婦の発案じゃありませんよ」

「じゃあ誰の」

「決まっている。匠太郎の祖父にあたる宮司の法蔵地さんです」

匠太郎と話している時には一切登場しなかった人物だったので、三津木には意外だった。

「どうして、そこに宮司さんが出てくるんですか」

「窮状に喘《あえ》ぐ島民の生活を陰ながら護《まも》ってくれた。そういうストーリーを創ろうとしているんですよ。宮司はもう八十五歳、さすがに村長選挙に立候補するのは年齢的に無理があるけど、新村長を傀儡《かいらい》にして院政を敷くことはできますからね」

瞬時に宮司の顔を思い浮かべる。いくぶん近寄りがたい雰囲気があるものの、宮司に相応しい敬虔《けいけん》さと見識を兼ね備えた人物に見えた。

「顔合わせの後、宮司とも少し話しましたけど、そんなに権力志向が旺盛な人には思えませんでした」

「それがあの宮司のしたたかさでしてね。人面島が隠れキリシタンの島だというのは、もうご存じですよね」

「馬喰先生と宮司からおおよその歴史は説明してもらいました」

「オヤジが村長兼大家として島民の住まいを支配していた一方、精神的に島に君臨しているのが宮司の法蔵地です。あの袴姿のご老人はどうやらそれだけでは物足らないみたいなんです。ウチにしょっちゅう顔を出すのは、何も匠太郎の祖父というだけじゃない。匠太郎を自分の手駒にするために足繁《あししげ》く通っているんですって」

「でも、でもですよ。こんな言い方は失礼ですけど宮司以外の権力を握ることに何の意味があるんですか」

問われた範次郎はしばらくぽかんと三津木の顔を凝視していたが、次の瞬間けたたましく哄笑《こうしょう》した。

「あはははははははははは」

今までにも嗤われることは数多くあったが、こんなに弾《はじ》けたように笑われたのは初めてだった。

「あー、どうも失礼しました。いやあ、先生みたいな都会の人にはクソ田舎の権力志向っていうのが分かりづらいですかね」

範次郎の言葉には、島の旧弊さに対する近親憎悪のような響きがある。

「自分で言うのも何ですけどね、田舎って自然環境以外に誇れるものがないんですよ。ま、人面島には古《いにしえ》より続いてきた隠れキリシタンの歴史がありますけど、それだって迫害と忍従の歴史ですからね。誇りに感じているのは弾圧された恨み辛《つら》みの裏返しみたいなものです。虐げられた記憶が強烈だと、それを勲章にするしかアイデンティティの持ちようがない」

豪放なところのある匠太郎に対して、範次郎には斜に構えてものを見る癖があるようだ。どちらにしても友だちにしたいタイプではない。

「隠れキリシタンは文化遺産くらいにはなるだろうけど、観光で飯が食えるようなネタじゃない。どっかからお宝が発見されない限りね。そういうド田舎だから小銭を貯《た》めているヤツや少しばかり人から尊敬されているヤツは別の権力を欲しがるようになるんです。とにかく威張れますから」

「あなたも、ですか」

あまりに範次郎が憎々しげな物言いをするので、つい混ぜ返してみたくなった。

「あなたも何かの権力が欲しくて次の村長を狙っているんですか」

範次郎の発言はそのまま佐倉組合長への皮肉にも取れる。

ついでに祖父である佐倉組合長との癒着ぶりを問い質《ただ》したいとも思った。佐倉組合長と我が身を潤すために島民を経済的に支配するのも権力志向の一つなのかと訊いてみたい。

だが、意外にも範次郎は考え込む素振りを見せた。

「うーん、そうやって正面切って訊かれると違うと答えるしかないですね。オヤジを見ていたから知ってますけど村長なんてしち面倒臭いだけで、それほど儲《もう》かる仕事じゃありませんもの。ざっくり言っちまうと匠太郎に対する意趣返しみたいなものだとは思いますけど」

「意趣返しって何のですか」

「三津木先生は俺と匠太郎がいがみ合っている理由、匠太郎本人から聞きましたか」

「いいえ」

「訊いても、多分しらばっくれますよ。先生は呆れるでしょうけど、俺はあいつの嫌がることなら何だってやりたいんですよ」

何やら因縁のありそうな話だが、範次郎自身は打ち明けるつもりがないらしい。

「それで先生の返事はどうなんですか。協力してくれるんですか、くれないんですか。もちろんタダとは言いませんよ」

懐柔の言葉まで匠太郎と瓜二《うりふた》つだ。本人たちは否定したがるだろうが、やはり二人は同じ父親を持つ似た者兄弟だった。

それなら対応策も同じで構わないだろう。

「あの、選りに選って僕にお願いするのだけはやめた方がいいと思います」

期待通り範次郎にも呆れられ、三津木はようやく解放された。

忘れかけていた疲労が数倍になって身体に伸《の》し掛かる。もう誰に呼び止められても立ち止まろうとは思わなかった。

4

鴇川家の風呂は想像していたよりも、ずっと広くて立派だった。ヒノキ造りの浴槽は大人二人が入れそうなほどだ。

湯船に浸《つ》かり、手足をいっぱいに伸ばすとようやく人心地がついた。

しばらくして露わになったジンさんが目を開いた。

『疲れたか』

「ああ、一日フルに働いた上に兄弟間の醜い争いを見せつけられたからね」

『俺はお前を見ていて疲れた。それもただの疲れじゃない。要介護になって愚痴っぽくなった義理の父親を背負いながら富士山登頂するくらい疲れた』

「どんな喩《たと》えだよ」

『確かに口の軽さを自慢したら、相手は密談を思い留まるだろうが、土地家屋調査士に必要な信用ってやつを手前《てめ》ェで毀損している。明日の朝になってみろ。お前の口の軽さと頭の悪さと童貞臭さは島中に知れ渡る。腹が弱々なのは今日中にニュースになっているだろうから、まあ三日四日はお前の噂で持ち切りだ。嬉しいだろう』

「口が軽いふりをしろってアドバイスしたのはジンさんじゃないか」

『口が軽いかどうか以前に、お前は基本的に人間として役に立たない。だからわざわざ信用のなさをアピールする必要なんてなかった。アドバイスした俺が馬鹿だった』

「ひどい言われよう」

『褒める点もある』

ジンさんが三津木を褒めるなど、そうそうあることではない。期待して次の言葉を待った。

『少なくとも匠太郎のような権力志向はないし、範次郎のように手前ェの生まれ故郷を憎悪するコンプレックスも持ち合わせていない。極めて平凡で上昇志向に乏しく、捻《ね》じ曲がるような複雑な思考回路を持っていない』

「それで褒めてるのかい」

『短所を別の言い方に替えて、必死に褒めようとしている。まあ、この辺が限界だな』

「相変わらず上から目線だ」

『クライアントの馬喰のみならず、鴇川家全員への対応に苦労しているようなヤツを、どうやって尊敬するんだよ。わずか十四歳の娘相手でも腰が引けてたじゃねえか』

「雛乃ちゃんは何というか一種独特の、まるで青い果実みたいな瑞々《みずみず》しい魅力があって」

『間違っても、そういうことを人前で口にするな。長崎県には少年保護育成条例がある。お前なんざ即座に二年以下の懲役又は五十万円以下の罰金だ』

「まさか。手を出すつもりなんて毛頭ないよ」

『手は出さなくても、目つきが犯罪的に嫌らしいんだよ。自分で気づいてないのか。同世代の須磨子を見る目はフーゾクの情報誌を眺めるオッサンの目そのものだった。深雪夫人にまでエロい視線を向けた時なんざ、俺はお前のストライクゾーンの広さに悲鳴を上げそうになった』

「いや、別にゾーンに入ったからって打つような真似はしないよ」

『見送り三振しかしない男が偉そうな口を叩《たた》くな。もっとも深雪と須磨子が科《しな》を作ってお前を誘惑しようとしたのは確かだがな』

「でしょ。僕もそう思った」

『おい。今、ちょっと嬉しそうな顔しただろ。あのな、あの二人が秋波を送ってきたのは、お前が誘惑に弱いと踏んだからだ。誇れるようなことかよ』

毒舌ながら言っていることは正しい。実際、二人の色香に抗しきれたのは三津木の自制心のお蔭ではない。単に女性慣れしていないから、相手の間合いに飛び込もうとしなかっただけの話だ。

「でもさ、こうして風呂に浸かって、やっと気が抜けるよ。あの人たちの間にいると人の欲に中《あ》てられて気分が悪くなる」

『それで胃の中のもの吐き出してたら世話ねえな。第一、お前はいつだって気が抜けてるじゃねえか』

悪罵が一向に途切れないが、三津木は反論のしようがない。腹立ち紛れにジンさんを殴ってやろうと思う時もあるが、自分で自分の肩を殴るのだから自傷行為にしかならない。

「でもジンさん。こんな離島で権力争いなんて無意味な気がするのは僕だけかな」

『ああ、お前だけだ』

「身も蓋もない」

『その辺りの事情は範次郎自身が懇切丁寧に解説してくれたじゃないか。田舎は持てるものが少ない。だから人が持っていないものを獲得してマウンティングしたがる。とかく権力を欲しがる、威張りたがる。そういうのは基本的に猿山のサルと同じで、サル並みの行動原理って話だ。ついでに言っとくと、権力志向は大抵野郎の行動原理だから、女より男の方がサルに近いって見当くらいはつく』

「ジンさん、男には手厳しいからなあ」

『女に甘い訳じゃない。女だって馬鹿な場合がある。しかし比較すると、男の馬鹿さ加減が女のそれを圧倒してるんだ』

「人面島は猿山か。島民が聞いたら絶対に怒るだろうなあ」

『コミュニティが狭いから欲望が凝縮される。ところが絶海の孤島だから捌《は》け口もない。逃げ場がない分、猿山としても最悪だな』

「よくそれだけ悪口を並べ立てられるものだな。感心するよ」

『あのな』

ジンさんは声を一段、落としてきた。

『そういう危険な現場にいるって事実を自覚しろ。匠太郎夫婦や範次郎だけじゃない。鴇川家の財産に関わる人間は、これからもお前に接近してくる。注意してないと、そのうち寝首をかかれるぞ』

「そんな物騒な」

『お前が太平楽過ぎるんだよ。閉鎖された狭い空間では欲望が凝縮されると言っただろ。その欲望がよそ者に向かわないって保証はどこにもない。お前が敵対する側に利益をもたらす存在だと認識したら排除にかかるかもしれん』

「いくら何でも時代錯誤だって」

『さっき範次郎が言いかけたけどな、この島は忘れられた場所なんだ。パソコンやスマホがあっても、島に蔓延《まんえん》する空気は江戸時代のままだ。時代錯誤なもんか。封建制度と排他性は現在進行形だ』

「ジンさんは大袈裟《おおげさ》なんだよ」

『お前は極楽トンボなんだよ』

普段は呼吸をするように悪態を吐くのに、いよいよ三津木が危うくなると本気で身を案じてくれる。言うまでもなく三津木の身に危険が及べば同時にジンさんも無事では済まないからだが、いずれにしても寄生生物の忠告には従うべきだろう。

『それより気にならねえか』

「何をさ」

『匠太郎と範次郎の仲違《なかたが》いの理由だ。いくら腹違いだからってあの仲の悪さはちょっと珍しい』

「遺産相続が絡めばどんな兄弟だって、ああなるんじゃないかしら」

『馬鹿。鴇川兄弟の確執は今に始まったことじゃない。当主の行平が急逝する以前から犬猿の仲だった。原因は匠太郎の方にありそうだが、本人は忘れたか忘れたふりをしている』

「その理由さえ分かれば兄弟仲の修復も可能って訳か」

『俺がいつ兄弟仲を修復させろなんて言った』

「へっ」

『因縁の異母兄弟が遺産相続をきっかけに血で血を洗う争いを繰り広げる。これはロマンだよな』

「どこがロマンなんだよっ」

『どうせ俺は野次馬だからな。家族間の争いは醜ければ醜いほど、派手なら派手なほど面白い。あああ、わくわくするなあ』

脱衣所から出たところで公一郎と鉢合わせした。どうやら脱衣所の外で次の番を待っていた様子だ。

「ああ、お待たせしちゃったみたいだね。少し長風呂だったかな」

「いえ、何か話し声が聞こえたから。三津木先生、誰と風呂に入っているのかと思って」

どきりとした。湯に浸かった解放感から、すっかり声が大きくなっていたのかもしれない。

「独り言だよ、独り言」

「いつも、あんなにでかい声なんですか」

「いや、それはさ。旅の空でつい気が緩んだというか……内容は聞こえたのかな」

「内容までは。でもこの家、そんなに防音効果ないんで気をつけた方がいいですよ」

公一郎と面と向かって話すのはこれが初めてだった。顔合わせや食事の時には他の家族に紛れて目立たなかったが、十四歳にしては精悍《せいかん》な顔立ちで、かつ老成した印象がある。匠太郎にも須磨子にも似ておらず、どちらかといえば遺影で見ただけの行平の面影がある。

「……風呂の時間が遅れたのは、オヤジたちに捕まっていたからですか」

「相続人の意見を聴取するのも相続鑑定士の仕事だからね」

「どうせ、次の選挙絡みの話でもしたんでしょう」

「まあ、ね」

「今日会ったばかりの人に何を囁《ささや》いてんだか。恥ずかしくないのか」

どこか拗ねたような口ぶりは、やはり十四歳のものだった。

「お祖父さんの跡を継いで村長に立候補するのがそんなに恥ずかしいことなのかな」

「都会はどうか知りませんけど、ここいら辺の選挙は大人のレクリエーションみたいなものです。島で一軒きりの呑《の》み屋に呼んだり呼ばれたり、カネを渡したり渡されたり。大抵は祖父さんの当選で決まりだったから緊張感もなく、島の人にとって選挙期間中は連日タダ酒が呑めるお祭りでした。あれ、見苦しかったなあ」

　公一郎は十四歳だから、過去に三回ほど選挙戦を目撃した勘定になる。たった三回の体験で子どもが嫌悪感を抱くのだから、どんな有様だったかは大体想像がつく。

「正直言って、先生には来てほしくなかったです」

「どうして」

「だって今度の村長選挙、俺のオヤジと範次郎叔父との闘いになるかもしれないんですよ。同じ屋敷の中で兄弟同士が街頭演説し合うんですよ。どう考えたっておかしいし、そんなの余所《よそ》の人に見られたら恥ずかしさしかない」

　仁銘島と鴇川家の抱える特殊事情で目が曇っていたが、公一郎の言うことは至極もっともと思えた。

「ええと、色々気に障ったようなら謝るよ」

「先生のせいじゃないです」

　公一郎は憮然《ぶぜん》とした面持ちで言う。三津木は、鴇川家内の争いがこの十四歳の少年を老成させている可能性に思い至った。

「長話で引き留めてすみませんでした。早く休んでください」

　公一郎は軽く一礼して脱衣所に入っていく。

　不思議に胸の痞《つか》えが取れたような気分だった。船酔いの直後からあれこれと島の因習を見せつけられ、いい加減辟易《へきえき》していたところにありついた一服の清涼剤だった。

「いい子だなあ」

思わず呟《つぶや》くと、右肩がむずむずした。どうやらまたジンさんが小言を漏らしたいらしい。浴衣をずらして肩を露出させると、案の定罵倒された。

『お前って、ホント単純な』

「だって、いい子じゃないか」

『欲に塗《まみ》れてぎとぎとになった連中ばかり見たから、フツーなのが立派に見えるだけだ』

「でもそこいらの十四歳よりはずっと大人びている」

『母親が貧乏で病弱で寝たきりだとな、わずか一歳未満の赤ん坊でも自分でトイレに行くようになるって話だ。特に珍しい話じゃない』

「色々と問題を抱えた家だね」

『そういうことをもっともらしくほざくから、いつまで経っても馬鹿が直らねえんだ。どんな家にも問題はある。かたちが違うだけだ』

言われてみれば三津木の生まれ育った家にも、他人に言えない問題があったではないか。二の句が継げず、三津木は唇を曲げる以外に抗議する術《すべ》がない。

『そもそも折角のチャンスだったのに、どうして匠太郎と範次郎が仲違いしている理由を訊かなかった』

「あ」

『……お前、考えながらモノ喋ったことがないだろ。いつもいつも脊髄反射で受け答えしやがって。公一郎は匠太郎を嫌っているみたいだから、訊けばすんなり教えてくれたはずだぞ』

「でも、これから毎日顔を合わせることだし、それはまたの機会に」

『お前は肩に人面瘡を貼り付けているだけじゃなく、股に機械を挟んでいるのか』

ジンさんが駄洒落《だじゃれ》を放つのは、直後に猛烈な罵詈雑言《ばりぞうごん》が爆発する前兆だ。三津木は「廊下の向こうに人がいる」と理由を告げてから、浴衣を元に戻す。どれだけジンさんが喋り足りなくても、他人の目がある場所では沈黙を守るのが二人の取り決めだった。

二　継承者死す

I

　翌朝は前日と同じく、家族全員がダイニングに集まって朝食を摂《と》った。兄弟間でいがみ合っていても食事は一緒というのは大家族の仕来たりなのだろうが、兄弟本人たちから確執を聞いた今、さすがに三津木も緊張なしに箸を動かすことができなかった。

　匠太郎と範次郎同士は言うに及ばず須磨子と深雪夫人もお互いを見ようとしない。

「公ちゃん、そのお醬油《しようゆ》取って」

「ほい」

　辛うじて言葉を交わしているのは公一郎と雛乃だけで、平凡なやり取りが却《かえ》って目立ってしまう。家族団欒《だんらん》どころか、ぎすぎすした空気が食卓を覆っている。

　それでも茶碗《ちやわん》に三杯の飯を平らげて、三津木は今日も不動産鑑定に出掛ける。鴇川家内のいざこざも佐倉組合長と法蔵地宮司の権力争いも、ルーチンワークに徹している時は忘却していられる。

玄関で靴を履いていると、廊下の向こうから須磨子が歩いてきた。

「先生、これからお出かけですか」

「ええ、はい」

「今日も暑くなりそうですけど、飲み物とかお持ちですか」

言いながら須磨子は緑茶のペットボトルを差し出した。

「途中で飲んでくださいな。熱中症にでもなったら大変ですよ」

「有難うございます」

つい今しがたまで冷蔵庫に入っていたらしく、ペットボトルは凍りそうなほど冷えていた。

「今日はどちらに行かれるんですか」

「えっと、三叉《さんさ》地区まで足を延ばそうと思ってます」

三叉地区というのはその名の通り三叉路を中心とした集落だった。集落といっても道路を隔ててわずか三戸が建っているだけだから、島の中でも更に過疎の地域だ。

「あそこに行くんだったら、峰《みね》さんに会うかもしれないから、気をつけてくださいね」

「誰ですか、その峰という人は」

「宮里《みやさと》峰さん。一人住まいのお婆《ばあ》ちゃんなんだけど、とにかく噂《うわさ》好きであることないこと言いふらすのが趣味なんですよ」

須磨子は口に出すのもおぞましいというように眉を顰《ひそ》める。

ああまたか、と三津木は思う。どこに行っても近所の鼻つまみ者はいるもので、仁銘島では峰という独居老人がそれにあたるのだろう。

礼を言って鴇川宅を出る。須磨子の言う通り、まだ八時になったばかりだというのに陽射《ひざ》しが強い。島だから空気の逃げ道があるはずなのに、地面から立ち上る熱気が三津木を責め立てる。平坦《へいたん》な道よりも坂道が多いので、すぐに足腰が悲鳴を上げる。

早速、須磨子からもらった緑茶で喉を潤わせる。冷えた緑茶が食道を通過すると、それだけで気力が湧いてきた。

「あー、生き返る」

右肩が疼《うず》き出したのでシャツをずらす。ジンさんがこちらを冷ややかに眺めていた。

『たかが一本百五十円のお茶で生き返るのか。激安だな、お前の命って』

「いや、そういう言い方はないだろ。生き返るってのはお茶の美味《おい》しさだけじゃなくて、須磨子さんの心遣いも含めて気力が満ちてくるっていうか」

『たかが一本百五十円のお茶でそこまで感激するか。激安だな、お前の感動って。おっと、も少し話を聞け』

あまりの悪口に抗議しようとしたが、ジンさんに機先を制された。

『須磨子が気を遣っているのはヒョーロク、お前に対してじゃない。お前が匠太郎の意を汲《く》んで不動産の鑑定価格を調整するかどうかだけだ。思い通りの評価額が確定しさえすりゃあ、お前が熱中症で倒れようが海に落ちて近海のサメに食われようが歯牙にもかけねえよ』

「ひどい」

『ひどいのはお前の自意識の過剰さだ。もうちっと自分を客観視できねえのか』

ジンさんに叱咤《しった》され、三津木は三叉地区へ歩を進める。途中で二人の島民とすれ違ったが、三津木を見る目がいかにも胡散臭《うさんくさ》そうだった。

「何だか怪しげな視線だったなあ」

『元々お前は怪しい人間だから、全くもって正しい反応だな。普通にしていたって閉鎖的な島の人間にしてみればよそ者なんて異物に過ぎない。相続鑑定士なんて謎めいた肩書ひけらかしたら、そら奇異な目で見られるしな』

ようやく三叉地区に足を踏み入れた時、向こう側からシルバーカーを押して歩いてくる老婆がいた。歳《とし》はどう見ても八十歳以上、足元が覚束《おぼつか》なく、シルバーカーが支えになっていなければ確実に転倒している。陽に灼《や》けて肌が黒く、白い蓬髪《ほうはつ》が風に戦《そよ》いでいる。

この老婆からも胡散臭そうな目で見られるのだろうと覚悟していると、彼女は三津木を見つけて立ち止まった。

「あんた、鴇川さんに呼ばれた鑑定士さんでしょ」

無遠慮な物言いだが、彼女の口から出ると不自然さがなかった。

「はい、そうですけれど」

「鴇川さん名義の土地、全部調べて回ってるんだってね。この暑いのに一人で大変。もっと大勢でやればいいのに」

「事務所が人手不足なもので」

「まっ、一人の方が礼金の取り分が多くていいか。鴇川の兄弟も次期村長の座がかかっているとなりゃあおカネに糸目はつけないだろうし」

「あのう、失礼ですが」

「あたしは宮里っていうんだけどさ。近所じゃ峰バァで通っている」

噂をすれば何とやら、この老婆が須磨子の言っていた噂好きの峰か。こういう人の前では迂闊《うかつ》なことを言ってはいけない。

「ご兄弟が次期村長の座を争っているなんて、誰が言ったんですか」

三津木なりに噂を断ち切ろうとしたが、峰バァはあっけらかんとしたものだ。

「誰が言うでもないさ。島中みいんな知ってることだもの」

「へっ」

「あの兄弟の仲の悪さは今に始まったことじゃないし、匠太郎さんの後ろに法蔵地の宮司が、範次郎さんの後ろに佐倉組合長がいるのは昔っからだよ。だから先代の行平さんが亡くなった直後から後継ぎを誰にするかで宮司と組合長がやり合ってんだもの。こんな面白い見ものはないさね」

「宮里さんは鴇川さんの店子《たなこ》ではないんですか」

「土地も建物もきっちり借りてるよ。それがどうかしたかい」

店子でありながら大家の揉《も》め事を面白いと言い切る度胸は大したものだと思った。

「他のヤツらは鴇川さんに気兼ねしてだんまりを決め込んでいるけどさ。酒が入りゃ途端に陰口が出てくるんだから、日頃から言いたい放題のあたしよりタチが悪いよ」

「よく鴇川さんから苦情がきませんね」

くるよ、と峰バアは事もなげに言う。

「もっとも直接、家に怒鳴り込みやしないよ。人を介してやんわりという感じだねえ」

「それでもやめないんですか」

「こんな辺鄙《へんぴ》な場所で娯楽といったら、人の噂話しかないからねえ。年寄りの愉《たの》しみを取り上げないでおくれよ」

根っからの話し好きなのか、それともただ噂を吹聴《ふいちょう》するのが生き甲斐《がい》なのか、初対面の三津木に峰バアは気後れ一つ見せない。

びくりと右肩が蠢《うごめ》いた。峰バアから情報を訊《き》き出せというジンさんからの合図だった。

「僕の仕事は相続鑑定士でして」

「うん、そう聞いてる」

「相続財産の運用をアドバイスするのも仕事の一つなんです。財産が賃貸物件なら居住している人の意見も伺ってみたいです」

「あんたさあ」

峰バアは歯を剝《む》き出しにして笑う。

「噂が聞きたいなら聞きたいってはっきり言いなよ。人間てのはね、時には思ったことを素直に口にしなきゃダメよ」

素直過ぎるのもどうかと思ったが黙っていた。

「さすがに往来でする話じゃないからウチに来なよ。すぐそこだし」

厚意に甘えて峰バアの家に立ち寄ることにした。鴇川家に纏《まつ》わる噂話を聞く目的で時間を費やすのには罪悪感があったが、賃貸物件の査定をするという名目を考えついて抵抗感が薄れた。

峰バアの家は安普請という言葉が一番しっくりくるような建物だった。瓦葺《かわらぶき》の木造平屋建て、おそらく築五十年は経過しているだろう。この地方は過去に何度も台風の襲来を受けたはずだが、よく持ち堪《こた》えたものだと感心する。

「汚いところだけど上がっとくれ」

ただし家の中は存外に片づいており、峰バアが見掛けによらず綺麗《きれい》好きなのが分かる。六畳のやや手狭な居間に誘われ、三津木は勧められた座布団に座る。中の綿がほぼ潰れており、あまり布団の役目は果たせそうにない代物だった。

「あんた、不動産鑑定を頼まれているみたいだけど、きっと匠太郎さんからは鑑定価格を安く見積もれとか言われてるんじゃないの」

図星を指されて危うく肯定しそうになる。

「どうして、そう思うんですか」

「だって匠太郎さん本人がそこら中で公言しているもの。もし自分が村長になったら、店子の家賃を一斉に下げてやるって。村長選挙前の公約ね」

「弟の範次郎さんが同じ公約を掲げたら争点になりません」

「範次郎さんは値下げなんてさせないだろうね。現状維持か、さもなきゃ逆に値上げを言い出すかも」

「それだと家賃収入は増えますが選挙では不利になります」

「島民全員が店子って訳でなし、自分の土地を持っている者にしたら土地の価値が上がるのは悪い話じゃないさ。第一、範次郎さんは匠太郎さんに逆らいたいだけで、本気で村長なんて目指していないよ」

聞きながら驚いた。範次郎が村長の仕事に憧れていないのも匠太郎に反抗したいだけなのも、本人の口から聞いているから正解だ。それをどうして峰バアが知っているのか。

「範次郎さんがそう公言しているんですか」

「あの人はそういう人じゃないね」

あまり褒めた言い方ではない。まるで真面目だから面白くないといった口調だった。

「子どもの頃からそうだったけど、割に豪傑な匠太郎さんと違って、いつも一歩引いたところからモノを言うような人でさ。慎重っていうか、率先して何かをする感じじゃなかった。村長選挙を睨《にら》んでっていうのも、大方匠太郎さんに対する嫌がらせみたいなもんよ」

「仲が良くなかったんですね」

「昔はそうでもなかったよ。腹違いでもたった一人の兄弟だしね。この季節になるとよく二人して海岸や二《ふた》ツ池《いけ》で泳いでいた」

初めて聞く地名だった。

「すみません。二ツ池というのは何ですか」

「あんた、島の地図を見たことあるかい」

「ええ。人の顔に似ているから、人面島とも呼ばれているそうですね」

「顔の目にあたるのは池なんだけどね。その池は二つとも円形をしてそっくりなものだから二ッ池って名前がついてんの。綺麗なのよー。一度行ってみるといい」

池では不動産価値がない。三津木は適当に頷《うなず》いて本題に入る。

「昔は仲の良かった兄弟が、どうして今は犬猿の仲になってしまったんですか。しかも仲が悪いのに、ひとつ屋根の下に暮らしているじゃないですか」

「ひとつ屋根の下に暮らしているのは、あの家を出たら二人とも食っていけないからよ。匠太郎さんも範次郎さんも行平さんの手伝いで不動産の管理はしているけど、手伝いはどこまでいっても手伝い。独立して起業するような甲斐性なんてないから」

「辛辣ですね」

「行平さんの威光が強過ぎたのよ。村議会を牛耳って漁業の管理権を漁業組合から一部剝奪するわ、信仰の自由を盾に仁銘神社への寄進を減らすわ、村長の権力を見せつけたの。宮司さんや佐倉組合長も大したタマだけど、やっぱり行平さんには敵《かな》わなくてね。自分たちの娘を行平さんの許《もと》に嫁がせたのも、正面切って敵対したくないから人身御供《ひとみごくう》に差し出したってのが島の人間の見方」

「じゃあ、宮司が匠太郎さんの、佐倉組合長が範次郎さんの後ろ盾になって相続争いをけしかけているのは、行平さんへの意趣返しみたいなものですか」

「意趣返し。難しい言葉、知ってるのねえ。まあ仕返しという意味なら、そうよ」

噂好きというよりは歴史の証人だと思った。峰バアの話にはほとんど主観が入っていない。多くは既成事実と島民の総意を語っているだけだ。

ならば、やはりこれは是非質問しなければならない。

「匠太郎さんと範次郎さんの仲が悪くなった原因をまだ聞いていません。まさか宮司と佐倉組合長が仲違《なかたが》いさせているっていうんですか」

問い詰められ、初めて峰バアの顔にわずかな躊躇《ちゅうちょ》が表れた。

「あのね、匠太郎さんの子どもは公一郎ちゃん一人だけど、本当は須磨子さん、二人目を身籠った時があったのよ」

初耳だった。

「公一郎ちゃんが小学校に上がる前の話よ。島には産婦人科のお医者も産婆もいなかったから、臨月になると平戸の病院に入院したのよ。そしたら匠太郎さんというのが大層な好きモノでさ。事もあろうに範次郎さんの留守中、奥さんの由梨さんを手籠めにしちゃった訳」

意外な話に思考がついていけない。

「同居しているんですよ」

「同居してたから、余計に抑えが利かなかったのかも。行平さんも若い時分は散々浮名を流してたクチだから、そこだけ似ちゃったんだろうかねえ。弟の嫁、それも同居している義理の妹に手を出して秘密にしておけるはずもないでしょ。不倫話はあっという間に島中に広まって由梨さんは身内からも島の人間からも責め立てられたのよ。ほら、この島は不倫に殊の外厳しいから」

「どうして殊の外なんですか」

「あんた、人面島が隠れキリシタンの島って聞いてないの」

言われてようやく思い出す。「汝、姦淫《かんいん》するなかれ」はモーゼの十戒《じっかい》の一つだったではないか。

「とにかく宮司の法蔵地さんが怒り心頭でねえ。自分の娘を嫁がせた先での不倫だったから面目丸潰れだって、えらい剣幕。島民は全員信徒だから宮司さんに煽《あお》られるまま、由梨さんを責め続けた。仁銘神社へ出入りするのを禁じられ、島の会合にも呼ばれない。道端で挨拶しても無視で返される。往来で悪口を言われる。挙句の果てには子どもから石を投げられた」

「それ、いくら何でも時代錯誤じゃないですかね」

「石を投げた子どもも本当のことは分かっちゃいないよ。ただ親からけしかけられただけでさ」

「由梨さんがそれだけ迫害されたのなら、不倫相手の匠太郎さんに対する非難はもっと苛烈だったでしょうね」

「いンや」

峰バアは意地悪そうに笑ってみせた。見覚えのある笑い方だと思ったら、ジンさんが時折見せる皮肉な笑い方にそっくりだった。

「匠太郎さんはほとんどお咎《とが》めなし。島民の誰一人として非難しなかった。もちろん陰口は別だったけど」

「それって変ですね。匠太郎さんは宮司の孫にあたるんですよね。だったら由梨さんと同等か、彼女よりも厳しく罰せられて当然のような気がしますけど」

「宮司の孫だからだよ。信徒が面と向かって宮司の身内を貶《けな》せるもんか。それに当時は行平さんの威光が強かったし、範次郎という旦那がいながら股を開いた由梨さんがとにかく尻軽なんだって非難が集中したんだよ」

三津木は俄《にわか》に義憤を覚える。ジンさんはよそ者のくだらない正義感とでも腐すだろうが、どうにも抑えることができない。

「男尊女卑もいいところだ。島の女性は怒るべきですよ」

「怒るも何も、当人である由梨さんが最大級の抗議をしたから、他の女どもは呑《の》み込むしかなかった。由梨さん、海岸沿いの崖から投身自殺しちゃったんだよ」

言葉もなかった。馬喰からの話ではがんで亡くなったということだったが、実際は自殺だったとは。不倫の一方だけが責任を問われ、石を投げられ、挙句の果てには自死の道を選ぶ。まるで明治時代に制定された姦通罪ではないか。

「それで終わればよかったんだけどねえ」

「まだ続きがあるんですか」

「匠太郎さんの浮気を知った須磨子さんが体調崩しちゃってね。結局お腹《なか》の子どもは流れちゃったんだよ。赤ん坊の流れたのが由梨さんの死んだ直後だったから、これは由梨さんの祟《たた》りに違いないってね。由梨さんを罵っていた島民たちはそれっきり口を噤《つぐ》んじまったのさ」

おそらく顔に出たのだろう。峰バアは三津木の顔を眺めてにやにや笑った。

「古臭い場所だと思ってんだろうけど、その通りだよ。何しろ隠れキリシタンが生き延びている島だからね、大昔の不義密通だって男尊女卑だって生き残ってるさ」

いみじくも範次郎が指摘した通り、仁銘島は時代から取り残された場所だ。峰バアの言及にも一致する。では、島民の多くが仁銘島の時代錯誤を認識しているということなのか。

「範次郎さんとは離縁させられたんですか」

「離縁される前に死んじまったよ。まだ雛乃ちゃんは母親が死んだのをはっきり分かってないみたいだったけど、範次郎さんの悲しみようといったらねえ。由梨さんの葬儀の席で匠太郎さんに殴りかかったんだよ。行平さんや他の参列者が止めに入らなかったら流血騒ぎになっていただろうね」

範次郎が匠太郎に襲い掛かる図など、なかなか頭に思い浮かばない。

「範次郎さんが匠太郎さんに恨みを抱くようになったのはそれがきっかけさ。島の人間ならみんな知っている。範次郎さんは恨んでも仕方ないと承知している。実際、あの日を境にあまり笑わなくなったし、事ある毎《ごと》に匠太郎さんに盾突くようになった。息子の嫁を寝盗《ねと》られたかたちの深雪さんも匠太郎夫婦に喧嘩《けんか》を売るようになったし、佐倉組合長と宮司の仲はますます悪くなった。それでも鴇川家が何とか平穏を保っていられたのは、一にも二にも行平さんが四方に目を光らせていたからさ。日頃から自分の目の黒いうちは屋敷の中でいざこざは一切許さないって命令していたんだよ」

「どうして由梨さんは逃げなかったんでしょうか。いっそ離縁されたら矛先も多少は匠太郎さんに向くでしょうに」

「島にいる限り匠太郎さんは村長の長男だし、由梨さんはどこまでいっても不義密通の穢《けが》れ者さ」

「それなら島を出ればいい」

「無理だね」

峰バアはゆるゆると首を横に振る。

「あんたは田舎の生まれかい」

「中途半端な地方出身ですよ」

「でも、そこから出て、今は東京住まいなんだろ。だったら幸せ者だよ。知っているかい。土地には人を縛る力があるんだ。この島に生まれて三、四十年もしてみな。他の場所で生活することなんて想像もできなくなるから」

峰バアの言葉にはどこか自虐の響きがある。島民からの迫害に耐えきれず自死しか選択できなかった由梨に、この歳になるまで仁銘島に縛られ続けた我が身を投影しているのかもしれなかった。

「この島が時代遅れなことは知っている。不便なことも身に沁《し》みている。だけどさ、少なくとも居場所はあるんだよ」

「由梨さんはその居場所も奪われたということですか」

「不倫した相手と同じ屋根の下にはいられないさ。それでも匠太郎さんは図太く居座ったけどね。家にいられない、島の外でも生きていけないとなったら身を投げるしかないさ」

よくそんな状況を甘受できるものだと思ったが、本当は甘受などしていないのではないかと打ち消した。ぬるま湯に浸かっているのと同じだ。不快なのは感じていても、外に出たら風邪をひくのが分かっているから抜け出せない。迷っているうちにも、どんどん湯は冷めていくという悪循環だ。

「あんたはホント、思ったことが顔に出る人だねえ」

三津木の顔を覗《のぞ》き込んだ峰バアは呆《あき》れた調子で言う。

「そりゃああたしだってここが極楽とは言わないさ。だけど地獄でもない。こうして細々と生活していられるからね」

峰バアは我が家をぐるりと見回してから、またも自虐気味の笑みを浮かべる。そしてせめてもの自己弁護なのか、こんなことを言い出した。

「でも自分の子どもまで巻き込もうとは思わないのよ。だから一人息子は中学卒業した時、遠縁に預けた。こんな島で親と同居するより、多少寂しい思いしたって余所で暮らした方がいいに決まってるからね」

誇らしげな物言いから、彼女の息子には展望が開けたのだと察しがついた。

「お蔭《かげ》で息子はちゃんとした給料取りになれたし、孫娘なんかワイドショーのレポーターにまで出世したんだよ。毎日テレビを見るのが楽しみでねえ。あたしの噂好きがいい具合に遺伝したもんだよ、ひひひひひ」

その瞬間だけ、峰バアは孫思いの善良な顔をしていた。

宮里宅を辞去すると、思わず独り言が口をついて出た。

「そりゃあ範次郎さんが兄貴に反抗する訳だ」

喋《しやべ》った途端にジンさんが突っ込んできた。

『っとに今更な野郎だな。男が男を憎む理由なんて、プライドを傷つけられた以外の何があるよ』

「じゃあジンさんは由梨さんの死んだ原因に気づいていたのかい」

『範次郎の匠太郎に対する口ぶりを聞いていたら、女絡みというのは見当がつく。ヒョーロクが第三者だったから範次郎も抑えていたが、逆に言えば身内のいざこざを第三者に話すくらいだから憎しみの根は相当に深い』

「でも匠太郎さんが由梨さんに手をつけたというのは衝撃的だよね。血は繋《つな》がってないけど、ひとつ屋根の下で近親相姦だよ」

『近親相姦くらいで騒ぐな、馬鹿。だから童貞臭いって言われてんだ』

「言ってるのはジンさんだけだ」

『いいか。女房が孕《はら》んでいる時に亭主が浮気するなんてのは定番中の定番だ。それに鴇川行平が先妻の華江を亡くしたのは匠太郎が五歳の頃だった。ところが速攻で深雪を後妻に迎えて、翌年には範次郎が生まれている。先妻の喪に服す気なんて更々ない、根っからの女好きなんだよ。峰バアだって、若い時分の行平は散々浮名を流していたって証言したろ。その血が匠太郎にも脈々と受け継がれているとしたら、あいつが溜《た》まりに溜まった性欲のはけ口に由梨を選んだとしても何の不思議もない』

「しかし由梨さんの自殺直後に、須磨子さんが二人目を流産している。それが由梨さんの祟りだというなら、匠太郎さんと範次郎さんは殺し合いになってもおかしくないくらい憎み合っているだろ。そんな二人が同居しているなんて異常過ぎる。兄弟だけじゃない。深雪夫人だって匠太郎さんを恨んでいるだろうし、須磨子夫人にしてみれば二人目が流れたのは範次郎一家のせいだと逆恨みしているかもしれない。これじゃあ、どうぞ刃傷《にんじょう》沙汰を起こしてくださいって言ってるようなものだ」

『確かに異常ではある。しかしな、注目すべきはそこじゃない』

「どこだよ」

『一触即発の状況下にも拘《かか》わらず、大した揉め事を起こさせなかった行平の支配力に目を向けろと言っているんだ。当主が行平でなかったら、鴇川家は今頃空中分解しているか、宮司と佐倉組合長の代理戦争をさせられている』

「ちょ、ちょっと待ってよ。それってまさに現状そのものじゃないか」

『だからだっつってんだろ』

ジンさんは苛《いら》立《だ》ちを隠そうとしない。

『抑え込んでいた鬱憤やら憎悪やら怨嗟《えんさ》やらが、行平という重しがなくなったことで顕在化したんだ。言ってみりゃあ行平はパンドラの箱の蓋だったのさ。その箱が開いて、鴇川家は今や火薬庫と化した』

自分は憎悪と諍《いさか》いの爆薬がひしめく火薬庫に寝泊まりしているのか。三津木はそれを思うと急に気後れを覚えた。

『おい、二ツ池はここから近かったな』

三津木と一緒に地図を読み込んでいるので、既にジンさんは土地鑑を得たらしい。

『いけ、今すぐ』

「え。だって池なんて不動産価値皆無だし、第一池に住んでいるヤツなんていないよ」

『お前は対象に不動産価値がなければ興味も湧かないのか。このカネの亡者。お前は先祖伝来の土地を二束三文で中国人に売り渡す非国民だ』

どうして池を見に行かないだけで非国民扱いされるのか訳が分からない。とにかくジンさんの言葉に逆らうと後々碌《ろく》な結果にはならないので、渋々従った。

三叉地区を過ぎて北に数分も進むと、二ツ池の一方が視界に入ってきた。

草原の真ん中にぽっかりと口が開いたように池がある。池の周囲は高さ二メートルほどの断崖になっており、滑落防止の柵が設《しつら》えられている。こちらは人面島の西側目に当たる池でほぼ円形をしている。

池の直径は五十メートル程度だろうか、航空写真で認識できるくらいだからかなり大きい。驚くべきは水面の美しさで、島周辺の海と同じコバルトブルーが目に痛い。透明度も高く身を乗り出せば底が見えそうに思える。しかし見ていると吸い込まれそうになる。池というよりは海の一部を草原に移したような佇《たたず》まいだ。

「綺麗だなあ」

思わず感想が口をついて出た。三津木はスマートフォンを取り出して池を撮影し始めた。

その時、ジンさんが疼きで信号を送ってきた。

『隠れろ、ヒョーロク』

「え、どうして」

『ごちゃごちゃ言わずにさっさと隠れろ』

哀れ寄生生物に命令されて、宿主の三津木は池から離れた場所の茂みに身を隠す。

「どうしたっていうんだよ」

『黙ってろ。お前はあいつらの気配をちっとも感じなかったのか。今来た道を見てみろ』

視線を転じると、なるほど向こう側から池を目指してやってくる二人組がいる。遠方で誰かは分からないが、よくもあんな距離からの気配を察知できるものだとジンさんの注意力に舌を巻く。

二人組が近づき、ようやく誰なのか判明した。何と公一郎と雛乃だった。

驚いている三津木をよそに、池の畔《ほとり》に辿《たど》り着いた二人は徐《おもむろ》に服を脱ぎ出した。おいちょっと待てよどんな仲なのかはともかくこんな野外で誰が見てるとも分からないのに現に僕がここから見ているじゃないか開放的なのは構わないし田舎に娯楽がないのは理解しているけどやっぱり大人の立場としてここは。

急展開に混乱していたが、服の下から現れたのは水着だった。最初に雛乃が助走をつけて池に飛び込み、続いて公一郎が見事なダイビングを披露する。二人とも島育ちらしく泳ぎは全く危なげない。

三津木は自分の勘違いに赤面しそうになった。よく観察してみれば池には柵が設えてあるが遊泳禁止の立て札はない。

しばらく眺めていたが二人は純粋に泳ぎを楽しんでいるようで不埒《ふらち》な行為に及ぶ雰囲気は皆無だった。

『おい、いつまでも覗き見してんじゃねえ。二人が気づかないうちにさっさと退散するんだ』

「別にやましくないじゃない。逆に微笑《ほほえ》ましいくらいだよ」

『お前の目には微笑ましくても、あの二人から見たらお前はただの不審者だ。その程度の自覚もないのか』

ジンさんの意見にも一理ある。三津木は二人に気づかれないように、匍匐《ほふく》前進して池から遠ざかる。

「でも、いいもの見たよね」

『そういうことを絶対に人前で話すなよ、逮捕されるぞ』

「じゃなくって。親同士が骨肉の争いをしていても子どもたちは淡い恋に落ちているってロマンチックじゃないか」

『そういう気色悪いことを絶対に人前で話すなよ。隔離されるぞ』

ジンさんは吐き捨てるように言う。

「ロマンチックのどこが気色悪いんだよ。仲違いしている家の子ども同士が愛を育む。まるでロミオとジュリエットだよ」

『あのなあ』

ジンさんは大袈裟《おおげさ》に溜息《ためいき》を吐《つ》いてみせる。

『お前の平和ボケは二ツ池に負けず劣らずの天然記念物ものだな。文化庁に申請したいくらいだ。俺にはあの二人が、火薬庫で咥《くわ》えタバコをしているようにしか見えん』

2

そろそろ陽が傾きかけてきたので、三津木は鑑定作業にひと区切りつけて帰路に就く。夕闇迫る中、遠方からでも鴇川邸の威容は認識できる。

ところが玄関先で反対方向から来た佐倉組合長と鉢合わせした。

「おおう、三津木先生。顔合わせの時はどうも」

「こちらこそ」

佐倉組合長はこちらの顔色を窺《うかが》うように見上げてくる。

「三津木先生、夕飯はまだでしょう。良かったらわしと一献どうです」

「いや、食事は鴇川家で摂るようにと言われて」

「別に仕事の条件に三食が付帯している訳でもないでしょう。鴇川の女性陣にはわしから伝えておくから」

初対面の時から押しの強い人物だと思っていたが、三津木の人物評もたまには的中する。佐倉組合長は三津木の肩に手を回すと、老人とは思えない力で引っ張っていく。

「近所に馴染《なじ》みの居酒屋があってな。もっとも島に一軒きりの居酒屋だから嫌でも馴染みになっちまうんだが」

「困りますよ。相続鑑定士という立場上、饗応《きようおう》を受けたと誤解されるような真似《まね》は慎めと馬喰先生からも厳命されているんです」

「二人ともお堅いこった」

佐倉組合長は皮肉交じりに笑い飛ばした。

「しかしな、居酒屋でたかが一杯奢《おご》られるのが饗応となると、先生たちの職業倫理はそんな程度で揺らぐような脆《もろ》いものなのかね」

挑発であるのは分かりきっていたが、ここで引き下がるのも業腹だ。

「下戸なので一杯だけならお付き合いしますよ」

「ああ、構わん。酒が呑めんのは男としてどうかと思うが、その分大飯を食らえば帳尻が合う」

何の帳尻が合うかは理解の埒外《らちがい》だが、ジンさんから「馬には乗ってみよ人には添うてみよ」という諺《ことわざ》を聞いたことがある。範次郎の後ろ盾になっている人物の人となりを知っておくのも仕事のうちだと自分に言い聞かせて、三津木は佐倉組合長についていく。

佐倉組合長馴染みの店というのは、港の真ん前に開いていた。〈源《げん》ちゃん〉というネオン看板が毒々しい光を放っている。開店したばかりらしく、客の姿はまだどのテーブルにも見えない。

「場所柄、肴《さかな》は海のものばかりだが味は保証してやる」

なるほど勝手知ったる店らしく、佐倉組合長は店の親爺《おやじ》の許可もないまま、奥の座敷へと進む。佐倉組合長と三津木が畳の上に座ると注文もしていないうちに猪口《ちょこ》と銚子《ちょうし》が運ばれてきた。

「まずは鑑定のお仕事ご苦労さん」

「どうも」

猪口に注《つ》がれた酒をひと口だけ含んでみる。途端に舌の上にアルコールの刺激が広がり、息をするだけで酔いが全身に回るような気がした。本格的に酔っ払う前に、話だけは済ませておきたい。

「僕を連れてきたのは一杯付き合わせるだけが目的じゃありませんよね」

「お見通しか」

「お断りしておきますが、特定の相続人の利益を図ることは一切しません」

「三津木先生、峰バアの家に招かれたろう」

単刀直入だった。

「どうしてそれを」

「狭い島だ。よそ者の先生がどこで誰と会い何をしたか、みいんな見られてるよ」

油断も隙もあったものではない。

「あの婆さんのこった。きっと匠太郎と範次郎の諍いの原因についても面白おかしく吹きよったんだろう」

「面白おかしくはともかく、須磨子さんが入院中に家の中で好ましくないことが起きたと聞きました」

「好ましくない、か。ずいぶんと柔らかい物言いだな。わしにしてみれば孫の嫁を寝盗られた上に自殺に追い込まれたんだから文句の一つや二つ言っても罰は当たらん」

「文句を言ったんですか」

「それがな。わしは口より先に手が出るタチなもんで、銛《もり》を握り締めて鴇川家に怒鳴り込んだ。あん時には駐在まで駆けつけてちょっとした騒ぎになった」

「誰か怪我《けが》人が出たんですか」

「ふん、その前に行平さんが現れて終《しま》いさ。ウチの敷居を汚すなという一喝でな」

「行平さんは佐倉組合長より年上でしたっけ」

「いんや、わしより三つ若かった。それでも往年の行平さんは人を平伏させる人間力が備わっていてな。アレに逆らえる者は誰もいなかった。ほれ、もう一杯」

断る前にまた酒が注がれた。

「ここらの漁師は気の荒いのも少なくないが、しかし人としての仁義は守る。匠太郎のしたことは到底許されるもんじゃない」

佐倉組合長は憤懣《ふんまん》を呑み込むかのように猪口の酒を呷《あお》る。

「その匠太郎が行平さんの跡を継いで村長に立候補するだと。けっ、あんな男が村長になった日にゃ島で初潮の済んだ女は全員腹ボテにされかねん」

「お祖父《じい》さんが宮司だったら、そんな野放図は許されないでしょう」

「どうだかな。宮司は宮司で肚《はら》が読めんところがある」

「失礼ですけど、佐倉組合長も隠れキリシタンなんですよね」

「だったら宮司に逆らうのはおかしいか。あのな、三津木先生よ。隠れキリシタンといっても、自ら洗礼を受ける訳じゃない。人面島に生まれた瞬間、自動的に信者にされる」

ではキリスト教よりも神道に近い。その集落に生を受けたことで氏子になるのと同じ構造だ。

「匠太郎は宮司の意を受けて店子の家賃を下げて人気取りをしたいようだ。どうせ三津木先生にも不動産鑑定の数値を弄《いじ》れとか何とか言ってきてるだろう」

あからさまに肯定する訳にはいかないので黙っておいた。

「家賃を下げるのは人気取り以外にもう一つ理由がある。鴇川家の収入を減らして経済的な打撃を与えることだ」

「まさか。自分《じぶ》ん家《ち》の収入ですよ」

「宮司としたら鴨川家の威光を封じておきたい。そのための企てさ。村長選挙に勝つにはそうするしかないと説得すりゃあ匠太郎も嫌々ながら承服する。匠太郎が村長に就任して公約を実行してみろ。鴨川家の収入はガタオチするわ、店子は喜ぶわ、宮司の株は上がるわ、いいことずくめだ」

「確かにそうですね」

「だがわしが範次郎の後ろについているのは、もちろん孫可愛《かわい》さもあるが、それ以上に匠太郎を許せんからだ。あの男にも宮司にも人面島を統《す》べる資格はない」

自分にはその資格があるとでも言いたげな口調だった。

「そうでなくても近々継承の儀がある。匠太郎が村長と宮司両方の権力を手にすれば島の将来は真っ暗だ」

聞き慣れない単語に引っ掛かった。

「あの、継承の儀というのは何でしょうか」

「ああ、まだ三津木先生は知らなかったか。宮司は今年で八十五歳になる。仁銘神社の宮司は八十五歳で代替わりする決まりだ。それで法蔵地は次の宮司に匠太郎を指名しよった。何といっても自分の孫だから、法蔵地は本望だろう。匠太郎にしても宮司の身分は魅力的だ。二つ返事でＯＫよ。隠れキリシタンの習わしに従って宮司の職が法蔵地から匠太郎に移される」

継承の儀は二日後に予定されているという。つまり宮司となった匠太郎が村長選に立候補するのだから、信者たちの票は丸々獲得できる計算になる。

「要するに圧倒的不利という状況だ。今、選挙をしたら匠太郎が圧勝する確率は高い。それでもわしは範次郎を応援せにゃならん。あのひ弱だった範次郎が勝ち目のない戦に飛び込もうとしているのが痛々しくってなあ」

範次郎を語る時の口調は一変した。

「範次郎とはもう個人的に話したんかね」

「一度だけ、ですが」

「由梨さんの一件で一番惨めなのは範次郎だった。いったい世の中に、嫁を寝盗られた亭主ほど惨めなものがあるもんかね。アレは匠太郎を心底憎んでいる。村長なんて柄でもないのにあいつが出馬に意欲を見せるのは、唯々匠太郎の邪魔をしたいからだ」

「でしょうね」

「まるで駄々をこねるガキみたいだが、孫の嫁を殺されたわしは強く言えん。できるのは精々範次郎の選挙協力くらいだ」

相続人の一方に肩入れするのは禁じられているが、佐倉組合長の気持ちは三津木にも理解できる。

「お気持ちは察しますけど、立場上範次郎さんの依頼を受け容《い》れる訳にはいきませ
ん」

「誰が範次郎に従えと言った」

「え」

「わしがお願いしたいのは、間違っても匠太郎の願いは聞き届けてくれるなということさ。あいつの有利になるような真似だけはやめてくれい」

「言うまでもなく、馬喰先生も僕も中立の立場ですよ」

「だったらいい。ほれ、もう一杯」

断ろうとしたが、やはり先に注がれてしまった。

「これ以上呑んだら、明日の仕事に差し支えるので」

「どうせ継承の儀になれば、祝いだといって浴びるほど呑まされる。今のうちに肝臓を慣らしておくこった」

「部外者ですからね。僕は関係ありませんよ」

下戸と申告したのは嘘《うそ》でも謙遜でもなく、猪口三杯で早くも足元が覚束なくなっていた。鴇川家にはちゃんと話が伝わっており、三津木は貸し与えられた自分の部屋へと直行する。

ところが自室に行き着く途中で須磨子に呼び止められた。

「あら先生、ずいぶんご機嫌よさそうですね」

酔っている姿を見て機嫌がいいと判断するのはやめてほしいと思う。

「実は明後日、夫が仁銘神社で継承の儀を執り行うことになっていますけど、是非馬喰先生とも三津木先生にもご出席いただきたいんですの」

「僕は部外者ですよ。あの、よくは知りませんが隠れキリシタンの儀式に部外者が参列するのはタブーではないんですか」

「先生って見掛けによらず時代錯誤なんですねえ」

三津木が時代錯誤と決めつけている島の住民から指摘されると、少し腹が立った。

「人面島の隠れキリシタンを観光資源にしようって動きもあるくらいだし、島民以外の人に出席してもらっても一向に構わない。それが宮司からのお達しです」

では宮司が三津木の参列を望んでいるということか。

「それに何十年に一度の秘儀ですよ。興味ありませんか」

秘儀と聞いて断る気持ちが失《う》せた。折角平戸くんだりまでやってきたのだ。第一、三津木本人の思惑はともかく、ジンさんが見たがるに違いない。

「分かりました。出席します」

「まあ、ありがとうございます。宮司に伝えておきますね」

須磨子は嬉《うれ》しそうに元来た方へと廊下を戻っていく。自室に戻ると、早速ジンさんが口を開いた。

『相変わらず押しに弱い野郎だな。酒も呑めないのに組合長の饗応に応じるわ、宗教に何の興味もないのに須磨子の誘いにほいほい乗るわ、お前の辞書には断るという単語がねえのか』

「いや、ジンさんだったら秘儀に興味津々でしょ。普段は門外不出のものを覗けるって、特権みたいなものだし」

『お前と話していると三分毎に頭痛がしてくる。第三者が参列可能の、どこが秘儀だよ。日本語を知らねえのか。宮司がヒョーロクを招待したのは、匠太郎が島の支配者であることを印象づけて、多少なりとも馬喰やお前に心理的圧力を加えたいからだ。そうでなきゃ、誰がお前みたいに間が抜けて、日がな一日焦点の定まらない目をして、欠食児童のような歩き方するヤツを宗教行事に招くもんかよ』

「今のは色々と人権侵害の惧《おそ》れがある発言だと思う」

『心配するな。お前に人権は、ない』

翌々日の午後四時、鴇川家の人々と馬喰弁護士、そして佐倉組合長の面々は仁銘神社に集まった。公一郎と雛乃は授業が終わり次第、平戸の中学校から駆けつける予定だという。

一同は拝殿に集められ、宮司と匠太郎の現れるのを静かに待つ。匠太郎に並々ならぬ恨みを抱いているはずの範次郎や深雪夫人も宗教行事には参加せざるを得ないのか、表情を押し殺し参列している。

心中で苦虫を噛《か》み潰しているのは佐倉組合長も同様だろう。憎き匠太郎に島の権力の一部が継承される瞬間に立ち会うのだから面白いはずはないのだが、信者代表として参列を拒むことは許されない。

やがて正装に身を包んだ宮司と白装束の匠太郎が姿を見せた。普通、神職の正装といえば冠に単衣《ひとえ》、袍《ほう》に奴袴《ぬばかま》といった具合だが、仁銘神社の場合はキリスト教の影響からか神父の祭服に近い。

「本日はお忙しい中、お集まりいただき誠にありがとうございます」

宮司の声は普段と打って変わり、厳粛な響きを持っていた。

「今より継承の儀を執り行います。信者の皆さんは沈黙を以《もっ》て式次第を見守っていただきたい」

初見の際は閉じられていた神座の扉が開かれ、御神体が露《あら》わになっている。観音像にも聖母像にも見えるところが隠れキリシタンたる所以《ゆえん》か。宮司と匠太郎は御神体の正面に向き直り、声を合わせて祝詞を上げ始めた。

「アメマリア　ガーラス　サーベンナノーベスベコ　ベレントツーワイーモリエベス」

事前に三津木が聞いた説明では、この祝詞はオラショと呼ばれている。ラテン語で「祈り」を意味するoratio（オラシオ）が変化したもので、一番から十四番まである長い祝詞だ。原則は口承伝達であり、暗記するのに相当な時間を費やすという。宮司と匠太郎が唱えているものはその一部であり、全編を通しては離れにある祈禱《きとう》所で継承者が単独で詠む習わしらしい。

祝詞の途中で公一郎と雛乃が到着した。二人とも制服のまま、ひと言も発せず列の後ろに加わった。

いったん祝詞が終わると、宮司と匠太郎は御神体に向かって深々と低頭する。

「これより継承者は祈禱所で聖霊とともに一夜を明かします。参列者の皆さんは継承者が無事に儀式を終えるのを、この場でお待ちください」

白装束の匠太郎が改めて参列者に頭を下げる。彼は今から祈禱所に籠り、オラショの一番から十四番までをひたすら詠み続ける。その間、食事も水も禁じられ、また穢れのあるヒト・モノは祈禱所に近づくことさえ許されない。まるで修行僧のような扱いを受けるのだ。

匠太郎が祈禱所に消えると、一同は拝殿から別室に移動する。時刻は午後六時を少し回っており、精進上げの意味を込めて参列者一同に食事が振る舞われる。こうして継承の儀の流れを見てみると、キリスト教は言うに及ばず神道と仏教の習俗が混在している。幕府の目を逃れて信教され続けた禁忌の宗教であることが窺える。

匠太郎が祈禱所に籠ると、現宮司である法蔵地は彼が十四番まで祝詞を詠み終えて出てくるまですることがない。配られた料理をもそもそと口に運んでいる。

三津木の隣に座った馬喰は世の中にこれほど不味《まず》いものはないという顔で口の中のものを咀嚼《そしやく》している。

「馬喰先生、気分でも悪いんですか」

「気分じゃなく機嫌が悪い。利害関係者の饗応は受けないと誓ったのにこの体たらくだ」

元より馬喰は継承の儀に参加するのに消極的だった。後押ししたのは人面島の秘儀に是非とも立ち会ってくれという現宮司たっての要請だったという。

「行事の一環で食事をするのならセーフじゃないですか。それに匠太郎さんが仁銘神社の宮司に就くことと遺産相続協議は別個の問題だと思うんですけど」

馬喰は渋々といった態度を崩すことなく食事を続ける。

厳かな宗教行事だからという理由だけでなく、膳の上を覆っている空気は重い。どこか誇らしげな宮司と須磨子は別として、佐倉組合長と深雪・範次郎親子は苦りきった顔をしている。公一郎と雛乃だけが我関せずという表情で料理をぱくついているのが救いといえば救いだった。

食欲と消化の早さだけは人後に落ちない三津木は膳の上を平らげ、宮司の許に寄る。

「儀式が続いている間、穢れのあるヒト・モノは祈禱所に近づけないという決まりでしたね」

「左様」

「穢れというのは具体的にどういうヒトやモノを指すんですか」

「モノであれば単純に汚れたモノや金銭の類、ヒトであればその地の仕来たりに背いたモノと犯罪者という括《くく》りです」

「じゃあ、僕が近づく分には構いませんよね」

「あなたは過去に法律違反をしたことはないのですね」

「情けないことに立小便すらしていません」

「拝殿の廊下から眺めるのでしたら結構ですが、オラショを詠む妨げにならぬように気を配ってください」

三津木は別室から拝殿に向かう。祈禱所を見学したいというのは、もちろんジンさんのリクエストだった。秘儀について散々腐したにも拘わらず、その現場は見たいというのだからとんだひねくれ者だ。

拝殿の廊下に出て裏口に向かって進むと、境内の隅に祈禱所を発見した。正六面体の建造物に切妻屋根が載っている。内側から鍵の掛かる仕組みで、外からは開錠できないとの話だった。中の光源は蠟燭《ろうそく》らしく、漏れる光が小さく揺らいでいる。聞こえるのは匠太郎のオラショだけだ。

匠太郎についてはこの数日だけで様々な評判を聞いた。弟の嫁を手籠めにしたというのは、その中でも最悪の情報だろう。だがその悪党がこうして一心不乱に祝詞を詠んでいるのを耳にすると、三津木の倫理観が大きく揺らぐ。そもそも宮司は穢れある者は祈禱所に近寄るべからずと厳命していたが、考えてみれば匠太郎以上に罪深き者もいない。後継者となり神に赦《ゆる》しを乞えば姦淫の罪も洗い清められるということなのか。

しばらく眺めていると宮司がやって来た。

「満足されましたか」

「はい。あの狭そうな中で大変だと思います」

「三畳分の広さしかなく、立てば天井に頭がつきそうになる。オラショの十四番までを詠みきるのは、なかなかに信仰心を試される」

「オラショを詠み終わるのにどれくらいかかるんですか」

「わたしの場合は六時間も費やしたか。とにかく生中な覚悟では到底覚束ない。逆を申せば、それくらいこなさなければ宮司を務める資格などない」

「厳しいものですねえ」

「祭事を取り仕切る者には最低限の資質です。では戻りましょう。軽々に眺めて愉しむものではない」

宮司なりの警告と受け取り、三津木は一緒に別室へと戻る。

惨劇はその夜に起きた。

3

宮司の説明によると継承の儀に親族たちが集うのには理由がある。継承者がちゃんとオラショを詠み続けているか、一時間毎に祈禱所の近くに行って確認するためだ。儀式の最中は穢れのあるヒト・モノを祈禱所の中に侵入させないため、内側からしっかり施錠される。付け加えるなら祈禱所は四方の壁と切妻屋根の間には全く隙間がない。中は三畳間の狭小空間なので蠟燭を灯《とも》しながら人が呼吸すれば数時間で酸欠状態になる。それを防ぐために東西の壁に一つずつ、立っている大人の腰の高さくらいの位置に直径五センチほどの換気口が設けられている。従って見回る者はオラショを詠む声で儀式の継続を確認することになる。匠太郎の親族といえばまず宮司、須磨子、公一郎。佐倉組合長に深雪夫人と範次郎、そして雛乃の七人。馬喰と三津木は儀式に呼ばれてはいるものの、見回りの役からは外されている。

見回り役は若年から始められ、最後は宮司が締めることになっている。つまりこういう順番だ。

1番　雛乃
2番　公一郎
3番　範次郎
4番　須磨子
5番　深雪夫人
6番　佐倉組合長
7番　宮司

儀式を匠太郎が何時間でこなせるのかは不明だが、宮司は七時間前後とみているらしい。最後に宮司が見回りに行くのは深夜の一時だが、門外漢の三津木にはそんな長時間に亘《わた》って祝詞を上げ続けること自体が超人業に思える。

午後七時、まず雛乃が腰を上げ、中座して十五分ほどしてから戻ってきた。

「ご精進でございました」

雛乃は殊勝な面持ちでぺこりと頭を下げ、元いた席に戻る。

「今の挨拶はどういう意味なんですか」

「無事にオラショを詠み続けている、という報告です。これが、もし本人がうつらうつらして声が途切れでもしていたら、『ご精進を繋げてまいりました』と言う」

三津木が尋ねると、宮司は煩《うるさ》がりもせずに教えてくれた。

「雛乃ちゃん、まだ十四歳なのにしっかりしていますね。隠れキリシタンの儀式なんて、そうそう教わる機会なんてないでしょうに」

「教わるも何も、継承の儀自体がほぼ四十年ぶりなものでね。わたしも流れを思い出すのに大変だった。何しろ儀式の全ては口承なので、文書としては何も残っていない」

「せめて法蔵地さんの代からでも残せばよかったじゃないですか」

「あくまでも口承で伝えるというのが仕来たりだからしょうがない」

宮司は何を今更といった口調に変わる。

「隠れキリシタンという性格上、記録を残すことは禁物だった。代々続いている慣習だから今もそれができない。文書に残せば掟《おきて》破りになる。それくらいは察してくれないと困るな」

「あっ、そうですよね。気がつかなくてすみません」

「雛乃ちゃんが立派な口上をしたのだって練習の成果だ」

「え。わざわざ練習したんですか」

「四十年ぶりの儀式に遺漏があってはならんからね。参加する肉親にも、もちろん匠太郎本人にも練習させた。事前にオラショの十四番までを親族の前で詠ませてもみた」

　ここに至って、宮司が継承の儀を七時間前後と見做《みな》した根拠が明らかになった。練習で十四番まで詠ませたのなら、所要時間を弾《はじ》き出すのも容易だったはずだ。

「雛乃ちゃんは若いのに感心で、匠太郎がオラショの練習をしている時にも傍らでじっと聞いていた。あれは行平さんの教育の賜物《たまもの》だろう」

　父親の範次郎ではなく、祖父である行平の手柄にするのが宮司らしいと思った。

「いや、雛乃の躾《しつけ》は範次郎と由梨さんのお蔭だろう。行平さんは孫を睨みつけるだけで、ほとんど可愛がろうともせんかった」

　案の定、向かい側に座っていた佐倉組合長が反駁《はんばく》する。ところが未亡人である深雪夫人が咳払《せきばら》いを一つすると、きまり悪そうに口を噤む。きまり悪そうにしているのは雛乃も同様で、宮司と佐倉組合長の顔を交互に窺ってから俯《うつむ》いてしまった。

　午後八時、次に公一郎が腰を上げる。雛乃も公一郎も、自分の番が来るまでは携帯端末も弄らず家族と小声で会話するだけだ。暇さえあればスマートフォンを操作する若者を見慣れている目には、二人の姿がとても清新に映る。

雛乃も公一郎も現代に生きる十四歳であるにも拘わらず、仁銘島の島民というだけで時代と隔絶しているような雰囲気がある。三津木は不意に峰バァの言葉を思い出す。

『知っているかい。土地には人を縛る力があるんだ』

二人とも仁銘島に縛られているから時代と隔絶しているのだろうか。雛乃や公一郎が彼女たちの両親や祖父母たちのように変貌してしまうのは見たくないが、一方で古めかしい佇まいを放棄してほしくないとも願う。いずれにしても部外者の勝手な願望に違いなく、三津木はいつもの自己嫌悪に陥る。

十分後、公一郎が戻ってきた。

「ご精進でございました」

午後九時、今度は範次郎が立ち上がる。範次郎と匠太郎の間に横たわる確執を知った以上、もう二人を冷静な目では見られない。単なる相続争いではなく、妻を巡る愛憎なら根は更に深い。腹違いという要素が拍車をかけているのかもしれない。

嫁を自死させた憎き仇《かたき》が神職に就こうとしている。島を統べる宗教の司祭に成り上がる。言わば二重の意味で自分の上に君臨する訳だから心安らかであるはずがない。

葛藤を知られたくないのか、範次郎は誰とも目を合わせず座敷から出て行った。一瞬、公一郎と雛乃の視線が合ったが、おそらくそれを見たのは三津木だけだったのではないか。親の悪行だが、公一郎が雛乃に対して負い目を抱いているのは充分に理解できる。

範次郎がいなくなると、早速宮司と佐倉組合長は睨み合いを再開した。

「組合長。この席で由梨さんの名前を出すのは、ちぃと大人げないんじゃないのかな」

「何を言うかね、宮司。子どもの躾は親の手柄に決まっとる。手柄を手柄と言って何が悪い。それとも宮司は、こういう席で由梨さんの名前を出されて何か都合の悪いことでもあるのか」

弟の妻を手籠めにした男が聖職者の座に就く儀式を行っている。宮司に向けた言葉は、その事実に対する当てつけだった。

だが宮司もその程度の皮肉で引き下がるような小心者ではない。何しろ匠太郎の前科を知った上で自分の後継者に選んだのだ。生半可な度胸の持ち主でないのは確かだった。

「都合が良い悪いの問題ではなく、神聖な儀式の席で徒《いたずら》に死者の名前を出すのは相応《ふさわ》しくないと言っている」

「別に誰かさんへの意趣返しに名前を出した訳じゃない」

「神社の儀式を執行している以上、宮司であるわたしの指示に従ってもらわなければ困る」

神社の敷地内で宮司の命令は絶対だ。佐倉組合長は口惜《くや》しそうに黙り込む。

ところが伏兵が参戦した。今まで誰とも言葉を交わさなかった深雪夫人が口を開いたのだ。

「宮司の指示というのは主の教えに基づいているんですよね」

「当然だ。仁銘神社の宮司は主の言葉をそのまま伝える依《よ》り代《しろ》のようなものだからな」

「穢れのある者は祈禱所に近づけない決まりですけど、中に入ってオラショを詠む分には構わないんですかね」

三津木が思っていたことを、深雪夫人は宮司に浴びせる。その場の雰囲気がぴんと張り詰め、一同は凍りついたように動かなくなった。

「わたしも島で生まれ育った人間だから主のことは絶対だと信じてたけど、匠太郎さんを後継者にすると決まってからは、ちょっと……主は本当にそれをお望みなのかしら」

「深雪さん、あなたまでそんなことを」

宮司は困惑顔で深雪夫人を制する。後添いとはいえ行平の妻には高飛車に出られないのだろう。ここにも亡き行平の威光が色濃く残っている。嫁を自死に追い詰めたのが己の孫である引け目もあるに違いない。

「死者について皆さん、それぞれに思うことはあるでしょうし、所詮は人に過ぎないわたしにも至らぬ点が多々ある。しかし、何も継承の儀の席上で口にしなくてもいいじゃないですか」

深雪夫人はそれきり口を噤んだが、宮司を見つめる目は黙っていなかった。沈黙の中で尚《なお》も宮司の節操のなさを責め立てている。

片や匠太郎の妻である須磨子はと見ると、視線を床に固定して微動だにしない。夫の不貞を非難されるだけならまだしも、選《よ》りに選って弟の嫁に手を出したのだから始末が悪い。

須磨子の自尊心と世間体両方を破壊する行為であり、妻としての言い分もあるだろう。ただし範次郎一家に対して抗弁できる余地はなく、この場ではひたすら知らん顔をするより他にない。

三津木はようやく気づいたが、鴇川家の一族郎党が一堂に会したこの席は、ジンさんの言っていた火薬庫に似た状況だった。しかも家族一人が退出する度に瘡蓋《かさぶた》が一枚ずつ剝がされていくような恐怖がある。

深雪夫人の視線に耐えられないのか、宮司は顔を逸《そ》らして憮然《ぶぜん》としている。島の司祭を務めるほどの男が、二回りも年下の未亡人を苦手としている様は滑稽でもあり、また鴇川家に潜んでいる因縁の深さを否応《いやおう》なく見せつけている。

十分後、範次郎が戻ってきた。

「ご精進でございました」

自分が不在の間、この場でどんな言葉の応酬があったか知る由もないが、それでも剣呑《けんのん》な雰囲気であるのは分かるらしく、一同を怪訝《けげん》そうに眺めている。

範次郎は隣席に座る佐倉組合長に何事か耳打ちする。普通なら耳打ちには耳打ちで返すところを、何と佐倉組合長は周りに聞こえるように話す。

「なに、わしと深雪が由梨さんのことを話していただけのことさ。雛乃の躾が行き届いているのは由梨さんのお蔭だとな」

由梨の名前を聞いた瞬間、範次郎は全てを察したように禍々《まがまが》しい顔を宮司に向ける。場の雰囲気がますます剣呑なものに変わる。第三者である三津木でさえ居たたまれないのだから、鴇川家の人間はもっと居心地が悪いに違いない。

午後十時、須磨子が席を立つ。深雪夫人と宮司のやり取りの前では小さくならざるを得なかった彼女は、一時的ながら解放されてほっと安堵《あんど》している様子だった。不貞を働いた夫に従い続けるのも理由があってのことだろうが、須磨子にとって鴇川家で範次郎一家と同居するのは針の筵《むしろ》に座らされるのと同義のはずだ。

戒律に縛られているんだ、とジンさんは説明してくれた。カトリックの教義では「神が結び合わせたものを、人が引き離してはならない」（マルコによる福音書10章）という教えがあり、それが鴇川家には呪いのように染みついているのだそうだ。

自分が身籠っている最中の夫の不貞。一方的に匠太郎の悪事であり、範次郎一家とひとつ屋根の下に暮らすのは苦痛以外の何物でもなく、挙句に第二子が流れてしまった。離婚の二文字が頭に浮かばなかったはずがない。それを実行できなかったのは、須磨子もまた土地に縛られた一人だったという証左だ。加えて仁銘島には旧弊な習俗と頑《かたく》なな教義という制約も控えている。人の自由を奪う要素が満載ではないか。

家族一人一人の背景を考えただけで気が滅入《めい》ってくる。三津木は当事者でもないくせに肩身の狭い思いがしてきた。

十分後、須磨子が戻ってきた。

「ご精進でございました」

儀式はつつがなく進み、雛乃と公一郎は依然として正座して時間が過ぎるのを待っている。

「あの、宮司さん。公一郎くんと雛乃ちゃんはまだ参加を続けるんですか。もう十時過ぎですけど」

「十四歳だからといって途中で退席などさせませんよ」

宮司は至極当然のように言う。

「身内は継承者がオラショを詠み終えるのを見届ける義務がある。義務を免除できるのは七歳以下の子どもだけだ」

「七歳という年齢制限の理由は何に由来するんですか」

「不明だ」

宮司はこれも当然のように言う。

「口伝だから禁則事項は明らかでも理由は分からん。しかし理由は必ずしも必要ではない。たとえばキリシタンには復活祭の間にエウカリスチア（聖体）の秘跡を受けるという掟がある。表向きはキリシタン信仰の起源を再現するというものだが、あくまで後付けの理屈に過ぎん。本当の理由を知る者は誰もおらん。しかし儀式自体は連綿と続けられている。必要なのは続けることであって理由ではない。三津木さん、信仰というのはそういうものだ。理由を求めず、教義に疑いを持たない。ただひたすらに祈り、かしずく。その先に救いがある。三津木さんは何かの宗教に帰依していますか」

「いいえ。別に無神論者という訳ではないのですが、特にこれといったものは。クリスマスを祝いもするし初詣にも行きますから」

「疑いは煩悩を育てます。一度、一切の疑いを放棄してみればいい。それだけで生きることはずいぶん楽になる」

午後十一時、深雪夫人が立ち上がる。

外からの虫の声がうるさい。空調の効かない部屋はそれだけで体感温度が上がるような錯覚を起こす。虫の声に掻《か》き消されそうだが、遠くからは匠太郎がオラショを詠む声もうっすらと聞こえてくる。

深雪夫人が苦手らしい宮司は彼女の姿が見えなくなると、隣の三津木にしか分からぬように小さく息を吐く。だが、ここでも佐倉組合長は遠慮も思慮も見せなかった。

「宮司。ずいぶん緊張しているな」

「四十年なかった継承の儀だ。緊張もする」

「そうか。わしには、目の前に深雪がいたから緊張していたように見えたが」

「組合長、それは思い違いだ。わたしが緊張するのは主の前でだけだ」

「まあ、あんたはそう言うしかないだろうな。だがな宮司、神職だからといって世俗から全く無縁という訳にもいかんだろ。現に今オラショを詠んでいる人間は世俗の垢《あか》に塗《まみ》れとる。継承の儀程度で洗い落とせる垢ならいいが」

「程度とは何だ、程度とは」

宮司は気色ばむ。日頃から佐倉組合長とは反目している間柄だからなのか、慣れたように言い返す。

「組合長も人面島の者なら、継承の儀の重要性くらいは理解できるだろう。滅多なことは言わん方がいい」

「仁銘神社の宮司は人面島キリシタンのトップに立つ者だからな。継承の儀が重要なのは重々承知しとるさ。問題は島の人間が新しい宮司をどこまで崇拝できるかどうかだ。あんたは宮司として申し分ない人間だった。お互いガキの頃からの知り合いだが、あんたは真面目で信仰心も人一倍だった。前宮司の長男だったという事実を抜きにしても、あんたが新しい宮司になるのを反対する者は一人もいなかった」

ふっと佐倉組合長の視線が緩む。反目していても認めるところは認めるという姿勢に、三津木は意外な矜持《きょうじ》を見る。

「しかし匠太郎はどうかな。あんたほどの人格者ではなかろう」

一方で宮司を持ち上げ、一方で匠太郎をこき下ろす。宮司にしてみれば痛し痒《かゆ》しだが、佐倉組合長もそれを知っての発言だろう。困惑顔の宮司を見て、にやにや笑っている。

やがて深雪夫人も帰ってきた。

「ご精進でございました」

須磨子の知らぬふりも堂に入ったものだったが年の功には勝てず、深雪夫人の落ち着きぶりは見事というより他にない。それまで小競り合いをしていた宮司と佐倉組合長までが気圧《けお》されてしまった。

　午前零時、佐倉組合長の番が回ってきた。

「さあて、見てくるか」

　佐倉組合長はのそりと立ち上がり、祈禱所の方に消えていく。

「ふうっ」

　今まで鴇川家の人々のやり取りを聞いていた馬喰が、さも疲れたというように深く溜息を吐いた。顔には疲労の色がありありと浮かんでいる。

「どうかしましたか」

「三津木さんはよっぽどの傑物か、それとも恐ろしいほどの鈍感力の持ち主だな」

　馬喰は呆れた表情で声を潜める。

「頼まれた手前、途中で退席する訳にもいかんが居たたまれん」

「遺産分割協議で親族が罵り合うのは珍しくないでしょう」

「ゼニカネの問題だけならともかく、個人的な軋轢《あつれき》がこれだけ絡むと胸やけがする」

　心底うんざりという口調だった。

「始まったのが六時過ぎだったから、もうじき六時間を超えます。そろそろ儀式も終わる頃ですよ」

　耳を澄ますと、祈禱所からはまだ匠太郎の声が聞こえる。

十分後、佐倉組合長が戻ってきた。

「ご精進でございました」

三津木は尋ねずにはいられない。

「匠太郎さんは大丈夫そうでしたか。六時間ぶっ通しでオラショを詠んでいるんですよね」

「声は掠《かす》れもせず、しっかりしていたな」

「オラショの何番でしたか」

佐倉組合長は面倒臭そうに眉を顰める。

「そこまではっきりとは聞こえんよ。第一、オラショの十四番までを覚えているのは宮司だけだろう」

虫の声に紛れるオラショの祝詞。そろそろ一同が話し疲れて黙り込んだ頃、不意に匠太郎の声が止《や》んだ。

「終わったか」

宮司は腕時計を見て呟《つぶや》く。つられて三津木が自分の腕時計を見ると、針は午前零時三十二分を指していた。

「では皆さん、継承者をお迎えに参りましょう」

宮司の声を合図に一同が立ち上がる。それぞれの顔に浮かぶのは疲労と安堵、そして憎悪だ。一同は宮司を先頭に廊下に出て祈禱所へと向かう。境内に建つ祈禱所は闇の中にぽっかりと浮かび上がっている。

匠太郎の声が止み、辺りは虫の声に満ちている。

最初に近づいたのは宮司だ。

「ご精進でございます、匠太郎さん」

労《ねぎら》いの言葉を掛けられても中から反応がない。

「匠太郎。終わったのなら出ていらっしゃい。さぞかし喉が渇いただろう」

一向に返事はない。宮司のすぐ後ろにいた雛乃から次々と庭に下りていく。

「匠太郎、匠太郎」

連呼しても中からは物音一つしない。

「変だな」

宮司は廊下に面した換気口から中を覗いてみる。その途端、大きく目を見開いた。

「匠太郎。どうした、匠太郎」

声がわずかに上擦る。三津木も宮司の横に寄るが、もちろん換気口の中は見えない。

「匠太郎さんがどうかしたんですか」

「床に倒れているらしいが全体が見えない」

その時、三津木の右肩が疼いた。ジンさんの指示だ。

「見せてください」

半ば強引に宮司を押し退《の》けて換気口を覗き込む。宮司の言う通り、中で匠太郎が倒れているのは分かるが、死角に隠れて顔が見えない。

「あの、こっちから何か見える」

祈禱所の反対側に回っていた雛乃が小さく叫ぶ。三津木はそちらに回り、もう一つの換気口を覗いてみる。

思わず目を疑った。

匠太郎の頭がこちらを向いている。矢のようなものが耳に刺さっており、畳の上には血溜まりができている。

「宮司さん、見てください。匠太郎さんの耳に何か刺さっています」

代わって穴を覗いた宮司の声から呻《うめ》き声が漏れる。

「あれはウチの守護矢じゃないか」

「何ですって」

「神座には御神体以外にも様々な神具が奉納されている。その一つが守護矢だが、それにそっくりだ」

「どちらにしても匠太郎さんを出してあげないと。扉の鍵をお持ちですか。それとも他の出入口とかは」

「ない」

宮司は言下に否定した。

「祈禱所の出入口は一カ所だけだ。あなたに説明した通り、祈禱中に穢れのあるヒトとモノを侵入させないよう、内側からねじ込み式の鍵が掛けてある。外から開けるのは不可能だ」

「じゃあ壊すしかありませんよ」

「仕方がない。人命優先だ」

「力ずくでやりましょう。二人がかりで体当たりでもすれば」

「こう見えて祈禱所の扉は頑丈だ。下手すれば脱臼しかねない」

いったん宮司は社殿へ取って返す。後に残った者たちは扉を叩《たた》いたり声を掛けたりしているが、中にいる匠太郎はぴくりとも動かない。一番落ち着きを失っているのは須磨子で、半狂乱になりながら祈禱所の壁を叩いていた。

「あなたっ、あなたっ」

「やめろ、母さん。叩いたって無駄だって」

「放して、放してったら」

公一郎が羽交い締めにするが、須磨子は悪足掻《わるあが》きを続ける。

場が騒然とする中、宮司が釘抜《くぎぬき》を片手に戻ってきた。

「これで何とか破れるだろう」

宮司は釘抜の尖端《せんたん》を扉の隙間にねじ込み、三津木と二人がかりで無理やり錠を破壊する。

めきめきと音を立てて錠が外れ、扉の隙間が広がる。鈍重な破砕音とともに、やっと扉が開かれた。

いち早く祈禱所の中に踏み込んだ宮司は、あっと短く叫ぶ。続いて足を踏み入れた三津木は惨状に目を奪われた。

畳の上に匠太郎が横たわり、耳には守護矢が深々と刺さっている。耳から流れ出た血が匠太郎の顔左半分を赤く濡《ぬ》らしている。

換気口から覗いた一部分で覚悟はできていたが、全景を捉えるとさすがに足が竦《すく》んだ。

「匠太郎っ」

宮司が覆い被《かぶ》さり、匠太郎の身体《からだ》を抱き起こす。だが彼の瞳孔は開き、息をしていないのが三津木にも分かった。宮司は匠太郎の胸に耳を当て、絶望に表情を曇らせる。

「駄目だ。死んでる」

三津木は三津木で頸部《けいぶ》に指を当ててみたが、脈動は微塵《みじん》も感じられなかった。

「あなたあっ、あなたあっ」

須磨子が再び乱れる。公一郎だけでは押さえられず雛乃が加勢するが、二人の力をもってしても須磨子を御しきれない。

その時、一同から距離を置いていた佐倉組合長がぼそりと言った。

「とにかく警察に知らせんとな」

灯《あか》りの漏れる廊下に移動した佐倉組合長の足元で何かを踏んだ音がした。

「何じゃこれは」

佐倉組合長が拾い上げてみると、それは破魔矢のような意匠を施した弓だった。

「それが守護矢の弓だ」

祈禱所から出てきたばかりの宮司が怒ったように叫ぶ。神聖な神具を佐倉組合長が汚したと言わんばかりの勢いだった。

「ちょっと待て、宮司。弓がここに落ちていて、匠太郎の耳に矢が刺さっていたってことは」

佐倉組合長は弓を持ったまま廊下に上がり、祈禱所に向かって立つ。

「おい。ここからだと祈禱所の換気口が真正面になるぞ」

須磨子を除く全員が佐倉組合長を見る。匠太郎の耳に刺さっていた矢と落ちていた弓。しかも祈禱所は内側から施錠されていて完全な密室だった。ただし、たった二つの換気口を別にすれば。

何者かが廊下に立って守護矢の弓を引き絞り、祈禱所の換気口目がけて矢を放つ。矢は一直線に換気口を通過して、中にいる匠太郎の耳から頭にかけて貫く——。

三津木の脳裏にそんな光景が思い浮かぶ。廊下から祈禱所までの距離は約三メートル。決して狙えない距離ではなく、腕に覚えのある者なら、難しいが不可能ではない。

三津木の右肩が再び疼き出す。ジンさんの好奇心に火が点《つ》いた徴《しるし》だった。

4

急な知らせを受けて現場に到着したのは樋野江《ひのえ》という駐在だった。既に深夜一時を過ぎ、おそらくは就寝中を叩き起こされたにも拘わらず樋野江巡査は押っ取り刀で駆けつけてきた。だが祈禱所の死体を見るなり、身体を硬直させた。

「これ、矢ですよね」

遠慮がちに死体の傍らに座り込み、耳から突き出た矢羽根を見下ろす。

「この様子だと脳髄に達していますね。換気口に向けて放たれたというのは本当ですか」

「弓がそこに落ちていた」

佐倉組合長は説明するのさえ億劫《おっくう》そうだった。

「普段、この弓と矢はどこに置いてあるんですか」
この質問には、すっかり意気消沈した宮司が答える。
「神座だ」
「神座に施錠はされていますか」
「そんなものはせんよ。駐在も知っておろう。神社には宮司のわたしが常駐している
し、島の者で神社のものを盗もうなどと考える不届き者は皆無だ。どこに施錠する必
要がある」
「そ、そうですね」
「施錠する必要があるのは祈禱所だけだ。穢れのあるヒト・モノを立ち入らせないた
めに内側から鍵を掛けたのに、それが仇《あだ》になった」
事件発生当時、祈禱所内は密室状態であったのを説明されると、樋野江巡査は途方
に暮れたようだった。
「廊下から換気口に向けて矢を放った訳ですか。しかし島に弓の使い手なんかいまし
たかねえ」
「学校の弓道部に在籍していた人間を探すつもりかね。しかし廊下からの距離なら、
経験者でなくても狙えるんじゃないのか」
「とにかく凶器はそのままにしておいて、誰も触らないでください」

祈禱所の中には依然として匠太郎の死体が転がっている。宮司の話で分かったのは矢じりから十センチの深さまで刺さっていることで、要するに頭部をほぼ貫通しているという事実だ。神具でありながら、矢じりは鉄製で先端は鋭く尖《とが》っている。外見からだけでも殺傷能力があることは十二分に窺《うかが》える。

「矢を抜いてあげたい気持ちはお察ししますが、死体をそのままの状態にしておくのも現場保存ですから。捜査にご協力ください」

仁銘島のようなちっぽけな離島では、駐在が駆けつけるような事件などそうそう発生しないのだろう。だが、これはれっきとした殺人事件であり、しかも状況は密室だ。樋野江巡査の興奮と困惑は三津木にも理解できる。

島の駐在員にできるのは現場保存が精一杯で、検視や鑑識作業は県警本部の捜査員に任せなければならない。いずれにしても平戸からの定期便は朝は七時に来る。これから五時間もの間、駐在は匠太郎の死体の傍《そば》に立っていることになる。

祈禱所の周囲五メートル以内は立入禁止とされ、儀式に参加した一同は社殿に追いやられた。雛乃と公一郎だけは未成年者ということで家に帰してもらったが、二人以外は軟禁状態という次第だ。どのみち仁銘島は絶海の孤島だから船がなければ脱走など不可能なのだが、現場保存には目撃者の確保も入っているのだろう。

宮司をはじめとして、一同はそれぞれの顔を窺い見ている。検視もないまま判断するのは早計だが、匠太郎の声は午前零時三十二分までは聞こえていた。その際、参加者全員は別室に揃《そろ》っていたから互いにアリバイを立証していることになる。

一方、祈禱所に向かうためには境内に侵入して見回り人たちが居並ぶ別室の前を通らなければならない。言い換えるなら、外部から祈禱所に近づくのは困難な状況にある。

内部の者の犯行とは思えないが、外部からの侵入も考えにくい。では誰が祈禱所の中に籠っていた匠太郎に矢を射たのか。

一同が疑心暗鬼に陥っているのが皮膚感覚で分かる。見回りの順番を待つ間に、鴇川家の相剋《そうこく》が露わになってしまったから余計に疑り深くなっているのだ。

トイレに行くからと断って、三津木は中座する。拝殿を出た途端、ジンさんが口を開いた。

『うー、暑かった』

「拝殿にエアコンはなかったからね」

『せめて両肩露出すりゃ、ちっとは涼しかったんだがな』

「無茶言わないでよ。みんなの前でジンさんを紹介する訳にいかないだろ」

『島に来てから散々歪《いびつ》なものを見せられた。この際、人面瘡《じんめんそう》の一つや二つ現れたところで誰も驚かねえよ』

「驚くよっ」

『まあ、それは冗談としてだ。人死にが出たのは冗談でも何でもない。朝になれば長崎県警から刑事たちが大挙して押し寄せ、お前は晴れて容疑者の一人に抜擢《ばってき》される。どうだ、嬉しいだろ』

「嬉しかないよ。第一、どうして僕が容疑者の一人にされるんだ。島とは無関係な人間なんだよ」

『無関係だからだよ。お前、こういう辺鄙な場所に何度も来ているのに、未《いま》だに排他性ってのが理解できねえのか』

ジンさんは口を三日月のかたちにして三津木を嘲笑する。

『何か事件が起きれば、以前はこんなことはなかった、よそ者がうろつき出してからこうなった。やっぱりあいつが怪しい。よそ者がやったに決まってる。排他性ってのは、つまり自己保身のために外の人間を敵視することだ。ヘイトがいい例だ。文化の成熟と排他性は表裏一体でよ、因習深くて未成熟な場所にはヘイトが生まれやすい』

「じゃあ僕は島の人間から敵視されているっていうのか」

『敵視だけじゃなく、間違いなく匠太郎殺害の原因にされる』

「そんな、不条理な」

『ヘイトだって不条理なんだ。観念して受け容れろ』

そんなものを受け容れて堪《たま》るものか。

「もう、ジンさんには犯人の見通しがついているのかい」

『あのなあ』

ジンさんはほとほと呆れたというようにこちらを見る。もっともジンさんの目は表面的にはただの傷痕なので、そのかたちから感情を推し量るのは困難を極める。

『まだ死体が発見されたばかりで何を推理しろってんだ。第一、いつもいつも俺を頼りやがって』

「早く犯人が特定できなきゃ、僕が疑われるかもしれないんだろ」

『取りあえず自分で推理してみろ。言っとくがな、俺もお前も提供されている情報量に差はないんだぞ』

冷たく言い放つと、ジンさんは目と口を閉じた。

午前七時過ぎになってようやく県警本部の一行が臨場した。早速、祈禱所の周囲にはブルーシートのテントが設営され、匠太郎の死体は同行した検視官の手に委ねられた。

「長崎県警刑事部捜査一課の麦原《むぎはら》といいます」

関係者一同の前に現れた麦原は四十代と思しき小男で、風采は上がらないものの温厚そうな人物だった。警察手帳の提示がなければとても刑事には見えない。

「亡くなったのは鴇川匠太郎氏で間違いありませんね。確か先週には当主の行平氏がお亡くなりになったと聞いていますが、ご不幸続きで大変ですな」

麦原は関係者一同の関係と昨夜のアリバイを聴取していく。継承の儀で一族郎党が一堂に会していたと知ると、大いに興味を示した。

「ほう、隠れキリシタンの秘儀ですか。つまり見回り役の一人一人が一時間毎に匠太郎氏の生存を確認したかたちになる。皆さんのお話を集約すると、匠太郎氏は深夜零時三十二分以降、そして皆さんが祈禱所に向かう数分の間に殺害されたことになる。もっとも検視や司法解剖の結果も見なければなりませんが」

どことなく歯切れの悪い口調が気になった。

「主人を解剖するんですか」

須磨子が切なそうに麦原に駆け寄る。

「不審死ですからね。いったん平戸に搬送した後、大学の法医学教室に回します。お気持ちは察しますが捜査にご協力ください」

須磨子は項垂《うなだ》れてそれ以上抗《あらが》うことはなかった。

「馬喰先生と三津木先生、ちょっとこちらへ」

麦原は手招きをして二人を呼び寄せると、社務所へと誘う。宮司の許可を得て、今や社務所は捜査本部の連絡所として使用されていた。

「現場に居合わせた者の中であなた方二人だけが利害関係がありません。鴇川家の相続問題にもお詳しい。我々に情報を提供してほしいんです」

馬喰は三津木と目配《めくば》せする。捜査協力するに否はない。ただし一方的に提供するだけでは損だ。

「麦原さん、質問していいでしょうか」

「何ですか、三津木先生」

「さっき検視や司法解剖の結果を待ってからでないと死亡推定時刻が特定できないと仰《おっしゃ》いましたよね」

「至極当然の話です」

「祈禱所の見回りは一時間毎でした。検視や司法解剖は一時間単位で死亡した時刻が特定できるんですか」

「……先生はなかなか鋭いですな。正直言うと、夏場の死亡推定時刻というのは少し厄介なんですよ」

麦原は額に浮いた汗を拭いながら言う。

「ご存じでしょうが生物が死ぬと、体温は徐々に下がり始めてやがて外気温と同じになります。そこから逆算して死亡推定時刻を割り出すのですが、今年はこの暑さでしょう。長崎も昨夜は三十度を超えとりました。つまり外気温と平均的な体温の差が小さいので、死体温の変化だけでは経過時間が逆算しにくいのです」

死体温については以前、ジンさんから講義してもらったことがある。それによれば冬場は一時間毎に二度、夏場なら〇・五度ずつ死体温は下がっていく。仮に昨夜の気温が三十度、匠太郎の体温が三十六度だったとするとその差は五度しかない。しかも死体温には発見された状況や個人差も関わってくるため、時刻の推定には二時間程度の幅を持たせるのが普通らしい。

「もちろん死体温以外にも死後硬直や死斑《しはん》、眼球の白濁具合で計測する方法がありますが、どれも一時間単位で特定できるものじゃない。残る手段は司法解剖で胃の内容物の消化具合を調べるくらいですが、それだって一時間単位というのは微妙なところでしょう」

「それなら見回りした人たちの証言が重要になりますよね」

「内部に犯人がいないとなれば辻褄《つじつま》は合うんですが、そうなると外部からどうやって侵入したかが新たな問題になってきます」

麦原が言わんとすることは、三津木が検討した内容と同じだった。

「仁銘神社は高台に建っていて、鳥居に続く急な坂道以外に進入路はありません。鳥居から祈禱所に向かうには皆さんが集まっている別室を横切らなければならないが、そんな人影を見た者はいません。また鳥居以外から侵入しようとすれば三方の急峻《きゅうしゅん》な獣道を上がるしかありませんが、そこら中に灌木《かんぼく》が生えている。昨夜は月夜の晩でもなし、あれは地元の人間でも上り下りするのは至難の業でしょうね」

外部から祈禱所に侵入するのはおよそ不可能で、神社にいた者たちには全員アリバイがある。つまり麦原も三津木と同じ袋小路に入り込んだのだ。

「凶器についてはどう考えていますか」

「ああ、神座に奉納してあった守護矢、でしたね」

麦原は悩ましげに首を傾《かし》げる。

「あの祈禱所というのは中の人間が座るのを前提としているからか、建物自体がえらく低いし狭いですな。広さが三畳ほどしかないから、座るとなれば位置は大体決まってしまいます。するとですね、東西の換気口がちょうど人の頭の位置に重なる。従って矢を正確に射れば中にいる者の頭に命中します。宮司のお話では、儀式の最中は内側からしっかり鍵が掛けられて外からは入れない。だから換気口を通して中の人間を射貫くというのは、理には適《かな》っているんです」

理には適っている。

しかし納得できないという含みがある。

「そうなると、犯人は守護矢の存在と奉納してある神座を事前に知っていた人物ということになります。宮司に聞いてみると、神座の扉が開かれるのは今回のような秘儀が行われる時に限られるそうで、最近では昨夜が該当します。つまり少なくとも儀式に参加した人たちは守護矢の在り処《あか》を知っており、外部から侵入した者は知る由もなかった訳です」

ここにきて、また内部犯行説に傾く。だが彼らのアリバイは堅牢《けんろう》で、容易に崩せるものではない。麦原はその点が納得できないのだ。

「そんな事情で、現段階では内部犯行説と外部犯行説の両面から捜査を進めなくてはいけません。さて、ここからはお二方の情報を提供していただく番です。鴉川家の中で、あるいは島民で匠太郎氏を憎んでいるのは誰と誰なのか、教えていただけませんか。先生たちなら遺産分割協議で鴉川家の内情にお詳しいはずです」

三津木は第一印象を撤回したくなった。

風采の上がらぬ小男には違いないが、警察官としては決して侮れない男だ。

麦原の説明に心を動かされた様子の馬喰は、再びこちらに目配せしてきた。捜査本部には可能な限り協力しようという意思表示に違いない。

馬喰と三津木は求められるまま、麦原に情報を提供するより他になかった。

検視の済んだ匠太郎の死体は即時に神社から搬送されていった。検視官の見立てでは死因は外傷性脳損傷、死亡推定時刻は昨夜の夕刻から夜にかけて。死亡推定時刻の幅が広いのは、やはり連日の熱帯夜で死体温からの逆算が困難だったからだ。

麦原は司法解剖に希望を見出《みいだ》している様子だったが、これは宮司によって呆気《あっけ》なく粉砕された。というのも、継承の儀を執り行うにあたって匠太郎は前日より食事を断ち、胃の中を空にして儀式に臨んでいるからだ。内容物がなければ消化具合を確認することもできない。

一方、祈禱所周辺の残留物採取に当たった鑑識課も捗々《はかばか》しい結果を得られた訳ではなかった。まず凶器となった守護矢だが、弓からは佐倉組合長の、矢からは宮司の指紋が検出された。二人とも弓矢に触れていたから指紋が残っていたのは当然であり、また二人以外の指紋は採取できなかった。祈禱所に面した廊下と周辺からは、儀式に参加した者たち全員の靴のパターンが採取されたが、これまた事件発生当時の状況を鑑みれば当然のことであり、犯人特定に結びつくものではなかった。尚、守護矢については科捜研が実際に試射したところ、飛距離は軽々と十メートルを超えたという。

捜査員が神社周辺の獣道を探索すると外部侵入説は更に薄弱になった。急峻な坂には灌木以外にも腰まで伸びた雑草が繁茂しており、往《ゆ》く者の進路を阻む。実際、昨夜のうちにこの獣道を人が通った形跡は皆無だったのだ。

捜査陣は島の住人に訊き込みを展開し、被害者である匠太郎ならびに鴇川家についての人間関係を洗った。だが島民たちの口は固く、死人に口なしとなった匠太郎はもちろん鴇川家に非難めいた証言をする者は誰もいなかった。

ただ一人、峰バアを除いては。

「鴇川家というか、先代当主行平氏の威光は大したものですなあ」

訊き込みの結果を聞いた麦原は皮肉交じりにこぼしてみせた。

「賃貸物件の大家という事情もあるのでしょうが、一族の逆鱗《げきりん》に触れるのを相当怖《おそ》れている」

「大家に喧嘩を売るような店子はいないでしょう」

「馬喰先生はそう仰いますが、どの家の門を叩いても箝口令《かんこうれい》が敷かれているようでやりにくいったらありゃしない。それに犯行現場が選りに選って仁銘神社というのがよくなかった。あの神社は島民にとって一種の聖域らしいですな」

「そのようですね。人面島の隠れキリシタンの歴史が凝縮しているような場所ですからね」

「その聖域で惨劇が起きた。しかも凶器は御神体と一緒に祀《まつ》られている守護矢ときた。これは主が継承者である匠太郎氏に天罰を与えたんじゃないかと言う者もわずかながらいましてね」

匠太郎に対してそこまで明け透けに論評する島民はそうそういないはずだ。三津木はすぐに峰バアの顔を思い浮かべた。

「聖域での出来事ゆえ迂闊に口にできない。鴇川家に対しては遠慮があってのことですが、神社に対しては宗教的な畏怖があって、なかなか証言を集められません。馬喰先生と三津木先生から鴇川家内の事情を聞いていなければ、今頃はきっと五里霧中だったでしょうな」

二人から匠太郎と範次郎の確執を聞き及んだ麦原は、由梨を巡る因縁話が既に異常だという。

「弟の嫁に手をつけて、しかも関係者全員が同居していたら、そりゃあ何が起きても不思議じゃない。匠太郎を殺す動機は鴇川家の中にごろごろしている」

「刑事さんは範次郎さんに疑いを持っていますか」

「動機の面で考えれば最右翼でしょう」

「しかし範次郎さんには鉄壁のアリバイがある。匠太郎さんがこと切れた時、彼はわたしたちと一緒にいましたからね」

「それなんですよ、馬喰先生」

麦原は困惑顔で頭を掻く。

「動機のありそうな人間が一堂に会しているから全員にアリバイがある。こんな厄介な事件は初めてです」

二人の会話を横で聞いている最中、三津木のスマートフォンが着信を告げた。

「ちょっと失礼します」

離れた場所に移動して通話ボタンを押す。相手は〈古畑相続鑑定〉所長、蟻野弥生だった。

『何やってんのよ、三津木くん』

名乗る前に叱責が飛んだ。

『こっちの新聞にも出てるわよ、長崎の離島で宮司が殺害されたって』

「それ、微妙に間違っています。殺されたのは継承者で、まだ正式に宮司という訳じゃないです」

『そんなことはどうでもいいけど、本っ当にあなたは出張する度に、そういう事件に出くわすわね。ご先祖に誰か悪人でもいたのかしら。まあ単純に運が悪いだけなんだろうけど』

分かっているならわざわざ訊かないでほしい。

『マスコミは取材に来てるの』

ヘリコプターの発着場などない離島なので、取材するなら定期便を使うより他にない。ところが定期便は宅配業者や警察、そして通勤通学の足という側面があるため、報道陣は島を訪れたくてもほんの数人ずつしか渡って来られないという事情がある。

『もしワイドショーとかのクルーと鉢合わせしたなら、ウチの宣伝をしておきなさい』

「受け答えはできても自社の宣伝広告までするようなスキルはありませんよう」

『だったらウチの社名が入ったTシャツを送ってあげる。あなたは喋らなくても胸だけ反らしていればいい』

「僕は電柱か何かですか」

『自社の宣伝活動ができないなら、せめてルーチンワークは全うしてちょうだい。作業は進んでいるの』

「警察に事情聴取されたりしているので……」

『不平や不満が言えるのは最低限の義務を果たしている人間だけよ』

弥生にパワハラをやめるよう訴えようとしてやめた。相続鑑定などというベンチャービジネスで頭角を現した才女だからという理由ではないが、パワハラがタイトスカートを穿《は》いているような上司だ。何をどう抗議してもせせら笑われるのがオチだろう。

「承知しました」

そう答えて電話を切った。事件の進捗は気になるものの、三津木の任務はあくまでも不動産鑑定だ。

社務所を出た三津木は二ッ池に向かう。調べて分かったが、二ッ池は仁銘神社の所有地になっていた。池に不動産価値など皆無なのだが、ジンさんがどうしても調べろと言って聞かないのだ。

「それにしてもさ、僕は鴇川行平氏の所有物件の鑑定をしている訳でさ。どうして仁銘神社の所有物件を調べなきゃならないのさ」

道すがら三津木がこぼすと、ジンさんが顔を出した。

『お前って現時点でしかモノが見えてないんだな。いいか、もし匠太郎があのまま宮司の職を継承していたら、二ツ池は匠太郎のものになっていたはずだ。だったらその不動産価値を調べるのも筋だろうが』

「それ、こじつけっぽいんだよね。本当はジンさんが興味あるってだけでしょ」

『こじつけだろうが何だろうが、俺が興味を抱くのは調べる価値があることだけだ。お前は言われたことに従ってりゃいいんだよ』

「所長以上のパワハラだよ」

『パワハラだろうが二段腹だろうが、今まで俺の忠告に従って損をしたことがあるか』

「ないよ」

『じゃあ四の五の言わずに、とっとと働け』

本日も猛暑日で、歩く度に額から汗が滴り落ちる。先日、池に飛び込んだ雛乃と公一郎の気持ちがよく分かる。島の中にあんな絶景のスポットがあれば毎日でも通う。

三叉地区を抜けて数分も歩き続けると、二ツ池が見えてきた。二つの池は東西に分かれているため、地元の人間は東池・西池と呼んでいる。今訪れているのは西池の方だった。

三津木は柵を乗り越えると、慎重に足場を確保しながら水面に近づく。水に手が届く位置までくると、持参した水質検査キットを取り出す。

不動産鑑定業務では周囲の環境状態が価格を左右するので、水質調査を行う場合がある。もっとも専門家ではないので、使用するのは塩素その他の含有量を測定するだけの簡易キットだ。掌に収まる容器に検水を吸い込ませて軽く振る。容器の中には試薬が入っており、含有量によって淡桃色から濃桃色まで八段階の色に変わる。後はカラーチャート表に照合すれば含有率が一目で分かる。

西池の調査を済ませたら、今度は東に直進してもう一カ所の池に向かう。

「暑い」

アスファルトの上を歩くよりはいくぶんマシだが、何も遮るもののない山道を進んでいると一歩毎に身体中の水分が蒸発していくような錯覚に襲われる。

「次の池に辿り着いたら、あの二人みたいにダイビングしたい」

『やめとけ。ヒョーロク、お前は泳ぎが下手だ。下手というよりカナヅチとそんなに変わらん。七歳の時、小学校のプールで溺れかけたのを忘れたのかよ』

やっとの思いで東池に到着し、同じように池の水を簡易キットで分析する。試料の色は西池と全く同じチャートを明示した。

「近接した場所の水だから似た傾向だと予想はしていたけど、ほとんど同じだね」

簡単な感想を告げたが、ジンさんは満足していなかった。

『念のため、次の定期便で二つの池の水を東京に送れ。水質調査の専門家に分析を依頼しろ』

「どうしてそこまで熱心なんだよ」

『近接した場所でも、水質が全く同じというのは珍しい。例の二人みたいに近所の子どもたちが水浴びに使い続けているなら、それだけでも多少の相違が出てきてもおかしくない』

「いったい、ジンさんは何を疑っているのさ」

『二つの池の水質がほとんど同じなのは、地下で繋がっている可能性がある。お前はどうしてこんな場所に池が出来上がったか、一度でも想像したことがあるか』

「ない」

『……お前の脳みそは、きっと赤ん坊の肌みたいにつるつるして一本の皺《しわ》もないんだろうな。いいか、二つの池の周囲はどちらも岩盤が剝き出しだ。大昔は海面下にあったとしても不思議じゃない。そこまで想像の翼を広げると、元々池には天井があり、波による浸食で崩壊した可能性も見えてくる。実際、離島に残っている池にはこのパターンで形成されたものが少なくない』

「池になる前は空洞だったってことかい。それじゃあ二ツ池は」

『ああ、ひょっとしたら鍾乳洞《しょうにゅうどう》の一部かもしれねえんだよ』

三　女傑死す

1

いったん二ツ池から鴇川家に戻った三津木は、公一郎をつかまえた。

「潜水用具ならありますよ」

「本当かい」

「小学校に上がる前から海は俺らの遊泳地です。圧倒的に素潜りが多いけど、さすがに沖合いまでいくとタンクやフィンが必要になりますから。人面島じゃあ一家にひと揃《そろ》えが常識です」

「よかったら貸してくれないかな」

「それは構いませんけど」

公一郎は心配そうに表情を曇らせた。

「いいんですか。まだ警察が捜査をしている真っ最中にダイビングなんて」

「これも仕事なんだよ」

「まさか海底まで土地の評価をしようっていうんですか」

「海底に有用な資源が眠っている確率もゼロじゃない」

三津木の返事を聞いた公一郎は明らかに不審そうだったが、それでも自分の潜水用具を貸してくれた。

マスクとタンクとフィン、それにウェットスーツをバッグに詰め、三津木は来た道を戻る。ジンさんの言う通り二ツ池が鍾乳洞《しょうにゅうどう》の一部なら、潜ってこの目で確かめるのが一番手っ取り早い。

元々、鍾乳洞を形成する石灰岩の地層はサンゴ礁などが生育する海にできやすい。石灰質の殻や骨格を持つ生物の遺骸が堆積して地層になるからだ。温暖な気候の人面島に鍾乳洞が存在する可能性は高い。

「だけどジンさん」

三津木は道すがら肩の相棒に尋ねてみた。

「いつもみたいな心配はしないんだね。お前泳げるのかとか、ちゃんと息継ぎできるのかとか」

『何年、手前《てめ》ェの肩に寄生していると思ってる。お前は泳げないくせに潜るのだけは一人前だ』

「うん。素潜りでも結構いける」

『ああ、全く大したもんだよ、お前は。どこまでもどこまでも沈んでいける。海だろうが世間だろうが、底辺はお前のために用意されたような場所だ』

西池に到着すると、早速ウェットスーツに着替える。公一郎が痩身であるせいか、四肢を通すのもひと苦労だった。

『潜り云々《うんぬん》以前に、そのメタボ体型の方がよっぽど問題だぞ』

「体型を貶《けな》すのは立派なハラスメントだ」

『お前の肥満は遺伝じゃない。日頃の偏食と運動不足と自堕落な生活と自己管理能力のなさが原因だ。そもそもハラスメントってのは本人じゃどうしようもない状態を論《あげつら》う行為であって、お前のようにただ怠け者のグズには何を言ってもいい』

散々ジンさんに弄《いじ》られながらも、何とかウェットスーツに身を包む。マスクとフィンを装着し、タンクを担いで準備が整った。

「せえのっ」

コバルトブルーの水面に爪先から潜っていく。瞬間、外界の音が遮断され、三津木は胎児に戻ったような錯覚に陥る。スーツを通しても水温が高いのが肌で分かる。羊水のように温かな水にしばらくたゆたう。

水中に陽光が射《さ》し込むと、青色が更に映える。池にも拘《かか》わらず原色の魚たちが泳いでいるのは、ここが淡水ではなく海水である証拠だ。

間違いない。この池は海と繋《つな》がっているのだ。

三津木はしばしの間、周囲の景色に見惚《みと》れていた。雛乃と公一郎が学校帰りに泳ぎたくなる気持ちが理解できる。この中で浮遊していると大抵の嫌なことは忘れてしまいそうになる。こんな満ち足りた気分は久しく味わったことがない。

土地家屋調査士という仕事は基本的に海や海岸を調査対象にしない。潜水するのは何年ぶりだろうか。

おっと仕事を忘れるところだった。

両足を蹴り、フィンの力で水底に向かう。透明度が高いので水底が目視で確認できる。水深は目測で三十メートルといったところか。もちろん池にしては深過ぎる。

水底に近づくと、不意に肌が異状を感知した。ある境界面から水温がぐんと下がったのだ。変化は水温だけではない。その境界面は色彩をも区分けしており、今までの青色がそこからは緑色に変わっている。

青から緑へのグラデーションに陽光が絡み、神秘的な世界を織りなしている。

綺麗《きれい》だ、と思った。

今ほど三津木は己の語彙の貧困さを恨んだことはない。もし自分が詩人や小説家なら、この神々しいまでの光景を的確に表現できるのに。

水底近くまで潜った刹那、水流にぐいと身体《からだ》が引っ張られた。

流れの方向に身体を捩《ねじ》ると、壁に直径二メートルほどの穴が穿《うが》たれている。流れはその奥に続いている。

三津木は体勢を横にして穴に身を投じる。流れに身を任せればいいので、あまりフィンを掻《か》く必要もない。

穴に進入すると、次第に陽光から遠ざかり、闇が深くなる。三津木は携帯していたライトを点灯させた。

光輪の中でも魚群が目視できる。やはり海水魚だ。では、このまま直進すると海に出るのか。

三津木はフィンを掻いてスピードを上げる。

十五分ほど泳いでいると、突然三叉路《さんさろ》に出た。流れの向きは左側で、右側には流れていない。三津木は右側に進入した。

やはり左側は海と繋がっていたのか、今度は逆流になる。素人考えだが潮の満ち引きが池の中の流れを作っているのだろう。

前方に淡い光が見えてきた。陽光に違いなかった。案の定、進んでいくと、西池と同様の景色が広がった。

青と緑の織りなすグラデーション。煌《きら》めく光の帯を辿《たど》って浮上すると、水面にでた。東池だった。

予想通り、西池と東池は底で繋がっていたのだ。

三津木は岸に上がってレギュレーターを外す。途端に自然の空気が肺に流れ込む。やはりタンクの空気よりも、こっちの方が美味《うま》い。

「これで西池と東池が繋がっているのが証明された」

安堵《あんど》とともに言葉を吐くと、早速ジンさんからの突っ込みが入った。

『だから何だってんだ。目的が違うだろうが』

「いや、それが分かっただけでも大した収穫じゃない」

『そんなことは、島民の誰かに尋ねれば簡単に教えてくれたことかもしれない。解明すべきは鍾乳洞の存在だ』

ジンさんは苛立《いらだ》っている様子だった。いや、苛立つというよりは功を焦っているような口調に聞こえる。

『流れは左側に続いていた。戻れ。今度は左側の穴に沿って進め』

「ちょっと待ってよ。かれこれ三十分は泳ぎ続けたんだぜ。少しは休ませてくれたって」

『お前の身体のことを俺が知らないと思うか。お前は流れに身を任せていたから、ほとんど体力は使っていないはずだぞ』

「体力は使わなくっても消耗するんだよ。タンクの残量だって考えなきゃいけないし」

『考える前に確かめろ。お前の目は少なくとも脳みそよりはまともに機能している』

残量を確認するとあと三十分程度は持続できそうだった。

『お前が溺れると俺も具合が悪い。十分だけ休憩をやる。それが終わったら探索再開だ』

「人使いが荒いよ」

『つまり人間扱いしてやってるんだ。有難く思え』

泣く子とジンさんには勝てない。三津木は十分の休憩の後、再びマスクを装着する。三叉路まで引き返し、左側に進入する。今度は流れに乗るだけなので比較的力を使わずに済む。

ライトの光量が乏しく、穴の中の全貌は不明瞭だった。それでも途中から流れが緩くなったのは感知できた。

やがて膝が水底を掠《かす》った。水深が急に浅くなったのだ。

立ち上がってみると水面から顔が出た。ライトを当ててみると天井からは鍾乳石らしきつららが垂れ下がっている。奥に進むにつれ、水面は腰の辺りまで下がってきた。

試しにマスクを外してみる。空気はある。吸ってみると普通に呼吸ができた。

ついに水底が露出した。三津木はライトで周囲を照らすと、しばらく言葉を失った。

そこは紛れもなく鍾乳洞だった。天井は低いところで二メートル程度、高いところでは三津木の身長の四倍ほどもあろうか。

次第に目が闇に慣れてきた。薄ぼんやりとしているのは天井のどこかに吹き抜けがあり、陽《ひ》の光がこぼれているせいかもしれない。薄暗がりに広がる洞窟は怪しげで、神秘的だった。

「あったよ。あっちゃったよ」

ジンさんが予告していたとはいえ、鍾乳洞の発見は三津木の興奮を誘うには充分だった。

「すっげえ」

土地家屋調査士をしている手前、地質には相応の知識がある。洞窟の壁を見る限り、やはり石灰岩でできている。それも相当純度が高い。

地面のあちらこちらには石筍《せきじゅん》が生《な》っている。見事なかたちをしており、鍾乳洞の歴史が古いことを物語っている。

奥もかなり深そうだった。奥に向かって声を出してみると、どこまでも木霊《こだま》が伸びていく。

洞内の気温を測ってみると十七度。暑くもなく寒くもなく、快適な涼しさだ。

ジンさんが疼《うず》き出したのでウェットスーツを脱いで右肩を露出させる。

『ほう、なかなか見事じゃないか』

「壮観だよね」

『想像していたよりずっと広い。下手すりゃ何キロメートルも広がっている可能性がある。やりようによっちゃあ島の一大観光資源にもなり得る』

「鴇川家の相続財産に関して、これも含めなきゃいけないけど、天然記念物とかに指定されたら計算が難しくなるなあ」

『そんな後々のことより、今できることをさっさとやったらどうだ』

「今できることって」

『早く写真を撮れって言ってるんだ』

三津木はスマートフォンを取り出して、壁といわず天井といわず撮り始める。スマートフォンのライトで照らすと陰影が濃くなり、内部の複雑さが際立って見える。

ずいぶん撮影するとスマートフォンのバッテリーがそろそろ怪しくなってきた。

「石筍をひと欠片《かけら》持っていこうか。専門家に鑑定してもらったら鍾乳洞の由来や形成年代が判明する」

三津木が石筍に手を伸ばした瞬間、ジンさんの怒声が飛んだ。

『触るなあっ』

「あ」

すんでのところで三津木は手を止める。

「びっくりした」

『びっくりしたのはこっちだ。お前って本当に本当に物識《ものし》らずだな。手前ェの足なんぞ何本折っても構やしないが、その辺に生えているものを無闇に傷つけるな。お前がいみじくも言ったように天然記念物に指定されるような代物だったら、文化財保護法違反で五年以下の懲役もしくは禁錮または百万円以下の罰金だ』

思わず手を引っ込めた。

『そもそも石筍にしたって一センチ成長するのに百年以上かかるんだ。いいか、お前の一生なんざ、その石筍の五ミリ程度にしかならねえんだぞ。もっと丁重に扱え』

「うへえ」

とにかく写真を撮っても撮っても、まだ撮り足らない。美祢《みね》市の秋芳洞《あきよしどう》には及ぶべくもないが、まだまだ横にも縦にも広がりを見せている。

「スマホじゃ、とてもじゃないけど捉えきれない。大掛かりな照明と撮影機材が要る。問題はどこから持ち込むかだよなあ」

『ヒョーロクよ。お前、この鍾乳洞のこと鴇川家に報告するつもりか』

「そうだけど」

『しばらく伏せとけ』

「どうして」

『ちったあ時期を考えろって言ってんだ』

ジンさんは苛立ちを隠そうともしない。もっとも三津木に対して感情を押し隠すような真似《まね》はしたことがない。

『ただでさえ相続争いでぎすぎすしていたところに匠太郎が殺された。島には県警の刑事たちが押し寄せている。ここで鍾乳洞のことを教えでもしてみろ。島中大混乱、鴇川家は更に大騒ぎだ。部外者の俺は見ていて楽しいが、発見者兼相続鑑定士のお前はいいように引っ張り回されるぞ』

「それはちょっと大袈裟《おおげさ》なような気がする」

『ほう。それなら、鍾乳洞のことを知った宮司と佐倉組合長が島の発展のために仲よく観光計画を立案すると思うか。深雪夫人と須磨子が協力し合って鍾乳洞を共同所有にしようと言い出すと思うか』

「……想像しにくい絵面だな」

『スマホで馬鹿みたいに写真を撮らせたのは島の関係者に見せるためじゃねえ。所長の弥生に判断を仰ぐためだ。そんなことも理解できねえのか』

確かにこんな大きな秘密は、自分一人で背負いきれるものではない。

弥生に電話をしようと試みたが、圏外になっていた。

「鍾乳洞の中には電波が届かないみたい」

『いったん戻れ。話はそれからだ』

詳しく調べるには時間も機材も足りない。弥生の指示を仰ぐというのは賛成だ。ウェットスーツを着込んで元来た道を戻る。逆流の中を泳ぐため、結構体力を消耗する。西池に辿り着いた頃には、息切れがした。

崖を這《は》い上がり、岸に上がるとタンクの重みで倒れ込んだ。エアの残量はほとんどなかった。

既に陽が暮れかかっていた。

「満タンだったはずなのに。まさかあんなに距離があるとは思わなかった」

『買え』

ジンさんは言下に命令する。

『いちいち島の人間に借りたりしたら怪しまれる。お前が土地家屋を調査する限り、潜水用具は必携だ。買え。どうせ経費で落ちるだろ』

「落ちればいいけど、交渉相手が弥生さんとなると」

『お前は正当な権利さえ主張できないのか。身体の芯までヘタレが染みついているんだな』

ジンさんにどれだけ呆《あき》れられようと苦手なものは苦手だ。第一、思ったことをストレートに言えるくらいなら、これほど人間関係に悩まずに済む。つくづく思うが自分とジンさんの性格を足して二で割ればちょうどいいのだ。それが二つに、しかも極端に分かれているから色々と差し障りが生じるのだ。

人心地がついてから、再度弥生への連絡を試みる。今度はちゃんと繋がった。

『何か進展があったの』

「島の不動産を調査していたら特殊な物件に遭遇しました。画像を送るので見てください」

画像を添付して送信すると、数秒後に反応が返ってきた。

『……何よ、これ』

「鍾乳洞です」

『光量不足かしら。暗くてよく分からない。つまり鍾乳洞が島の地下に広がってるというのね』

「全体像はまだ把握できていませんけど、感触ではかなりの規模みたいです」

『ウチの土地家屋調査士の見立てなら信用するしかないか。本当なら世紀の大発見かもね。あまり嬉《うれ》しくないけど』

「どうしてですか。わくわくするじゃないですか」

『だってわたしの所有物じゃないもの』

呆れて口が半開きになった。

『島の不動産について、まだ鑑定結果は報告していないよね』

「相続人の一人が殺害されたことで、てんやわんやですからね。報告をしている余裕も聞いている余裕もありませんよ」

『他に鍾乳洞のことを知っている人は』

「さあ。でも他の人間が出入りしているような雰囲気ではなかったです」

『しばらく伏せておいて』

弥生はジンさんと全く同じ判断をする。まさか二人の思考回路が似ているのか、それとも二人の判断が常識的で三津木の考えが幼稚なのか。

『三津木くん、天然記念物の鑑定ってしたことある？』

「ありませんよ、そんなの」

『だったら今急《せ》かされたところで結論が出せる訳じゃない。三津木くんも資料集めや鑑定に時間がかかりそうでしょ』

「鍾乳洞の全貌すら摑《つか》めていません。ひと月もらっても鑑定書が作れるかどうか」

『億単位の評価が出れば、ウチも特別料金を請求できるわね』

ロマンよりカネ、夢よりは現実。弥生というのは、そういう女だった。

『いずれ調査員を増員して機材も揃えなきゃいけない。必要なものを列挙できる？』

「少し考える時間をください」

『オーケー。いずれにしても天然記念物なら調べるにしても然《しか》るべきところにスジを通さなきゃならない。その辺の折衝はこっちに任せて』

任せるも何も、三津木に交渉事をさせるのは四歳児に国会答弁をさせるようなものだ。

「お任せしますとも」

『何か進展があればその都度連絡すること。三津木くん単独で決して判断しないこと』

「了解しました」

電話が切れると、ジンさんが惚《ほ》れ惚《ぼ》れするように言った。

『お前のボスは頼りになるな。あの調子だと文化庁にねじ込んで所有権を主張しかねない。担当者相手に発見者は〈古畑相続鑑定〉だとかまくし立てて』

「光景が目に浮かぶよ」

『あれくらいじゃなけりゃ経営者とは言わん。お前もちっとは見習え』

着替えを済ませて、鴇川家へ戻る。いくら仕事といえども、長時間姿を消していれば麦原たち捜査本部の者から怪しまれかねない。

「ジンさん。今、考えてみたんだけどさ」

『何だ』

「隠れキリシタンの財宝って、ひょっとしたらあの鍾乳洞のどこかに隠してあるんじゃないかしら」

しばらくジンさんは黙っていた。さては三津木の思いつきに意表を突かれたのだろうか。

「あはは。ジンさん、驚きのあまり言葉を失ったのかい」

『……ああ、正解だ。お前のあまりの鈍感さに驚いて声も出なかった。あのな、どうして俺が鍾乳洞の可能性に拘《こだわ》ったのか。どうして中への進入を命令したのか、全然理解してなかったのか』

「え。だったら最初から財宝の隠し場所だと見当をつけてたのかい」

『財宝が隠されているなんて噂《うわさ》があれば、誰かしら島中を探索したに決まっている。島の不動産の大部分を所有している鴇川家の人間なら尚更《なおさら》だ。カネとヒマがあれば一度ならず捜し回っただろうさ』

「そうだろうね」

『それにも拘わらず、未《いま》だに発見できていないのは、普通は人が足を踏み入れないような場所に隠してあるからだと推測できる。二つの池に隠された鍾乳洞なんてうってつけだと思わないか』

「確かに」

『洞窟の中に最近人が踏み入った跡は見当たらなかった。ゴミは落ちていなかったし、飲み食いをした形跡もなかった』

「でも、外と行き来するには二ツ池から潜水しなきゃならないんだよ。金銀財宝みたいに重いものを運び込めるものかな」

『他に出入口がある可能性は考えねえのか。以前は簡単に行き来できた進入路が何かの都合で塞がれたのかもしれない。そもそも隠したいものがあるなら、当然入口は塞いでおくものだろう』

こんなことも分からないのかと、ジンさんの口調には哀愁さえ漂う。

『いいか。さっき自前の潜水用具を買えと言ったが、絶対に島の店なんかで買うなよ。定期便で平戸に行って買うなり、時間がなけりゃ通販でも構わん。島の人間に知られないように調達しろ。正式な調査が入る前にバレたら、財宝の争奪戦になる。お前みたいなド低能はともかく、鍾乳洞イコール財宝の隠し場所ってのは、この島の人間なら即座に思いつく話なんだ』

2

鴇川家に戻ると、早速麦原から咎《とが》められた。

「三津木先生、どこに行ってたんですか。捜したんですよ」

「すみません、不動産鑑定の実地調査がまだずいぶん残っていて」

「それならそうと言ってくれないと。先生のケータイの番号を教えてください。すぐ連絡がつくようにしておきたいので」

家人たちへの事情聴取と鑑識作業が終了したので、麦原たち数人の警察官を残して捜査陣はいったん県警本部に戻るという。匠太郎の死体を大学病院に搬送しなければならず、離島での捜査が難航していることを窺《うかが》わせる。

「実はさっき深雪夫人とも交渉したんですよ。しばらく空いた部屋を使わせてほしいと」

「麦原さんたちが寝泊まりするんですか」

「いちいち本島と行き来をしていると時間がかかって仕方がない。犯人が外部の者であれば、島周辺の警戒も怠ることはできない。何人かは常駐していないと円滑な捜査が望めませんよ」

ところが深雪夫人は躊躇《ちゅうちょ》して首を縦に振らなかったらしい。

「客人でもない者を泊めてもいいものだろうかと。まあ客人かと問われれば違うとしか言いようがありませんけどね」

「どうするんですか」

「結局、今日明日のところは佐倉組合長の紹介で宿屋を借りることになりました。ほんの四、五人ですが」

こんな状況下にあっても、まだ格式やら仕来たりやらに拘るか。深雪夫人らしいといえばその通りだが、少しは警察に協力すれば印象もよくなるのにと、三津木は要らぬ心配をする。

家の中で公一郎を見つけたので潜水用具を返す。

「すみません。残量チェックだけしますね」

「どうぞどうぞ」

残圧計の目盛りではほとんど残量がない。使用した分は現金で返そうと思っていたのだが、公一郎は意外な反応を示した。

「先生はダイビングに慣れているんですか」

「全然。久しぶりだよ。でも、どうして」

「これ、タンクの中でも小さめの八リットルなんです。浅いところだと一時間で残量がゼロになっちゃうんですけど、どこの海岸まで行ったのかと思って。島の海岸、どこもそんなに深くないんですよね」

鋭いところを突いてくる。

「うん。浅瀬をのんびりと潜っていた。毎日毎日歩きづめだったからね。たまにはゆっくりしたくて」

「じゃあ、タンクは満タンにしておきますから、また使う時は言ってください」

公一郎はそう言うと、潜水用具一式を抱えて廊下の向こうへと去っていく。あんな素直な子どもに嘘《うそ》を吐《つ》いている自分に嫌悪感を抱くが、有用な知識も得た。八リットルのタンクでは池と鍾乳洞を一往復するのがやっとだった。自分用には、もっと大容量のタンクを用意しなければならない。

自室に戻り、ネット通販のサイトでダイビング用品を検索してみる。何とウェットスーツだけでも三万円を超えるではないか。その他タンクが四万円、フィンが一万円、マスクが一万円、ダイビングライトが四千円、これだけで九万四千円也。経費で落ちるとしても今は自費だ。

三津木は財布の中の残金を検《あらた》めて溜息《ためいき》を吐く。

その日の夕食もダイニングで供されたが、気まずさは言うまでもなかった。鴇川家の五人は顔を見合わせることもなければ言葉を交わす素振りもない。皆が沈黙する中、箸が触れる音と咀嚼《そしゃく》の音だけが洩《も》れる。さすがに三津木の味覚も鈍くなり、飯のお代わりは言い出せなかった。

砂を噛《か》むような食事を終えて席を立つと、深雪夫人から呼び止められた。

「三津木先生、後でわたしの部屋に来てくださいな」

耳元で囁《ささや》かれたので、大っぴらにするなという意味だろう。いったん自室に戻った三津木は頃合いを見て深雪夫人の部屋を訪ねた。

「相続の件で伺いたいことがあります」

彼女は単刀直入に訊《き》いてきた。

「あんな風に匠太郎さんが亡くなってしまいましたが、この場合遺産分割の割合はどうなるんでしょうか」

何だ、そんなことか。

もっと難儀な内容を想像していた三津木は一気に肩の力が抜けた。

「匠太郎さんが亡くなれば、相続人は深雪夫人と範次郎さん、須磨子さんと公一郎くんになります」

「須磨子さんと公一郎はどういう扱いになるのですか」

「二次相続が発生します」

被相続人が死亡後、遺産分割協議が完了する前に相続人が死亡した場合、相続権が相続人の配偶者と子に受け継がれる。

あらましを説明されると、深雪夫人は納得した様子だった。

「ただ不動産鑑定が終了していないので、すぐ分割協議に移れるという話じゃありません。馬喰先生も警察とのやり取りに時間を取られているみたいですし」

「時間はいくらかかっても構いません。あんなことが起きて馬喰先生も三津木先生も大変でいらっしゃいますし、この後に葬儀が控えていますしね」

思いの他深雪夫人の口調は軽い。匠太郎の葬儀となれば喪主となるのは須磨子だから、いくぶん気楽なのだろう。

「深雪さんは公一郎くんが煙たいですか。僕から見れば、とても素直な子なんですが」

「あら、わたしは一度だって公一郎が憎いなんて思ったことはございませんよ。先生の仰る通り、悪気のない一本気な可愛《かわい》い子だと思います。でも……」

「でも、何ですか」

「公一郎はいいんですよ、公一郎は。でもウチの雛乃がねえ」

深雪夫人は思案に暮れたように、視線を天井に向ける。

「まだ十四だっていうのに、公一郎にお熱上げてるみたいなんですよ」

先日、二人が連れ立っていたことは黙っておくべきだろう。

「十四歳同士なら、ままごとみたいなものじゃないですか。従兄妹《いとこ》で仲がいいだけでしょう」

「それならいいんですけど」

深雪夫人の心配は理解できなくもない。要するに孫の雛乃が匠太郎一家に取り込まれるのを警戒しているのだ。

ひと言添えようとした時、右肩が疼いた。黙っていろというジンさんの合図だった。

「丁寧に説明していただき、ありがとうございました。わざわざお時間を頂戴して申し訳ありませんでした」

丁重に礼を言われ、三津木は深雪夫人の部屋を辞去する。数次相続の説明くらいで大層なことだと思ったが、相続人の疑問に答えるのも相続鑑定士の役目の一つだ。文句は言うまい。

廊下を歩いていると背後から呼び止められた。

「三津木先生、お訊きしたいことがあるんですが」

今度は範次郎だった。

うんざりしかけたが、呼び止められたからには話を聞かない訳にはいかない。気が進まないながらも、範次郎の部屋に入る。

「オフクロから何か吹き込まれましたか」

この親にしてこの子あり。鴇川家の連中は一人残らず疑心暗鬼に囚《とら》われているらしい。

「匠太郎さん亡き後の遺産分割について質問をされました。それだけですよ」

「公一郎のことを言ってませんでしたか」

見抜いていたのか。

「オフクロらしいといえばオフクロらしいけど、やめてくれないかな。あんな年端もいかない子どもの何を怖《おそ》れているんだか」

「人一人殺されたんです。きっと神経がぴりぴりしているんですよ」

「先生は誰が犯人だと思いますか」

範次郎はひどく切羽詰まった顔をしていた。

「先生も俺が犯人だと思っているんですか」

「とんでもない」

三津木は慌てて手を振った。

「匠太郎さんが矢で射貫《いぬ》かれた時、あなたは僕たちと一緒にいたじゃないですか。それでどうして疑われるんですか」

「匠太郎が死んで一番得をするのは俺ですからね。あの麦原という刑事に散々尋問されましたよ。俺にはちゃんとアリバイだってあるのに、平気で疑っているんです」

しかしいくら動機があるからといって、あの状況下で範次郎が犯行に及ぶチャンスは欠片もなかった。

「先生も聞いているでしょ。由梨がどうして死なきゃならなかったのか」

「ええ、まあ」

「警察はその恨みこそが決め手だと考えているらしい。自分の嫁が手籠めにされた挙句自害したのなら、相手の異母兄弟を殺しても不思議じゃないって……もちろん憎かったのは事実です。でも、だからといって俺は殺しちゃいませんよ」

範次郎は今にも身悶《みもだ》えしそうだった。

「由梨が自殺してから、俺はずっと我慢してたんです。でも俺は不甲斐《ふがい》なくて、父娘《おやこ》だけで生活していく自信がなかったから家を出ていくことができなかった。俺一人なら何とでもなりますけど、雛乃のことを考えるとそうも言っていられなかったんです」

結局この男も自立できなかったのだ。

鴇川行平という絶対的な家長の下では何一つ勝手な振る舞いができず、自分の女房が傷つけられても口を噤《つぐ》んでいるしかなかった。ひょっとしたら、範次郎が一番恨んでいたのは匠太郎ではなく父親の行平だったのかもしれない。

「警察が何を疑っても、あれだけ堅固なアリバイがあれば黙っているしかないでしょう」

「理屈ではそうなんですが、どうもあの連中には通用しないみたいです」

「一応、令和の時代なんですから。証拠もないのに逮捕するなんてこともしないでしょうし。心配のし過ぎじゃありませんか」

「先生はそう言いますけどねえ」

生来が小心者なのだろう。範次郎の愚痴はそれから延々十五分も続いた。

ようやく解放されて廊下に出る。あと数歩で自室に辿り着こうとする寸前、また背後から声を掛けられた。よくよく今日は呼び止められる日だ。もしや、これがモテ期というものだろうか(多分、違う)。

「セーンセッ」

雛乃が険のある目で睨《にら》んでいた。

「ちょっと時間ちょうだい」

もはや抗《あらが》う気力もなく、三津木は彼女を自室に招き入れた。

「単刀直入に言っていい?」

「うん。その方が助かる」

「先生、わたしたちのこと、覗《のぞ》いていたでしょう」

噎《む》せた。

「ななな、何のことかな」

「わたしと公ちゃんが西池で泳いでいたところ。公ちゃんは気づかなかったみたいだったけど、わたしはきっちり先生の顔、目撃したから」

「別に君たちを尾行していたんじゃないよ。僕が調べている時に君たちがやってきてだな」

「じゃあ、どうして隠れたの」

言葉に詰まる。まさかジンさんの指示だったとは口が裂けても言えない。

「あのね。わたしたちを尾行していたかどうかはいいの。ただ黙っててほしいの」

「西池で泳いだことをかい。それとも二人で連れ立っていたことをかい」

「両方。もう知ってるよね。わたしの親と公ちゃんの親、こんなのでさ」

雛乃は両手の人差し指で×を描く。

「一緒にいたってだけで、ぐちぐち言われるの。そういうの嫌なんだ。だから黙っていて。黙っていてくれたら、先生のストーカー行為も黙っててあげる」

「ストーカーした覚えはないけど、いいよ。了解した。誰にも話さない」

「じゃあ契約成立ってことで」

雛乃は手を差し出してきた。握手すると、小さな手であるのが実感できた。そういえば、こうして雛乃と向かい合わせに座って話したことはなかった。

「だけど大変だね。同い年で従兄妹同士。ひとつ屋根の下で暮らしているというのに、色々締め付けがあって」

「分かってくれてありがとう」

少しも嬉しくなさそうだった。

「ひとつ屋根の下で三家族同居ってだけでも問題があるのに、匠太郎伯父とお母さんのことがあったから……何度この家を出ようってお父さんに言ったことか」

雛乃なりに我慢や鬱屈があるのだと知り、妙に納得した。

「お父さんいい人なんだけど、生活能力ないから」

「手厳しいな」

「生活能力は大事。奥さんいない人は特にね」

「でも、これからは生活もお父さんの立ち位置も変わるんじゃないのかい。こうなってしまうと、鴇川家は君のお父さんが継ぐことになる。村長選挙では当選間違いないだろうし、範次郎さんが島を引っ張っていくことになる」

「この家を誰が継ぐかなんて関係ない」

本当に関心がないような口ぶりだった。

「誰が継いでもあんまり変わらない気がする。この家も、島も」

「達観してるなあ」

「だって、そんなにいい場所じゃないもの。離島の不便さは五日いただけで分かるでしょ」

「海が近くにあって絶景だ」

「あのね。潮のせいで洗濯物干してもべたべたになるのよ」

「魚介類が美味《おい》しい」

「ここに限らず、獲《と》れ立てはどこでも美味しい」

「島の人たちはみんな親切で」

「おまけに詮索好きで噂好き。自分の一票をお酒一杯で簡単に売っちゃう」

「よっぽど嫌いなんだな。詮索好き噂好きの人間なんて、どこにだって一定数いるものだよ」

「他の場所を知っているから、そんな風に言えるのよ」

雛乃は恨めしそうに言うと、ゆっくり立ち上がる。

「高校に上がったら、絶対こんな島出ていってやる。あ。これもみんなには内緒にしてね」

そう言い残すと、雛乃は廊下の向こうに消えていった。

3

昨夜半から降り始めた雨は午前二時を境に勢いを増した。寝穢《いぎたな》い三津木でさえが雨音で目を覚ましたくらいだ。起き上がってカーテンを開けてみると、叩《たた》きつける雨で窓ガラスが振動していた。

数日前にフィリピン沖で発生した大型の台風十七号は長崎県五島《ごとう》列島南西の東シナ海を北上しており、今も尚風速三十メートル以上の暴風域を保ったまま、今夜中には九州北部に最接近する見込みだった。

三津木はスマートフォンを取り出し、台風情報を検索してみる。それによれば宮崎県の西米良村《にしめらそん》では四百九十六ミリ、熊本県湯前横谷《ゆのまえよこたに》で五百二十ミリの雨量に達している。宮崎県など太平洋側の地域は南東から吹き込む風の影響で次々と雨雲が発生し、雨量は留《とど》まるところを知らないらしい。気象庁は九州全域に対して土砂災害への警戒を呼び掛けていた。

台風の予想進路は仁銘島を直撃するコースだった。まだ宮崎辺りを通過している段階でこの雨量なら、直撃時にはどんな有様になっているのか。

三津木は湧き上がる昂揚《こうよう》感を抑えきれない。昔から台風には恐ろしさとともに祭りを前にした時に似た興奮を覚えた。たったの数時間で街並みを一変させる意外性と凶暴性。街路樹を薙《な》ぎ倒し、看板を吹き飛ばし、地形を変えてしまうほどの猛威。台風は怪獣と同じだ。日常を破壊して、三津木の不平不満を一掃してくれる。

『おい、そこの厨二病《ちゆうにびよう》』

ジンさんが目を開いた。

『えらく楽しそうだな』

「つまらなくはないよ。大自然の脅威というヤツだからね」

『肩に人面瘡《じんめんそう》貼り付けた人間が、どの口で大自然の脅威とか言ってるんだ』

「それとこれとは話が別だろ」

『俺が言いたいのはお前のあんまりな危機感のなさだ。いいか、この島は大型台風の直撃コースに入っている。暴風雨圏内になれば、当然仁銘島と本島を結ぶ定期便も運休する』

「そうなるだろうね」

『その時、仁銘島は離島じゃなく孤島になる。この意味が分かるか』

「さあ」

『逃げ道がなくなるんだ』

果たして夜が明けてからも雨の勢いは一向に衰えず、窓の外は銀の槍《やり》が降るような光景だった。

「困るわねえ」

朝食時、須磨子は誰に言うともなくこぼした。横に座る公一郎が箸を持ったまま尋ねる。

「何が困ったのさ」

「大学病院で解剖は終わったんだけど、まだ遺体を戻せないって」

匠太郎の話と分かると、範次郎と雛乃も須磨子の顔色を窺う。さすがというべきか、深雪夫人だけは我関せずといった体で味噌《みそ》汁を啜《すす》っている。

「今日、戻ってくる予定だったんだろ」

「台風の接近で午後便が運休になるらしいのよ」

三津木は初耳だったが、これはジンさんの予想通りなので複雑な気持ちで食卓の会話に聞き入る。

「亡骸《なきがら》がないと葬式もできない」

「遺体が戻ってきたって、この雨じゃ無理だよ」

公一郎は冷めた口調で窓の外を指差す。一歩でも外に出ればあっという間にずぶ濡《ぬ》れになりそうな雨だ。いくら鴇川家に土地を借りている身分であっても、こんな状況下で葬儀に参列しようとする者は多くないだろう。

匠太郎の亡骸が戻りさえすれば、すぐにでも葬儀が執り行えるように準備は整えられていた。座敷を仕切る襖《ふすま》は取り払われ、百人でも座れるようなスペースが確保されている。座布団や参列者用の膳もいつでも出せるのだという。

葬儀が遅れるのがよほど悔しいのか、須磨子は無念そうに唇を噛んでいる。葬儀をすれば一番辛《つら》いのは喪主となる自分であるはずなのに、一方では早く夫を弔おうとしている。矛盾する言動を、三津木はなかなか理解できない。

空気が重たくなり、三津木はつい言わなくてもいいことを口走る。

「でも定期便が運休になれば公一郎くんも雛乃ちゃんも学校が休みになっちゃうね」

少しでも気を引こうとしたのが災いした。雛乃はこちらを一瞥《いちべつ》もせずに答える。

「今日、土曜日なんですけど」

「そそ、そうだったね。でも、不安にはならないのかな。定期便が来ないってことは島が孤立するってことだろ」

「慣れ」

雛乃がひと言で切って捨てる。さすがに哀れに思ったのか、公一郎が後の言葉を継いだ。

「台風の直撃は珍しくないんですよ。この時季の風物詩みたいなもので。だから台風シーズンの前には各家庭でも保存食や日用品を買い溜《だ》めして、数日は保《も》つようにしているんです。それに電気は地下ケーブルで通っているし、基地局が近くにあるから通信は途絶えない。そんなに深刻な話でもないんですよ」

本島との行き来が途絶しても、備蓄と情報さえあれば孤立とはほど遠い。彼らの落ち着きぶりは、慣れ以外にもライフラインの充実があるからだった。

余計に気まずくなった。須磨子は咳払《せきばら》いをしてから話を続ける。

「おじいさ……宮司にも葬儀がいつまで延期になるのか相談しないといけないし、警察の捜査は全然すすんでいないみたいだし」

「宮司さんにはわたしから話しておきますよ」

今まで黙っていた深雪夫人が初めて言葉を発した。

「でも」

「葬儀となれば喪主は須磨子さんでしょうけど、葬儀屋さんとの打ち合わせや宮司をお呼びするのはわたしの役目ですからね」

「でも、こんな大雨の中で」

「電話一本で済ませられるような話じゃないでしょ」

行平氏亡き後、鴇川家の事実上の家長は深雪夫人だ。誰も彼女には逆らえない。須磨子は何か言おうと口を開きかけたが、結局は「ではお願いします」と答えるに留めた。

相変わらず空気は重たい。土砂降りの音がその場の気まずさをわずかに緩和してくれている。

朝食が済んだ頃、麦原が三津木の部屋を訪ねてきた。

「馬喰先生はいらっしゃいませんか」

どうやら三津木に用があった訳ではないらしい。

「馬喰先生は昨日から平戸ですよ。この天気ですから、今日は来られないんじゃないでしょうか」

「まあ、この雨ではやむなしか」

麦原は畳の上で胡坐《あぐら》をかくと、しようがないというように天井を仰ぎ見た。

「事件のことで確認したい点があったのですが、定期便が復活するまでは無理ですな」

「惜しかったですね。午前の便はまだ運航していたんでしょう」

「どちらにしてもわたしは足止めですよ」

麦原は吐息交じりに洩らす。

「わたしと二人の制服警官以外は皆、台風被害に備えて県警本部に戻っていますからね」

「じゃあ現状、島内にはお巡りさんが三人しかいないんですか」

「元々は駐在一人だったんです。二人増えたと考えてください」

「でも、たった三人では捜査が大変でしょう」

「三十人いたって、さほど変わりませんよ。何しろこの雨ではね」

麦原が憮然としているのも無理はない。匠太郎が殺害された祈禱《きとう》所周辺は証拠物件の採取が終わったものの、この豪雨で再捜査不可能な状態になっているらしい。

「台風被害の話になると、一般には自衛隊が率先して活躍するイメージが強いのでしょうが、実際は警察も相当な人員と時間を投入しているんですよ」

台風がもたらす強風と豪雨によって、どの地域が被害をこうむるか凡《おおよ》そが策定される。該当地区を管轄する警察署は警戒活動をした後、避難誘導をしなければならない。被害が起きれば被災状況の確認と被災者の救出、停電が発生すれば信号機滅灯対策に交通整理と仕事は多岐に亘《わた》る。当然のことながら捜査畑の人間も駆り出され、通常業務は二の次三の次にされてしまう。

「とにかく生きている人間が優先ですからね。台風シーズンはなかなか思うように捜査ができません」

「教えてください、麦原さん。捜査本部では、もう容疑者を特定しているんですか」

「いくらあなたが協力者でも捜査情報を洩らす訳にはいきません」

毅然《きぜん》とした態度を見せた直後、麦原は砕けた口調に戻る。

「しかし現時点において、我々が誰にも任意での取り調べをしていない事実で状況は察しがつくでしょう」

「それはまあ何となく」

「神社の周辺を捜索した限りでは外部から犯人が侵入した形跡は認められず、儀式に参加した関係者には全員アリバイがある。祈禱所の周りから採取された証拠物件はどれも関係者のもので、不明なものは見当たらない」

「不明なものは何一つ、ですか」

「儀式の前日、祈禱所周辺も本殿も廊下も綺麗に掃き清められていたせいで、判別がつきやすかったんですよ」

麦原はずいと顔を近づけてきた。

「おっと質問するのはこちらの方でした。三津木先生はずっと鴇川家に逗留《とうりゅう》しているんでしょう。家族の誰か、怪しい振る舞いをする者はいませんでしたか」

問われるまま、三津木は深雪夫人と範次郎から相続に関して質問されたことを伝える。

個人的には島の地下に鍾乳洞が広がっているのを発見したのが最重要だったが、これは不動産鑑定に関わることなので黙っていた。

だがさすがに尋問のプロだ。麦原は三津木が話し終えると、早速疑惑の視線を投げて寄越した。

「何か隠してませんか」

「滅相もない」

慌てて首を振ってみせる。

「警察に隠し事をしても碌《ろく》なことにならない。そんなのは僕だって知ってます。遺産相続に絡んで事件に巻き込まれたのも、これが最初じゃないんですから」

「ほう、それは初耳ですね。よければどんな事件だったか教えてくださいよ」

三津木は信州随一の山林王の遺産相続に絡んだ事件を説明する。話の途中で、麦原はぽんと手を叩く。

「ああ、本城《ほんじょう》家の連続殺人。その事件なら知ってますよ。全国区にまでなった事件でしたからね」

弥生にも指摘されたが、自分が渦中にいると全体が見えなくなる。あの連続殺人がそれほど有名になったとは未だに信じられない。

「あれも遺産相続に関わる事件と聞いていましたが、まさか相続鑑定に三津木先生が呼ばれていたとは。いやあ、意外だ」

「とんだ災難でした」

「本城家事件に続いて、今度は鴇川家の事件。何というか三津木先生はそういう事件を呼び寄せる体質なんですか」

「どんな体質ですか、それ」

「あるいは別の見方もできますけどね」

麦原は再び疑いの視線を向けてきた。

「殺人の動機が遺産にあるとしたら、遺産を鑑定する先生は相続人の殺意を醸成できる立場にある」

今まで想像さえしていなかった話なので虚を突かれた。

「まさか。そんなことを僕ができるはずないでしょう」

「どうですかな。三津木先生は一見、虫も殺せないような顔をしているが、わたしの知っている凶悪犯というのは大抵善人面でしたからね。今度の事件、裏で三津木先生が糸を引いていたとしてもわたしは驚きませんよ」

「僕が驚きますよっ」

「冗談ですよ」

麦原は一笑に付したが、臆病な三津木はそれが嘘であるのを確信した。

笑っているのは唇だけで、二つの目は依然として三津木を疑っているではないか。

「僕が相続人を唆して、いったい何の得があるというんですか」

「冗談と言ったじゃないですか」

「刑事さんの口から出たら、こっちは冗談じゃないです」

束《つか》の間《ま》の沈黙の後、麦原は懐かしそうな目をする。

「これはあくまでもわたしの経験則で喋るのですけどね。諸先輩の中に、殺人の動機は色か欲か、さもなければ異常心理だと言う人がいる。まあ昭和の時代まではそうだったんでしょうが、平成・令和の時代には新しいかたちの動機、今までは思いもよらなかった欲も見えてくる。はっきり言ってしまえば、他人の不幸を眺める快感ですよ」

どこか吐き捨てるような口調で、麦原が新しいかたちの動機とやらに嫌悪感を抱いているのが分かる。

「遺産を巡る骨肉の争い、他人同士の諍《いさか》いを眺めるのを至上の喜びと考える、人間のクズみたいなヤツが本当に多くなった。ネットを覗いてご覧なさい。そういう昏《くら》い情念に囚われたヤツがごろごろ見つけられる」

「僕も、そういう人間の一人だっていうんですか」

「あくまでも動機に関する経験則であって、三津木先生を指している訳じゃありません。しかし、そういう動機で犯罪を目論《もくろ》む者がいたとしたら、今回の捜査も別の切り口が必要なんですよ」

「どういう意味ですか」

「鑑取《かんど》りをして判明したのは、鴇川家に対する島民の本音です。各戸の不動産鑑定をしている三津木先生なら大体の見当はついているんじゃないですか」

麦原はこちらの反応を確かめているように見えた。

「自分の生殺与奪の権を握る者を厭《いと》う者はいても、敬愛する者はあまりいない。鴇川家に従っている島民は単に大家であり債権者である鴇川行平氏を怖れていただけです。しかし行平氏亡き後、鴇川家に残ったのはカリスマ性のない後継者候補ばかり。いきおい求心力を失った鴇川家をどうにかしてやろうとする者が出てきてもおかしくはない」

「愉快犯みたいなものですか」

「そんな可愛いもんじゃありません。日頃の鬱憤を晴らしたいがために、他人を不幸にしたがっているだけです。他人の不幸は蜜の味といいますからね。そういう人間は内部と外部を問わず、どこにでも存在します」

どこか投げやりな物言いだったが、麦原の言葉が間違っているとは思えなかった。権力者の失墜を喜び、敗者に石を投げる人間は確実に存在する。そういう人間が鴇川家の現状を知れば、争いの火に油を注ぎたくもなるだろう。

だが鴇川家の大炎上を見たいがために自ら手を汚す人間など、果たしているものなのか。

「それにしてもよく降りますな」

麦原の言う通り、雨の勢いは一向に弱まる気配がなかった。

正午を過ぎた頃、公一郎が部屋を訪ねてきた。

「深雪お祖母《ばあ》ちゃんがこっちに来ていませんか」

三津木の部屋まで捜しにきたということは、目ぼしい場所にはいなかったという意味だ。

「確か葬儀の日取りに関して、宮司さんと相談するとか言ってたよね」

「出掛けたきり、まだ帰っていないみたいなんです」

「神社に確かめてみれば」

「とっくに確かめましたよ」

公一郎は少しむっとして答える。

「さっき神社に電話してみると、十時頃に帰ったって答えだったんです」

「答えたのは宮司本人だったのかい」

「ええ。葬儀についての打ち合わせをきっちり済ませてから帰ったって」

鴇川宅から神社まで三津木の足で三十分程度。深雪夫人の年齢と天候を考えても、二時間以上の経過は長過ぎる。

「この雨だから、どこかに雨宿りしているんじゃないかな」

「お祖母ちゃんのスマホに掛けても応答がないんですよ。LINEにも既読がつかないし」

今日び六十歳というのは高齢者に入らないかもしれないが、それでも豪雨の中を歩いていれば足元が危うくなる。それでなくても仁銘島には坂が少なくない。どこかで転倒していたとしても不思議ではない。

「警察には連絡したんですか」

訊かれた公一郎は急に不安げな表情に変わる。

「いえ。まだですけど」

「僕がお巡りさんと捜してくる」

鴇川家に逗留させてもらっている身分なので、こんな時くらいは役に立たなければ申し訳ない。だが単独行では心許《こころもと》ない。あと一人は警察官の随行が欲しい。しかし今、島には麦原を含めても警察官は三人しかいない。面識のある彼に同行してもらうのが最善の策に思える。

「三津木先生が行くなら俺も行きますよ」

「公一郎くんは家にいなさい。取りあえず危険な場所に未成年者は連れていけないから」

三津木はスマートフォンで麦原に事情を説明する。

『そういうことなら、警察官が行かない訳にはいきませんね』

十分後、逗留先の宿から麦原が駆けつけてくれた。先刻は三津木に対して懐疑を隠そうともしなかったが、市民の安全がかかっているとなれば話は別なのだろう。

「神社までは一本道です。手分けせず、二人で捜した方が二次被害を防げるでしょう」

麦原は早くも被害などという物騒な言葉を使う。

三津木もレインコートを着込み、麦原とともに外に出る。

途端に天然シャワーの洗礼を浴びた。

いやシャワーなどという生易しいものではない。

ばちばちばちばちばち。

レインコート越しに雨が肌を打つ。九月の温《ぬる》い雨のはずなのに痛みを感じるほどだ。島は高い建物がないので、雨の槍が大地に刺さる様子がよく分かる。雨が地面を叩く度、多くの飛沫《しぶき》が舞い上がる。槍という比喩は決して大袈裟なものではない。

「ひどいですね、これは」

大声で声を掛けてみるが、雨音で掻き消されそうになる。麦原はもっと大声で返してくる。

「家の中から見たって分かるでしょう」

滝のような雨で周囲は白く煙っている。視界は十メートル前後といったところか。

「公一郎くんの話だと、深雪夫人は傘を差して出掛けたようです。朝のうちは、まだこれほどひどい降りじゃなかったですから」

「こんな状態じゃ傘なんて差しても差さなくても一緒だ」

「やっぱり、どこかで雨宿りをしているんじゃないでしょうか」

「それだと家族からの問い掛けに応じない理由が説明できない」

麦原は言下に切り捨てて、三津木の前を歩く。

さすがにこの雨の中、行き交う人もクルマの姿もまばらだ。何人かとすれ違ったが、レインコートと篠《しの》突《つ》く雨のせいで性別や年格好すら判然としない。

あまりスピードを出していないクルマでも、すれ違いざまに派手な泥《どろ》撥《は》ねを浴びせる。クルマよりは雨量のせいだと分かっていても鬱陶しい。レインコートを着ていても、隙間からどんどん雨水が染み込んでくる。長靴を履いてはいるが、既に靴下は湿り気を帯びている。

風も相当なものだ。直近の気象情報では風速十五メートルという予報だが、直進するのもままならない。高齢者は立っているのもやっとだろう。これが街中なら店舗の外のポリバケツや立て看板が飛んできてもおかしくない風速だ。

雨がレインコートの隙間に入り込むのは、風で横殴りになっているためだ。雨と風が二人の行く手を遮る。傘を差しているだけの深雪夫人ならどこかで立ち往生していると考えた方がいい。

「スマホは充電切れか何かが原因ですよ」

三津木は前を歩く麦原に大声で話し掛ける。

「あの賢明な人が、この暴風雨の中を強行突破するなんて考えにくいですって」

「雨宿りするとしても道路脇の民家か何かの物陰でしょう。あまり表通りから離れていないはずです」

麦原の理屈はもっともだ。三津木はもう何も言わず従うことにした。

風は向かい風になっている。三津木たちには進みにくいこと甚だしいが、神社から自宅に向かっている深雪夫人には追い風であり、却《かえ》って足が速くなるのではないか。

風雨にさらされながら胸騒ぎを覚える。

ここに至るまで遂《つい》に深雪夫人と出くわさなかった。彼女が午前中に神社を出たという証言を信じるなら、とうの昔に見つけているはずだ。

相変わらず視界は十メートルほどだったが、ようやく神社に向かう坂道が見えてきた。

「いったい、深雪夫人はどこに行ったんでしょうな」

先を歩いていた麦原が疑問を口にした途端、ぴたりと足を止めた。

「どうかしましたか、麦原さん」

答える間もなく麦原は前方に駆け出す。三津木も慌てて後を追う。

坂を上がると、鳥居の手前に人が倒れているのが見えた。着衣に見覚えがある。今朝、深雪夫人が着ていたものだった。

人影に駆け寄ると、果たして深雪夫人が横たわっていた。濡れた額に解《ほつ》れた前髪が貼り付いていて表情がよく見えない。ただしぴくりともしないのは分かる。

腰を屈《かが》めて手を伸ばそうとした刹那、麦原に制止された。

「触らないで」

麦原は深雪夫人の頸動脈《けいどうみゃく》に指を当てる。その際、彼女の首に索条痕らしき線が浮かんでいるのが見えた。

次に彼女の瞳を観察する。瞳孔が開ききっていた。

「駄目だ。死んでいます」

冷静な声で宣告されたにも拘わらず、三津木の背筋はぞくりと震えた。

「その首の筋は」

「紐状のもので絞められたように見えます。いずれにしても雨で足を滑らせて転倒したようには見えません」

風雨の中でも、麦原の声は明確に聞こえた。

「殺されたんですよ」

4

その場で麦原は二人の警察官を召集した。彼らが現場に到着するまでの間、麦原は現場保存に努めていたが、元より土砂降りの中では下足痕《げそこん》や毛髪などの消滅は防ぎようがない。麦原もそれを知ってか、口惜《くや》しそうな顔をしている。

「物的証拠の採取、大変ですね」

三津木が不用意な言葉を発すると、麦原はいよいよ不機嫌になった。

「現場としては最悪ですよ。殺害されて間がないはずですが、だからといって即座に司法解剖ができる状況でもない。道具もないから鑑識作業もできない。できるとしたら死体の現況を具《つぶさ》に観察して記録しておくこと。それから周辺情報の収集くらいしかありません」

言葉通り、麦原は深雪夫人の死体に覆い被《かぶ》さるようにして観察を続ける。時間の経過とともに死体は腐敗し、原形を留めなくなる。周辺情報も同様だ。土砂降りの雨が秒単位で証拠物件を流し去っていく。麦原の努力は理解できるものの、部外者の三津木には無駄な抵抗に思えてならない。

そうこうするうちに二人の警察官がパトカーで駆けつけてきた。持参してきたデジタルカメラで死体と周辺を撮影し、その後ブルーシートで死体を雨風から保護する。死体の転がっていた地点を中心とした半径五メートル周囲にロープを張り巡らせ、立入禁止とする。

ブルーシートに包まれた死体は、麦原の指示で仁銘神社の中に運ばれる。宮司の許可もないのにずいぶん強引だと思ったが、麦原の理屈はこの上なく明快だった。

「死体を一時的にでも保管するんです。神社仏閣以上に相応《ふさわ》しい場所はないでしょう」

果たして宮司は深雪夫人の死を知ると驚愕《きょうがく》してみせた。

「まさか。午前中に話を済ませて出ていったばかりなのに。いったい、どこで殺されたんですか」

「詳細は後ほど。ご迷惑をお掛けしますが、今は遺体の安置にご協力いただきたい」

強引な要請にも拘わらず宮司は二つ返事で承諾し、深雪夫人の亡骸を拝殿に運び入れる。奇《く》しくも祈禱所の近くに深雪夫人が安置されるのは、これも縁というものか。

三津木は風雨から逃れた死体を改めて観察する。麦原と同様に記憶に刻み込むためだが、あくまでもジンさんが推理をする材料を記銘する作業だった。こうして見聞きしておけば、三津木が忘却してもジンさんが確実に憶《おぼ》えていてくれる。

そして、やがて恐ろしい符合にぶつかる。

最初に殺害された匠太郎も深雪夫人も、ともに鴇川行平の遺産相続人ではないか。

殺害動機は遺産相続に絡んでいる可能性が高い。

麦原たちの手で死体が裸に剝《む》かれる。頸部の索条痕以外は、特に外傷が見当たらない。

「検視官が来られないのは痛いですね」

隣にいた警察官が残念そうに言うが、麦原は先ほどとは打って変わって表情を殺している。

「今いない者を当てにはしない。もう一度被害者の両目を近接で撮影してくれ。特に角膜だ。白濁具合を正確な色で残す。それなら後からでも死亡推定時刻を逆算できるかもしれない」

捜査にかける執念は大したものだと思った。もちろん、その執念が実を結ぶかどうかは別の問題なのだが。

自分なりの検視を済ませると、早速麦原は宮司への尋問を始めた。

「深雪夫人とは何を話したのですか」

「さっきお話しした通りです。匠太郎の遺体がいつ戻るか分からない。ついては戻り次第葬儀を執り行いたいので、そのつもりで準備だけはしておいてほしい。そういう内容でした」

「それだけなら、ただの連絡事項じゃないですか。電話一本で済む話を、わざわざ神社まで出向いた本当の理由は何なんですか」

「行平が死んだ後は深雪夫人が実質的な家長です。あの人は筋を通す人ですから。家長の立場であれば尚更、本人が足を運んだことに意味があるはずでしょう」

麦原は一歩も引かなかった。

「隠されると、彼女の死にあなたが関わっていると疑わざるを得なくなります」

宮司は束の間黙り込んだが、やがて諦めたように首を横に振った。

「深雪夫人はわざわざ釘《くぎ》を刺しに来たんですよ」

「どういう意味でしょう」

「匠太郎は継承の儀をきちんと終える前に死んでしまった。従って鴇川家の取り決めに法蔵地が介入するのは今後まかりならんと。公一郎への過度な接触も控えるようにと厳命されましたよ。わたしにとっては、れっきとしたひ孫なんですけどね」

「どうしてまた、そんなことを言いに来たんですか」

「絶縁宣言みたいなものですよ。ご存じの通り深雪夫人は佐倉組合長の娘ですから、鴇川家を佐倉家の支配下に置きたい。畢竟《ひっきょう》、わたしは邪魔者だということです」

なるほど絶縁宣言ということなら、深雪夫人自らがやって来たのも頷《うなず》ける。いや彼女なら必ずそうしたであろうと三津木は妙に納得した。普通であれば匠太郎の祖父にあたる宮司に対して相応の配慮があって然るべきだが、それを無視して一刀両断にしてしまうところは、いかにも彼女らしい。

「言い争いになったりはしませんでしたか」

「いくら親戚筋といっても、所詮は先方の事情ですからね。第一、わたしが何か言って聞くような人じゃない。せめて公一郎には血縁者として会わせてほしいと頼むのが精一杯でした」

「いくら聖職者でも、そんなことを言われたらかっときて当然でしょうね」

麦原は疑念を隠そうともしなかった。

「失礼ですが宮司。お召し物を調べさせてもらってよろしいですか」

「構いませんが」

宮司は今着ている白衣のことだと思っていたらしいが、麦原が袴《はかま》の裾に触れる一方、別の警察官が中座するのを見逃さなかった。

「あのお巡りさんはどこへ行かれるのですか」

「これも失礼ながら脱衣所の衣服を調べさせてもらいます。ふむ。いま着ておられる白衣と袴は濡れていないようですね」

中座していた警察官がすぐに戻ってきた。手にしているのは同じ白衣で、撥ねた泥で裾が汚れている。

「洗濯機の中に放り込まれていました」

「宮司。外に出られたのですか。ひょっとして深雪夫人を見送りに出られたのではありませんか」

「違う」

宮司は心外だというように食ってかかる。

「境内を整理していた。この暴風雨だ。風に飛ばされたくないものを社務所の中に入れた。その時に濡れた」

「なるほど。理由としては納得がいきます。しかし預からせていただきますので」

事前に指示されていたらしく、警察官は汚れた白衣をポリ袋に仕舞い込んだ。その様子を見ていた宮司は不貞腐《ふてくさ》れたように麦原を睨み据える。

「わたしを容疑者にしたいようですね」

「逆です。一人でも容疑者を減らしたいんですよ。白衣をお預かりするのは、その作業の一環です。お見受けしたところ境内に敷かれている土は神社周辺の土とは違うようですね」

「赤土ですよ。神社創建の際、島の外から土を運び入れている」

「分析すれば、泥撥ねが境内で付着したものか外で付着したものか判別できます。宮司の潔白を証明する第一級の証拠品ですよ」

「ふん。言い換えれば、分析結果が出るまでは容疑者扱いという意味でしょう」

「こんな状況下ですからね。普段よりも行き届かない点はご容赦ください」

麦原と宮司の間に沈黙が落ちる。疑う者と疑われる者の緊張感が傍らの三津木にまで伝わってくる。

「基本的なことを訊きますが、わたしが深雪夫人を殺したとして、いったい何の得があるというんですか」

「先ほどのお話では、宮司は鴇川家への関与を禁じられたんですよね。それではあなたの都合が悪くなる。それで邪魔になった深雪夫人を手に掛けたという可能性も考えられます」

「えらく短絡的ですな。刑事さんというのは、皆そんなに単純な考え方をするのですか」

「あくまでも可能性の一つです。それに動機が鴇川家の財産目当てとは限りませんからね」

「財産以外にどんな動機があるというのですか」

麦原はそれには答えず、警察官の一人を残して神社を後にした。三津木も停《と》めてあったパトカーに押し込められる。

「あ、あの、麦原さん。どうして僕が同行するんでしょうか」

「じゃあ、本島から増員があるまで深雪夫人の遺体を監視してもらえますか」

「それはちょっと」

「仁銘神社は警察官一人を置いておけば当面は事足ります。三津木先生はしばらくわたしと行動をともにしてください」

麦原はそう言うが、決して三津木を頼りにしている訳ではない。逆だ。三津木も容疑者の一人として監視下に置こうとしているのだ。

容疑者扱いされて気分はよくないが、他方有利な点もある。警察官に同行しているから捜査情報の一端を入手することができるのだ。三津木自身は気が進まないものの、ジンさんが事件の捜査に乗り気なので協力しない訳にいかない。

ほどなくしてパトカーは鴇川宅に到着した。麦原たちの物々しい様子に、出迎えた須磨子も異常を察したようだった。

「どうしたんですか、皆さん血相を変えて」

「家の人は全員お揃いですか。お集まりいただきたいのですが」

麦原のただならぬ態度で須磨子はすぐ奥に引き返し、範次郎と雛乃、そして公一郎を玄関先に連れてきた。

一同を前に、麦原は深雪夫人が何者かに殺害された旨を伝える。

四人の反応は様々だった。

声もなく、茫然《ぼうぜん》と口を開ける範次郎。

すとん、と腰を落とす雛乃。

驚きの声を洩らすまいと自分の口を押さえる須磨子。

まさか、と言ったきり絶句する公一郎。

「皆さん驚きのことと思いますが、わたしと三津木先生が亡骸を確認しました。現在は仁銘神社に安置させてもらっています」

ようやく四人は納得した様子でめいめいに頷いてみせる。

「とにかく皆さんの話をお訊きします」

この場に深雪夫人が立ち会っていたなら麦原の申し出を一蹴するかもしれないが、生憎《あいにく》その本人は帰らぬ人となった。範次郎や須磨子には公権に対する抵抗力が乏しい。鴇川家一同は要求されるまま、麦原たちを応接間に通す。

この時、同行していた警察官の一人は土間に揃えられていた靴を丹念に調べていた。宮司の時と同様、雨の中を外出したかどうかの確認だった。

応接間に通された麦原は一人ずつ事情聴取するつもりらしい。もちろん家族同士が口裏を合わせないように、別室で警察官が監視している。

最初にやってきたのは範次郎だった。やはり母親の死が衝撃だったのか、今になって顔色を青くしている。

「今すぐ神社に行かせてください」

開口一番がその言葉だった。

「一刻も早くオフクロの傍《そば》に行ってあげたいんです」

「まあ、落ち着いてください」

「母親が殺されたっていうのに落ち着いていられるはず、ないじゃないですか」

「事情聴取の後、皆さんご一緒にお連れしますからしばらくお付き合いください。深雪夫人が神社に赴くのは皆さんもご存じだったんですよね」

「ええ。朝食の際に言ってましたから」

「彼女が家を出た後、あなたは外出しましたか」

「外出はしましたがそれほど遠くには。祖父……佐倉組合長の家に行っただけです」

「どんなご用向きですか」

「この時化《しけ》では船が出せませんから、いきおい組合員の収入減が予想されます。それで鴇川家の店子になっている組合員については、家賃徴収を緩和できないか。その相談を受けてです」

「ほう。家賃収入は鴨川家の大きな収入源だから採《も》めたんじゃありませんか」

「いえ。時化が続いて組合員の収入が不安定になるのはよくあることです。今回が初めてじゃありません。要は緩和する期間や金額の調整だけですから、ものの一時間で終わりです」

「帰宅したのは何時ですか」

「正午になる少し前です」

「他の家族は全員、家にいましたか」

「それは何とも……いちいち点呼を取っている訳じゃありませんから」

　麦原の質問が途切れると、逆に範次郎が尋ねてきた。

「オフクロはどこで、どんな風に殺されたんですか」

　深雪夫人の死体を見た者は麦原を含む三人の警察官と三津木と宮司、そして犯人だけだ。従って死体発見場所と殺害方法は秘密の暴露に当たる。

　だが範次郎の証言内容に秘密の暴露は存在しなかった。被害者遺族の質問なので、麦原も最低限の事実は伝えなければならない。

「仁銘神社付近とだけ申し上げておきます」

「まさか、残酷な殺され方だったのでしょうか」

「比較的、綺麗なご遺体でした。ご自身で確認してください」

二人目は雛乃だった。ひどく悄然《しょうぜん》としており、普段の溌溂《はつらつ》さと不遜さはすっかり影を潜めている。

「君は外出していたのかい」

「お昼前の十一時くらいだったと思いますけど、コンビニへ買い出しに行きました。戻ってきたのは正午過ぎです」

「玄関に誰の靴が残っていたか、憶えていますか」

「さあ……二、三足あったかもしれませんけど、はっきり憶えていません」

「しかし、こんな天候の時にコンビニで買い物というのは妙じゃないかな」

「こんな天候だからです。これ以上雨脚が強くなったら一歩も外に出られなくなっちゃう。そうなる前に非常用の食料品とか電池とか買いに行ったんです。はい、これ」

雛乃はスカートのポケットから紙片を取り出した。見れば、コンビニエンスストアのレシートだ。証言通り、食料品と電池の品名の下には12：01と時刻が明記してある。

「刑事さん、この家の誰かを疑っているんですね」

「特定はしていない。君に質問しているのは形式的なことだよ」

「匠太郎伯父さんが殺されて、今度はお祖母ちゃん。殺された二人とも相続人じゃないですか」

麦原は言葉に詰まる。

「疑心暗鬼になる気持ちも分からんじゃないが、犯人捜しは我々警察の仕事だ」

麦原の答えはいかにも苦し紛れだったが、容疑者の娘に対する言葉としてはそれが精一杯だろうと思えた。

「安易に誰彼を疑うのではなく、我々の捜査の推移を見守ってほしい」

父親による祖母の殺害。十四歳の少女には苛酷な疑念だ。麦原もその痛々しさを知った上で、雛乃の質問を封殺した恰好《かっこう》だった。

「……分かりました」

しかし雛乃の顔には、到底納得できないと書いてあった。

須磨子は最初から麦原の質問に怯《おび》えているような態度だった。まだ何も訊かれもしないのに、そわそわと落ち着きがなく、麦原から視線を逸《そ》らしている。

「どうかされましたか」

「やっぱり、わたしが疑われているんですか」

「どうして、そう思うんですか」

「主人を殺されましたから。復讐《ふくしゅう》するとしたら、わたししかいないじゃないですか」

一瞬、麦原は顔を顰《しか》める。当初から鴇川家内の愛憎を垣間《かいま》見ていた彼ですら、関係者の本音を聞かされれば心穏やかにはなれないのだろう。

背後に控えていた三津木もまた、改めて鴇川家に渦巻く憎悪に肝を冷やしていた。深雪夫人にしても由梨のことがなければ匠太郎をそれほど憎むことはなかったはずだ。色と欲、体面と本音が複雑に絡み合い、この一家は一触即発の状態にあったのだ。

「じゃあ須磨子さん。あなたが深雪夫人を殺害したのですか」

「とんでもない。わたしはずっと家から出ていません。だから深雪お義母さんを殺せるはずがありません」

土間にあった四足の履物のうち、ただ一つ乾いていたのは須磨子の草履だった。その事実だけで須磨子の証言を信じるのは早計だが、少なくとも齟齬《そご》はない。

「ずっと家にいたのなら、他の家族の出入りもご存じでしょう」

「無理ですよ」

須磨子は小さく頭を振る。

「刑事さんだって、この屋敷がどれだけ広いのかはご承知でしょう。それぞれの個室が離れているから、食事どきやお風呂の時間でない限り、廊下で出くわすこともあまりないんです」

最後の聴取対象の公一郎はひどく陰鬱な様子だった。

「ウチは、おかしいですよ」

十四歳にしては大人びた口調だった。

「旧《ふる》い家っていうのは自覚がありましたけど、まさかこんなに身内の不幸が続くなんて……警察も、これが遺産目当ての人殺しだと考えているんですか」

「も、というのは君も同じことを考えているからか」

「殺された二人は行平祖父《じい》ちゃんの相続人でもありますからね。嫌でも考えますよ」

「じゃあ、この家の中に犯人がいると疑わざるを得なくなるね」

「考えたくないです」

公一郎は麦原から顔を背ける。

「オヤジの事件だって、まだ身内の犯行と決まった訳じゃないんでしょ。刑事さん、でもおかしいのは別にウチだけじゃないと思いますよ」

「何だって」

「人面島自体がおかしいんですよ。令和の時代だっていうのに隠れキリシタンやら網元やら。俺も雛乃も平戸の学校に通っているから毎日実感するんです。この島が時代に取り残された別世界だって。だから、鴇川家に反感を持っている島民の誰かが犯人だとしても、俺は全然驚きませんよ」

雛乃の時もそうだったが、やはり十四歳相手の尋問は勝手が違うとみえて、麦原もやりにくそうだった。

「話を戻そう。君は今朝外出したのか」

「取りあえず外には出ましたよ。敷地内ですけどね。風で飛ばされないように庭箒《にわぼうき》や鉢植えを仕舞うのが俺の仕事なんです」

「他の家族を家の中で見かけたかい」

「いいえ。自分の部屋と庭を往復しただけで誰とも会いませんでした」

結局公一郎の証言からも大した収穫は得られず、麦原は渋い顔をしていた。


事情聴取を済ませた四人はパトカーで仁銘神社へと連れ立っていった。深雪夫人の亡骸を確認するためだが、それ以外の用向きはないので、ものの一時間もすれば鴉川家に引き返してくる予定だった。

家人がいなくなった鴉川家には静謐《せいひつ》が下りていた。午後三時を過ぎて雨風はますます勢いを増し、屋根や窓を叩く音が激しくなったが、不思議と家の中には静けさが漂っている。

「お疲れ様でした」

三津木は何気なく声を掛けたが、麦原はじろりと睨んできた。

「疲れるような仕事をしちゃいませんよ。本来なら神社の周辺に訊き込みをかけて目撃者を探さなきゃならないし、深雪夫人の絞殺に使用された紐状《ひも》の凶器を捜し出さなきゃならない。ところが我々は神社と民家を往復するだけで、初動対応すら満足にできていない」

「本島から隔絶された離島で、おまけにお巡りさんは三人しかいないんです。これ以上の捜査は無理ですよ」

「しかしね、三津木先生。こうして指を咥《くわ》えている間にも物的証拠は風雨に流され、犯人は隠蔽工作を進めているかもしれない。自分がいかに無能かを痛感させられる」

「そんな。麦原さんは健闘していますよ」

「いくら頑張っても、犯人を捕まえられなければ何の意味もない。結果が全てです」

三津木がどれだけ慰めたところで、麦原は決して妥協しないだろう。そもそも己の言葉に説得力があるかどうかが既に疑わしい。

その時、三津木のスマートフォンが着信を告げた。案の定、相手は弥生だった。

「はい、三津木です」

『そっち、大丈夫なの』

いつになく弥生の声は緊張していた。

「何がですか」

『あなたって骨の髄まで極楽とんぼなのね。台風よ、台風。十七号がいきなり進行速度を速めて平戸に上陸しそうだって気象情報で伝えていたけど、あなたのいる島って平戸の間近なんでしょ』

「確かに暴風雨ですよ。音、すごいですもの」

『いや、暴風雨もそうなんだけど、平戸市内は大変らしいのよ。市内の鉄塔が二基も倒れて配電設備がひどく損傷したって。その島、平戸の送電所から電気供給されてるのよね』

次の瞬間だった。

いきなり部屋の照明が消えた。

突然の出来事で思考が停止したが、麦原の「停電だ」という声で落ち着いた。

『どうかしたの』

「こっち、停電しました」

『停電で済めばいいけど、十七号は島を直撃』

不意に弥生の声に雑音が混じり、ほどなくして無音になった。慌てて表示を確かめると電波は圏外になっている。

「圏外になっちゃいましたよ」

すると、麦原は自分のスマートフォンを取り出してどこかに電話をかけた。

だが麦原の方も繋がる様子はなかった。

「平戸市内の鉄塔が倒れたと言ってましたけど」

「それだ。ケータイの基地局は佐世保にある。もし基地局が停電したら電波は届かなくなる」

外の明るさで麦原の姿が浮かび上がる。麦原は深刻な顔をしていたが、おそらく自分は今にも泣きそうな表情になっているだろう。

電気供給が途絶え、電波も届かない。

不意に三津木は現実に立ち返る。たとえ定期便が運休しても安穏としていられたのは、少なくともライフラインと情報が保証されていたからだ。それすら途絶すれば、仁銘島は本当に孤立してしまう。逃げ場所があるだけ本島はましな方だ。この離島にはそれすらない。

不安に駆られて、麦原ににじり寄る。

「どうしましょう」

「どうしましょうって、わたしらではどうすることもできませんよ。ひたすら復旧を待つよりしょうがない」

通信手段を取り上げられたら為《な》す術《すべ》がない。二人でああでもないこうでもないと話していると、玄関から人の声が聞こえた。

「やっとご帰還か」

二人で玄関まで迎えに行くと、同行していた警察官、須磨子と公一郎、そして雛乃が立っていた。

「申し訳ありません」

開口一番、警察官は頭を下げた。

「ここに戻る寸前、範次郎氏が行方を晦《くら》ましました」

四　闇の中の悪意

I

「行方を晦《くら》ましたって……君らがついていながら」

麦原が問い詰めると警察官は後頭部が見えそうなくらいに頭を下げた。

「皆さんに、死体が深雪夫人であるのを確認していただき、さて戻ろうという段になって姿が見えなくなりました。何せ神社は広く、いったん席を外されるとなかなか全員の動きを把握できなくて」

彼の説明によれば、範次郎は用を足すと言い残し、そのまま姿を消したらしい。迂《う》闊《かつ》と言えば迂闊だが、仁銘神社の広さを知っている三津木は同情したくなる。

「どちらにせよ、厄介な時に厄介なことをしてくれたもんだ」

名指しこそしないものの、麦原の非難は範次郎に向かう。非難というよりも疑惑だろう。深雪夫人の死体が発見された直後に行方を晦ませば、疑いたくなくとも疑わざるを得なくなってくる。

三津木は雛乃に視線を向ける。十四歳の娘でも父親が不利な立場であるのは認識しているのだろう。面目ないのか、皆から顔を背けている。

「こんな時、範次郎さんが立ち寄る場所に心当たりはありませんか」

麦原が問い掛けるが答える者はいない。

「こういう状況だ。範次郎さんを一人にしておくのはまずい。何とか捜し出さないと」

無理ですよと、警察官が遠慮がちに言う。

「我々本島から来た者には不案内な場所なので、外で捜索するには土地鑑がなさ過ぎます。加えてこの大雨では」

警察官は後に続く言葉を呑《の》み込んだが、捜索に出た自分たちが土砂崩れなどの災害に巻き込まれる可能性を示唆しているのは明らかだった。

警察関係者が二次災害の犠牲になるのはよく聞く話だ。現場を指揮する麦原には彼ら警察官の安全を担保する役目もある。麦原は致し方ないというように首を振る。

「しばらくして帰宅する可能性もない訳じゃない。雨が弱まってまだ帰らないようなら、消防団に協力を要請して捜索しよう」

警察官は悄然《しょうぜん》として頷《うなず》く。

しかし窓の外を眺める限り、雨足が衰える気配はなかった。

昼間でもこんな天候では明かりが乏しい。このまま夜を迎えたらどうなるかと三津木が自室で気を揉《も》んでいたら、不意に照明が点《つ》いた。

自室の明かりが点くと、今しがたまで光源として有難がっていた窓からの採光が相当に暗かったことが分かる。

電気が復旧したのなら基地局の電源も戻ったはずだ。試しにスマートフォンを開いてみたが、こちらはまだ圏外のままだった。基地局の復旧には時間が掛かるのだろうかと考えていると、部屋の外から公一郎の声がした。

「入りますよ、三津木先生」

部屋に入ってきた公一郎は懐中電灯を携えていた。

「この懐中電灯は先生が使ってください」

「え。停電、復旧したんじゃないの」

「いいえ。依然、停電は続いていますよ。外を見てください」

言われて窓の外を眺めると、なるほど街灯は消えたままだ。だが民家の窓からは明かりが洩《も》れている。

「どうしてここも含めて家の明かりは点いているんだい」

「自家発電です」

　公一郎は至極当然のように言う。

「島民のほとんどが漁師ですからね。漁船で使う発電機を停電の時のために常備しているんです」

「準備万端、というか停電慣れしているんだねえ」

「ただ、発電機も燃料切れだとどうしようもありません。一回の燃料補給で二時間、長くても十二時間程度しか保ちません。あくまでも応急措置ですよ」

　では状況は一歩も好転していないということか。

　三津木は未練がましくスマートフォンからネットにアクセスしようとするが、やはり電波は届かない。

「無理ですって。元々離島なんだから、基地局が復旧しない限りケータイは使い物になりません」

「君はよく落ち着いていられるなあ。今日びの子はスマホが使えないと、すぐパニックになるって聞いているけど」

「人によりけりだと思います」

「でも電気はともかく情報が遮断されていたら不安だろ。台風の進路とか、被害状況だとか」

「まだテレビがあります。完全に停電になってもラジオは入ります」

事もなげに答える公一郎を見て、三津木はちょっとした自己嫌悪に陥る。携帯端末が使用不能になって慌てふためいているのは自分ではないか。

「どこかのケータイのコマーシャルじゃないけどさ。誰かと繋《つな》がっていたいとか思わないか」

意地悪く質問してみたが、公一郎はこれにも淡々と返してみせる。

「あのう、先生。島の中で育った子どもが、これ以上濃密な人間関係を望むと思いますか」

ひどく疲れた物言いだったので、三津木は公一郎の実年齢を忘れそうになった。

「でもクラスメイトとはLINEとかでグループを作っているんだろう」

「友だち追加くらいはしてますけど、メッセージの内容なんてうっすいもんです。お互いのプライベートとか絶対に深入りしませんから」

公一郎は心底うんざりしているようだった。島民同士についてはともかく、鴇川家内部の人間関係は確かに濃密過ぎるくらいに濃密で、年頃の子どもでなくても辟易《へきえき》するのは当然なのだろう。

もう少し意地悪をしてみたくなった。

「雛乃ちゃんともうっすい間柄なのかな」

少しくらいは慌てるかと思ったが、案に相違して公一郎は白けた顔をこちらに向ける。

「同居している従妹《いとこ》なんて家族同然だから濃いも薄いもないですよ。それに、今はこんな状況ですから。雛乃に関するジョークは全然笑えません」

「ああ……それはごめん。失言だった」

慌てたのはこちらの方で、またしても三津木は自己嫌悪に苛《さいな》まれる。

「それにしても、範次郎さんはどうして行方を晦ましたりしたんだろう」

「知りませんよ、そんなの」

「さっき麦原さんも訊《き》いていたけど、範次郎さんが立ち寄りそうな場所に心当たりとかないの」

「叔父さんが相談する相手なら、佐倉組合長に決まってますよ」

「何といっても実の祖父だものなあ。でも麦原さんだって、その可能性には当然気づいているはずだよね」

「仮に叔父さんを匿《かくま》っていたところで、おいそれと警察に教えるような人じゃありませんけどね。あの佐倉組合長って人は」

「胡散臭《うさんくさ》いという意味かい」

「佐倉組合長に限った話じゃなくて、この島全体がそうだっていう意味ですよ。身内意識が強くて、よそ者にはあまり心を開かない」

公一郎の眼差《まなざ》しには、微《かす》かに申し訳なさも感じられる。三津木もよそ者には違いないから心を開いていないという意思表示なのだろう。

「閉鎖的なのは仁銘島に限ったことじゃないよ」

「そうは思いませんけど。この島は本当に田舎なんです」

「地方なんてどこだって似たようなものだよ。身内で固まって、決してよそ者には気を許さない。よそ者に気を許さないから、コミュニティを維持できる面もあるんだけどさ」

知った風な口はジンさんからの受け売りだったが、公一郎は納得顔でこくこくと頷いていた。

「叔父さんだって、今行方を晦ますと不利なのは分かっているはずなんです」

だからすぐに戻ってくるはずだと公一郎は言いたそうだった。

噂《うわさ》をすれば影で、佐倉組合長が鴇川家を訪れたのは、それから一時間もしないうちだった。

「範次郎が姿を消したらしいな」

佐倉組合長は開口一番そう言った。須磨子が台所に引っ込んでいたため、玄関で対応できる大人は三津木しかいなかった。

「話を聞いて飛んできたんだ。県警の麦原さんはいるか」

「麦原さんなら仁銘神社に戻りましたよ」

「ふん。問い質《ただ》したところで、あの宮司が何を吐くものか」

佐倉組合長は忌々しそうに唇の端を歪《ゆが》める。

「範次郎さんは佐倉組合長の家にいるんじゃないですか」

「警察がそんなことを言っていたのか」

「いえ。可能性としてですよ。佐倉組合長は範次郎さんのお祖父《じい》さんなんだし。何か困ったことがあれば、範次郎さんは佐倉組合長に相談すると聞いています」

「確かによく相談相手にはなったけどな、選《よ》りに選ってこんな具合の悪い時に匿うような馬鹿な真似《まね》はせん。これでも組合長っていう肩書があるんだ。第一、殺されたのはわしの娘だぞ」

佐倉組合長の言葉が不意に怒気を孕《はら》む。

「その上、警察は範次郎が深雪を殺したんじゃないかと疑っているそうじゃないか」

「そんなこと、誰が」

「三津木先生は嘘《うそ》が下手だな。顔に書いてある」

佐倉組合長は冗談のつもりだろうが、三津木はくすりとも笑えない。佐倉組合長の怒り方はそれほどに剣呑《けんのん》だった。

「ここに来られたのも、警察に対する抗議のつもりですか」

「孫が娘を殺したなんて疑われてるんだ。祖父とすれば黙っている訳にはいかん」

佐倉組合長の顔がずいと近づく。三津木はまるで自分が責められているような錯覚に陥る。

「警察が範次郎を疑う理由は分かる。匠太郎が死んで、深雪もいなくなれば、遺産の四分の三が範次郎のものだ。ふん、お巡りの考えそうな動機だ。親子の情愛とか縁というものを全く考慮しておらん」

おそらく自分の怒声に興奮するタイプなのだろう。喋《しゃべ》れば喋るほど佐倉組合長の声は大きく、そして野卑になっていく。

「法蔵地の血筋じゃあるまいし、いくら遺産のためとはいえ人殺しまでするものか。それも実の母子だぞ。そうは思わんか、三津木先生」

「は、はい」

「本島からやってきたお巡りでは由梨さんに纏《まつ》わる事情も理解できんのだ。由梨さんがあんな風におっ死《ち》んで、範次郎たち家族がどれだけ嘆き悲しんだことか。事もあろうに同居している腹違いの兄貴に女房を手籠めにされ、挙句死なれた。ところが肝心の匠太郎を責めようにも行平の威光に阻まれて、ほとんど泣き寝入りするしかなかった。この口惜《くや》しさが三津木先生に分かるか」

「いや、あの、その」

「身内の不始末だから警察に訴えることもできんし、そもそも訴えたところで行平が生きておる限り人聞きの悪い話はことごとく握り潰される。同じ種だというのに長男と次男というだけで差をつけられるのは理不尽なことこの上ない」

佐倉組合長も島民だから島の旧弊さが今に始まったものではないと承知しているはずだ。それでも三津木に悲憤慷慨《ひふんこうがい》してみせるのは、よほど腹に据えかねているからに違いない。

「由梨さんに死なれた時、範次郎の家族はそりゃあ口惜しがったものさ。わしだって例外じゃない。組合長の肩書がなかったら、匕首《あいくち》忍ばせて匠太郎を闇討ちしたかもしれん」

匕首だの闇討ちだのと時代がかった物言いだが、佐倉組合長の口から発せられると不思議に抵抗がない。従って真正面に座る三津木は憎悪を存分に浴びることになる。

「それでも鴇川家の体面と島民への示しがあったから範次郎たちは耐え忍んだ。塗炭の苦しみとはまさにあれだ。ところが今度は深雪が殺され、選りに選って範次郎が犯人だと言いくさる。わしが怒鳴り込むのは当然だろうが」

「麦原さんも範次郎さんが容疑者だと名指しした訳じゃないんですよ」

麦原の弁護をしながら気になった。いったいそんなことが、どうしてすぐ佐倉組合長の耳に入ったのか。

「『厄介な時に厄介なことをしてくれた』。お巡りはそう言ったそうじゃないか。こんな狭い島の中だからな。島の南端で呟《つぶや》いたことも三十分後には北端に伝わる。よそ者が迂闊に口を滑らせるもんじゃない」

「僕に凄《すご》まれても」

「別に三津木先生は仇《かたき》じゃない。本島のお巡りが憎いだけだ」

吐き捨てるように言うと、佐倉組合長は憤懣《ふんまん》遣《や》る方ないといった体で、拳を床に叩《たた》きつける。

「いったい、どうして深雪が殺されなきゃいかんのだあっ」

今までの怒声が湿り気を帯びる。

「行平の許《もと》に嫁がせる時、後添いという事情もあってわしは躊躇《ちゅうちょ》したんだ。それを行平にぞっこんだった深雪が押し通すかたちで一緒になった。わしがとやかく言われるのは仕方ないにせよ、深雪は欲得抜きで行平と添い遂げるつもりだった。範次郎を産み、鴇川家と行平を支え、行平亡き後は、屋台骨を背負って立つつもりだった。言うなれば鴇川家の功労者だ。それを、選りに選って神社の近くで殺しやがって」

佐倉組合長の怒りようはいよいよ激しさを増し、今にもこちらに殴りかからんばかりだった。三津木は恐れをなし、座ったまま後ずさる。

「佐倉さん、落ち着いてください」

「別に三津木先生を取って食うつもりはない。憎いのは深雪を手に掛けた犯人だ」

佐倉組合長は威嚇するかのように歯を見せる。

「県警のお巡りが神社にいるのなら却《かえ》って好都合だ。教えてくれてありがとうよ」

そう言い捨てると、さっさと玄関から出ていった。

「何なんだよ、今のは」

まるで嵐のような騒がしさだったが、ひとまず通り過ぎてくれた。ほっとひと息吐《つ》いていると、やっと奥から須磨子が姿を現した。

「佐倉組合長の声が聞こえていたみたいですけど」

何がみたいだ。あんな大声が聞こえないはずはないだろうと思ったが、口にはしなかった。

「何の用事だったのかしら」

「何でも麦原さんに用があったらしくて。仁銘神社に向かった旨を伝えると、そのまま出ていかれました」

「そうでしたか。ご苦労様でした」

須磨子は軽い調子で済ませると、また奥に引っ込んでしまった。よほど佐倉組合長と顔を合わせたくなかったらしい。

人けが失せると右肩が疼《うず》き出した。シャツをずらすとジンさんが目と口を開いた。

『いやあ、面白かった』

「他人のトラブルを愉《たの》しむ癖、やめた方がいいよ」

『俺は自分のトラブルも愉しんでいるからいいんだ』

「ジンさんのトラブルというのは要するに僕のトラブルじゃないか」

『お前は自分さえ安全圏にいればいいのか。見下げ果てた野郎だな』

どこかで論点がすり替わっている気もするが、三津木は反論する術《すべ》を知らない。

『思った以上に佐倉組合長はデンジャラスだな。初対面の際もひりひりしてたが、いざ娘が殺されたとなると本性を現した。匕首忍ばせて云々《うんぬん》言っていたが、あれは満更嘘じゃない。深雪夫人の殺人に絡んで佐倉組合長の刃傷《にんじょう》沙汰も起きる』

「物騒な予言しないでよ」

『予言だと。おいミジンコ脳。お前、佐倉組合長の話、ちゃんと聞いてなかったのか。あのオッサン、「いったい、どうして深雪が殺されなきゃいかんのだ」と絶叫してたろうが』

「うん。していた」

『そこは普通なら「誰が殺《や》ったんだ」と叫ぶところだろ。ところが佐倉組合長は「誰が」じゃなくて「どうして」と言った。つまり、犯人の見当はついているんだ。少なくとも佐倉組合長の中ではな』

「あの人は誰を疑っているんだ」

『推理するまでもない。範次郎一家と反目しているのは匠太郎一家だ。匠太郎の宮司継承と村長選挙で後ろから糸を引いていたヤツは誰だ』

「仁銘神社の宮司だ」

『あの勢いだと、佐倉組合長は神社にカチコミかけるつもりだ。いや、事は娘の復《ふく》讐《しゅう》だから単独での殴り込みだな』

「大変だ」

佐倉組合長が匕首を握って宮司に突進する姿が目に浮かぶ。三津木は靴を履き、自分に宛《あて》がわれたレインコートを取り出した。

「止めなきゃ」

『おい、何してんだ。お前が仲裁に入ったところで収まるような話じゃねえんだぞ』

「宮司だって一筋縄でいかない人なんだよ。その二人がこんな状況で相見《あいまみ》えたらどんなことになるか」

『やめろって。火消しに回っていいのは消火器を持ったヤツだけだ。ヒョーロクは徒手空拳だろーが』

「何だよトシュクーケンて」

身の程知らずのお節介であるのはジンさんに言われるまでもなく承知している。それでも佐倉組合長の暴走を止めるのは、公一郎と雛乃に気まずい思いをさせたくないからだった。

「佐倉組合長は、神社に直行したんだろうか」

『ここに来た時は何も得物《えもの》を手にしていなかったよな』

では、いったん家に戻るに違いない。三津木はレインコートを着込むと土砂降りの中に身を躍らせた。

佐倉組合長の家に足を踏み入れたことはなかったが、場所は聞き知っている。

アスファルト舗装の道路は既に小川となって港側に流れていた。歩くだけで靴はずぶ濡《ぬ》れになるに違いない。篠突《しのつ》く雨は相変わらず肌に痛い。停電の影響を危惧していたが、元より極端に信号機の少ない通りなので大事には至っていないようだった。

佐倉組合長の家は居宅と事務所を兼ねていた。居宅は奥に位置しているらしく、ガラス戸から見えるのは事務所の内部だ。屯《たむろ》している数人の男たちはおそらく漁業組合の者だろう。

「佐倉組合長はいますか」

ひときわ浅黒い肌を晒《さら》している男がいち早くこちらを見咎《みとが》めた。

「何だい、あんた」

「鴇川家から来た者です。佐倉組合長を捜しているんですけど」

「組合長ならいったん戻ってから、血相変えてまた出ていったぞ」

しまった、ひと足遅かったか。おそらくわずかの差で行き違ったに相違ない。

「お邪魔しました」

退出しようとした矢先、背中に待ったの声を浴びた。

振り返ると、声を掛けたのは別の男だった。

「鴇川家から来た者と言ったな。あんた、東京から来た三津木とかいう鑑定士の先生じゃないのか」

「そうですけど」

「へえ、あんたがそうか」

事務所内の男たちが一斉にこちらを見た。その数、五人。決して多くない人数だが、事務所が狭い上に一人一人が屈強な体格をしているため結構な威圧感を醸している。

「深雪夫人が殺されたそうだな」

尋ねたのは顔の彫りが深い中年だった。

「神社の近くで死体が見つかったそうだが、そりゃ本当なのか」

「本当ですよ。鴇川家の人たちが死体を確認しましたから」

「その上、範次郎さんが行方不明だってな」

ええと頷いてから気がついた。範次郎の行方不明が麦原に伝えられたのは停電の直後だった。携帯端末の電波は途絶し、ニュースが拡散されるタイミングはなかった。

不意に佐倉組合長の言葉が甦《よみがえ》る。

『島の南端で呟いたことも三十分後には北端に伝わる』

では三人の警察官の誰かが範次郎の行方不明を洩らし、瞬く間に口コミで広まったということか。

これ以上言質《げんち》を取られたら責任を追及されかねない。三津木が口を噤《つぐ》むと男たちの視線が次第に粘り気を帯びてきた。

「先生はこの騒ぎ、どう思うかい」

「どうって、その、ご不幸続きだなと」

「確かにな、鴇川の家は村長さんが死んでからというものごたごたが続いている。しかしよ、人死にが出るなんざよっぽどのこった。しかもそれが二人続いてだぞ」

男の口調には、はっきりと険がある。ヤクザが因縁を吹っ掛ける時の物言いにそっくりだった。

これに浅黒い肌の男が続く。

「長いこと人面島には人殺しなんてなかった。ところが鴇川家の遺産相続の話が持ち上がった途端、匠太郎さんが死に、今度は深雪夫人だ。どう考えても腑《ふ》に落ちねえ」

「そうだな。俺もそう思う」

「俺もだ」

「大体、鴇川の家に人を殺すような気の荒いヤツはいねえしな」

「そうだ。今までも島でトラブル起こしたのは大抵が本島から来たヤツらだったしな」

「あんたが来てから不幸が立て続けに起きている。これは、いったいどういうこった」

陰湿な視線の正体が次第に分かってきた。

偏見と恐怖。

島民たちは理屈を抜きにして、異分子である三津木を敵視している。排他的などという軽いものではなく、三津木が不吉を咥《くわ》えてきたと本気で信じ込んでいる目だった。

まずい。

生来の臆病さがセンサーを発動させる。これ以上ここにいては何をされるか分かったものではない。

「お、お邪魔しましたあっ」

慌ててドアを開けて外に逃げる。土砂降りに叩かれても、男たちに取り囲まれるよりは数段ましだった。

今後、組合事務所には近づかないようにしよう——そんな風に考えながら仁銘神社に続く道を急いでいると、シルバーカーを押す雨合羽姿の老婆と出くわした。まさかと思ったが、やはり峰バアその人だった。

「おや、鑑定士さんじゃないか」

「危ないですよ。こんな雨の中、外出なんて」

「停電になったし、長雨になりそうなんでね。家ん中に籠るための買い出しさ」

峰バアはシルバーカーを指差して言う。

「それよりあんたは何を急いでるんだい」

「あの、ちょっと仁銘神社の方に」

「ははあ」

峰バアは合点がいったというように頷いてみせる。

「佐倉組合長の後を追っかけているのかい」

「見かけましたか」

「さっきクルマで走っていったよ。でもどのみち途中までしか行けないよ。神社の坂なんて今頃は滝みたいになっているだろうからね」

この雨ではクルマを使ったとしても速くは走れないだろうが、いずれにしても三津木の足では到底追いつけない。

心が挫《くじ》けそうになるが、自分なら佐倉組合長の暴走を未然に防げたのではないかという自責の念が引き返すのを許さない。

我ながら中途半端な性格だと思う。こうなる前に徹底して佐倉組合長を宥《なだ》めるか、さもなければ完全に無視するべきだったのだ。だが、その場その場で優柔不断な態度を繰り返すものだから、結局トラブルに巻き込まれてしまう。ジンさんからも口うるさく注意されているが、これぱかりは持って生まれた性分なので直しようがない。

「あんた、よく他人事《ひとごと》に首突っ込んで貧乏くじ引いているだろ」

峰バアは三津木の気持ちを見透かしたように話し掛けてくる。

「あんたみたいなのはいつでもどこにでもいるんだ。言っとくけどね、そんな性格損なだけで碌《ろく》なもんじゃないから」

まるでジンさんに罵られているようだった。

「お節介するにしても時と場所ってのがある。あんたのは最悪だよ」

「最悪って」

「学もなく迷信深い連中だからね。人死にが二つも続きゃよそ者を疑い出す。不幸ごとの一切合財をよそ者のせいにするのは簡単だし、それで島の人間同士が争わずに済むからねえ」

「脅かさないでくださいよ」

「脅かしているんじゃなくて忠告しているんだよ」

言葉は親切だが、その表情は三津木の不幸を大層面白がっているようにしか見えない。

「島の中でも短気な連中はあんたのことを胡散臭く思っているからね。それでなくても台風やら停電やらでみんな落ち着かないでいる。あたしがあんただったら、さっさと尻まくって逃げてる」

峰バアはひひひと笑いながら、またシルバーカーを押し始めた。

構っていられるか。

三津木は彼女の脇をすり抜けて仁銘神社へと向かう。

2

神社に到着した時には、既に社務所から佐倉組合長の怒号が聞こえていた。

「円哉、もとはといえば手前ェ《てめ》が鴇川家の財産狙いで娘を嫁がせて」

「豪造、ここをどこだと心得る。聖なる社の中で卑しいことを口にするな」

「笑わせるな。その聖なる社で孫を殺されたのはどこの宮司だ」

「不敬者めが」

佐倉組合長と宮司が下の名前で罵り合っているのが、妙に新鮮だった。考えてみれば二人は二歳違いでしかない。

社務所に入ると、想像していた通りの光景が繰り広げられていた。白衣の宮司に佐倉組合長が襲い掛かり、それを麦原が羽交い締めにしている。宮司は宮司で佐倉組合長に負けじと臨戦態勢でいる。

「三津木先生。そんなところでぼやっとしていないで手伝ってください」

麦原の言葉に押され、三津木は宮司と佐倉組合長を引き離す。宮司の手を摑《つか》んだまま、社務所を出る。

神社の中はどこも薄暗い。元々、広いにも拘《かか》わらず電気照明が少なく、多くの部屋が蠟燭《ろうそく》の明かりを頼りにしている印象がある。従って停電になっている今も、常時と大して変わりがない。

「三津木先生。ここまで来れば抵抗はせん」

宮司はぽんぽんと三津木の腕を叩く。

「拝殿の隣に小部屋があります。閉めきれば豪造の声も聞こえない。我々の声も社務所までは届かない」

指示に従い、三津木は宮司とともに別室に入る。ひどく殺風景な部屋で、奇妙なかたちの灯明が目を引く以外は何の装飾も見当たらない。

「お見苦しいところを」

宮司は白衣の乱れを直しながら詫《わ》びる。

「刑事さんが仲裁に入ってくれたが、豪造の剣幕があまりに激しくてね」

「他の警察官はどうしたんですか」

「範次郎の行方を追って、神社の周辺を捜し回っているらしいです。この大雨の中、ご苦労な話だ」

被害者と容疑者が佐倉組合長の親族であるせいか、宮司の言葉には冷ややかな響きが聞き取れる。

「やっぱり、神社に殴り込んできたんですか」

「いや、最初は深雪夫人の亡骸《なきがら》と対面させてくれということでした。実の親なら当然だと思い、ご遺体を安置している拝殿に通したんだが、あの横道者が死顔を見るなり、わんわん泣き出しよった」

佐倉組合長の号泣する姿は想像するのが難しかった。

「父娘《おやこ》水入らずにしてやろうと、わたしは麦原さんと社務所に戻っておったんです。ところがしばらくすると、ごう……佐倉組合長が血相を変えて社務所に飛び込んできた。後は三津木先生のご覧になった通りです」

「佐倉組合長は一度鴇川家を訪れたんです。その時対応したのが僕で。話しているうちに佐倉組合長の様子がどんどん怖くなって」

「ああ、あれは昔からですよ。佐倉組合長は自分の言葉に酔う癖があって、一度怒り出すと誰かを殴らん限り収まりがつかなくなる」

「宮司に襲い掛かったのは、誰でもよかったからですか」

「いや。佐倉組合長はわたしが深雪夫人を殺したと口走っていました。単細胞なのも昔と寸分変わっておらん」

宮司は憤懣遣る方ないという顔をする。

「こっちにも言い分がある。匠太郎を殺された時、わたしだって佐倉組合長にひと言ふた言文句をつけたかったが我慢したんです」

つまりお互いがお互いを疑っていたという訳か。ジンさんがシャツの裏で皮肉な笑いを浮かべているのが容易に思い浮かぶ。

「深雪夫人の殺害場所が鳥居の真ん前だったので、余計にそう思い込んだのかもしれませんよ」

「下衆《げす》の勘繰りですな。もし本当にわたしが犯人なら、どうして神社の近くなんか選ぶかね。どうせならもっと離れた場所を選ぶ」

「ところで範次郎さんがここで行方を晦ましたそうですね」

「全くもって迷惑な話だ」

宮司はまたも冷ややかに言う。範次郎が犯人と決めつけているのかもしれない。

「亡骸との対面が済み、さて鴇川家へ帰る段になって小用とかで中座しました。ところがどれだけ待っても戻ってこない。辛抱の切れた警察官が厠《かわや》に様子を見に行くと影もかたちもない。それで俄《にわか》に騒動となったんです」

「神社の中に身を隠しているという可能性はありませんか」

「玄関にも範次郎の靴はなかった。第一、わたし以上に神社の内部を知っている者はいません。そのわたしが境内を隈《くま》なく捜して見つからなかったんです。間違いなく神社を抜けだしたのですよ」

「範次郎さんが犯人だと思いますか」

「わたしには何とも。しかし犯人でもない人間が逃げる必要はないでしょう」

言外に犯人だと断言しているようなものだった。

「ところで、さっきは佐倉組合長のことを豪造と呼んでいましたね」

「売り言葉に買い言葉ですよ。お互い今では肩書がついてしまったが、もとは悪たれ小僧同士でしたから」

三津木の右肩がじわりと疼く。この機会にもっと話を訊き出せというジンさんの合図だった。

「子どもの頃は仲良しだったんですか」

「子どもの頃なあ」

宮司は昔を懐かしむかのように、微《かす》かに表情を緩める。

「わたしも豪造も行平も歳《とし》が近かったから、一緒に野原を駆け回ったり水浴びをしたりした記憶はあります。しかし、小学校に上がる頃には家の立場や身分を叩き込まれて、自然に疎遠になりましたね」

「そんな子どもの頃から家督を背負わされるんですか」

「宮司や網元、大地主ともなると家督を相続するのが当たり前のようになっていましたから。物心つく頃から使命感みたいなものを植え付けられます」

「でも宮司も佐倉組合長もご自分の娘さんを行平さんに嫁がせたんですよね。お互いに仲が良くないと、そんな縁組は成立しないでしょう」

途端に宮司はきまり悪そうな顔をする。

「先に行平と自分の娘の縁談を進めようとしたのは豪造の方だった。三津木先生は網元制度というのをご存じですか」

問われて三津木は頷く。ジンさんからの受け売りだから詳細はともかく概要は聞き知っている。富裕な漁民や地主が漁業権を掌握し、網元となって地域の漁師たちの上に君臨する。だが戦後になり労働法が適用され、技術革新によって個人での漁業が可能になると、網元制の前提となる集団での漁業自体が行われなくなった。網元は長年の特権を喪失し、遂《つい》には網元制度そのものが姿を消してしまった。

「近郷の網元が次々と没落していく中、豪造は焦りに焦った。人面島はまだ組合長として自分の力が及んでいるが、いつ世情に流されるか分かったものじゃない。そこで盤石な地位を確保するため、大地主である鴇川家との婚姻を目論《もくろ》んだのです。ところが当主の行平が見初めたのは、ウチの華江だった」

「その縁談に宮司は関与しているんですか」

「一人娘ということもあり、いずれは宮司を継承する男子を婿に迎える予定でした。だから婿の選定には慎重にも慎重を期すつもりでしたが、選りに選って行平とは」

「宮司は二人の結婚に反対されたんですか」

「いくら父親が反対しようにも、華江本人が行平の申し出を受け容《い》れればどうしようもない。行平は仁銘神社の宮司を兼任するのを拒んだが、当時はわたしもまだ気力体力とも充実していたから、宮司は孫の代で継承させればいいと諦めた」

　要するに行平の熱意に負けて、二人の結婚を許したという経緯だ。

「しかし行平さんは宮司と五つしか歳が違わなかったでしょう」

「親子ほど歳の離れた者同士の結婚は、この辺じゃ特に珍しくない。結婚相手の条件に経済的状況が重視される。華江だって、行平が大地主でなかったら結婚を承諾しなかった」

三津木には納得しづらい結婚事情だが、当時の仁銘島では常識だったのだろう。

「結婚はあくまでも二人の合意によるものだったが、それを豪造は全てわたしが裏で糸を引いたのだと勝手に思い込んでいたんです。その華江が匠太郎が五歳の時に病死するや否や、待ってましたとばかりに深雪夫人が後釜に滑り込んできた。深雪夫人が行平にぞっこんだったといわれているが、わたしは豪造の意思が多分に働いていると思っている。華江が病に倒れてからというもの、ずっとアレが死ぬのを心待ちしていた様子でしたから」

そういう事情であれば、佐倉組合長が宮司を疑いたくなる気持ちも理解できなくはない。

「しかしですね、三津木先生。華江は病死だったんです。わたしが佐倉父娘を恨む道理もない。これでも神に仕える身です。豪造はすっかり勘違いをしている」

宮司の説明は理に適《かな》っている。本島からやってきた麦原なら一も二もなく信じるだろう。

しかし短期間とはいえ鴇川家の人々や島民たちと接触した三津木は、完全には納得できない。聖職者であるが宮司にも裏の顔があるのではないかと勘繰ってしまう。疑い深く冷笑的なジンさんの影響だとすれば考えものだ。ジンさんの頭脳の明晰《めいせき》さには一目も二目も置いているが、あの性格は最悪だ。少しでも影響されたら早晩性格破綻の烙印《らくいん》を押される。

「ところで宮司。仁銘島の地下について何かご存じではありませんか」

「地下」

宮司は怪訝《けげん》な顔を向ける。

「また妙なことを言い出すんですね。もしや戦時中の話ですか。確か、軍の命令で島の何ヵ所かに防空壕《ぼうくうごう》を掘りましたが、終戦と同時に埋め戻してしまいましたよ。戦争遺跡として保存すべきだという声もありましたが、遊び感覚で中に入った子どもが一酸化炭素中毒を起こす事件がありましたから。地下といえばそれくらいしか思い出さないが、その件ですかな」

「あ。いえいえ、結構です。今のは忘れてください」

麦原が佐倉組合長を宥めている間、三津木は拝殿にいてくれと宮司が言う。深雪夫人の遺体を照らしている灯明の火を見守ってほしいという申し出だった。拝殿は隙間風が入り、こんな豪雨の時には灯明は文字通り風前の灯火《ともしび》になるからだ。

「灯明の火が消えてしまうと、魂が行き場を見失います。死者を無事に天国に届けるために必要な儀式です」

優柔不断な性格のせいか、儀式と言われたら断れない。三津木は宮司に命じられた通り、拝殿へと足を踏み入れた。

深雪夫人の遺体は拝殿のほぼ中央に安置されていた。顔に白い布を被《かぶ》せられ、四方をドライアイスに囲まれていた。突発時によく用意できたものだと感心したが、ドライアイスは佐倉組合長が即座に提供したのだという。なるほど漁業組合ならドライアイスの調達など朝飯前に違いない。

広い拝殿には深雪夫人の遺体と三津木しかいない。遺体が傍《そば》にあるのに一向に恐怖心が湧かないのは、おそらく三津木自身が人面瘡《じんめんそう》などという超自然を友としているからだろう。

神社の外では暴風雨が荒れ狂い、ごうごうと騒がしい。窓はかたかたと震え、天井からは雨が屋根を叩く音が降ってくる。

だが、拝殿の中は不思議に静寂が満ちている。聞こえているはずの雑音は耳から逆の耳に抜け、意識にも引っ掛からない。無宗教のはずの三津木が敬虔《けいけん》な気持ちになっているのも上手《うま》く説明できない。

不意に、拝殿の静けさが墓地に漂うそれと酷似しているのに気がついた。してみればこの静寂は死者の醸し出すものかもしれなかった。

隙間風で灯明の火が揺れる。消えそうでなかなか消えず、三津木はその度に腰を浮かしかける。

また右肩が疼き出した。

『峰バアじゃないが、本っ当にお前は面倒な方、面倒な方へと突っ込んでいくんだな』

「開口一番にそれかい」

『痛い目を見るのはお前だが、さすがに死なれたら俺が困る。もうちっと危険センサーを働かせろ』

「だからといって範次郎さんを行方不明のまま放っておくことはできないだろ」

『ほお。じゃあヒョーロクが乗り出したら、たちどころに範次郎の行方が判明するってのか』

「それは」

『自分でケツが拭けないようなら軽はずみに同情も非難もするな。そういうのを傍迷《はため》惑っていうんだ』

相変わらずの口の悪さだが指摘の内容に間違いはない。

『それよりヒョーロク。何か気づかないか』

「何かって何を」

『風の音を聴け』

「村上春樹《むらかみはるき》は最近、読んでない」

『……お前に読まれる村上春樹が不憫《ふびん》でしょうがない。あの音が聞こえねえなんて、手前ェの耳は土管かよ』

「風の音ならさっきからずっと聞いているけど」

『神社の外じゃない。下だ』

ジンさんの声で、三津木の視線は畳の上に注がれる。

『畳に耳を当てて神経を研ぎ澄ませ。雨音は頭からシャットアウトしろ』

「そんな無茶な」

抗議しながらも三津木は畳に耳をつける。

『耳を澄ませろ』

片方の耳を手で塞ぎ、もう一方の耳に全神経を集中させる。

すると、深いところから微かな音が聞こえてきた。

るおおおん。

るおおおん。

木霊《こだま》のような、人を誘うような音。

「聞こえるよ、ジンさん。これ、いったい何の音だい」

『だから言ったじゃねえか。風の音だ。ただし神社の外で暴れている風じゃない。気圧の変化で空気が移動している』

「それじゃあ」

『鍾乳洞《しょうにゅうどう》だよ。暴風雨で時化た海水が鍾乳洞内に流れ込んでいるんだ。その音がここまで立ち上ってきやがる』

皆まで説明されなくても理解できた。

神社の真下に例の鍾乳洞が広がっているのだ。

『仁銘神社は坂の上に建っている。そこまで鍾乳洞の音が届く理由はヒョーロクでも分かるよな。神社のどこかが鍾乳洞と接している証拠だ』

3

ジンさんの言葉にはしばしば頷かされるが、この指摘だけは異議申し立てしたい気分だった。

「それは俄には信じられないなあ。ここに鍾乳洞の入口があるのなら、宮司が知っているはずでしょ」

『二つ訊く。一つ、どうして宮司が知っているはずと断言できる。二つ、仮に宮司が鍾乳洞への入口を知っていたとして公表しないのはそんなに道理に合わないことなのか』

情けないことに畳みかけられると返事に窮する。元々、深く考えていないので理屈で責められると答えようがない。

『いいか。宮司といっても隠れキリシタンの時代から続いているんだ。四百年以上の歴史の中で、全ての情報が継承されているとは限らない。戦時中や戦後のゴタゴタで重要な記録や記憶が散逸するのはよくある話なんだぜ』

言われてみればもっともで、歳月が経《た》てば一子相伝の秘儀もかたちが歪んでくる。現宮司ですら継承の儀についてはどこか自信なげだったではないか。

『それに離島の地下に眠る未知の鍾乳洞だぞ。観光資源としては申し分がない。入口が神社の中にあるんなら、神社が拝観料を主張することもできる。濡れ手で粟《あわ》のカネが入ってくるのに、どうして秘密にしとかなきゃならない』

「それは隠れキリシタンという伝統があって」

『またお前はあてずっぽう言いやがって。いくら仁銘島が代々禁教を隠していたとしても、今は宗教そのものにお咎めがある訳じゃなし、島が観光地化するメリットに比べりゃ、禁教の伝統なんざものの数じゃない』

「そんなものかしら」

『手前ェの目は節穴か。この島に来てから、いったい何を見ていた。一日二往復の船便、一軒きりのコンビニ、不安定なライフライン。不便と不足のデパートだ。元をただせば全てカネの問題だ。島の財政がもっと潤沢なら自《おの》ずとライフラインは整備されるし、定期便の数も多くなる。カネのあるところには人が集まる。人が集まるところにはモノも集まる。物流の大原則を知らねえのか、この幼稚園児』

「要はカネ優先か。世知辛い話だこと」

『カネ絡みの話を世知辛いと思うのは、お前が世間知らずの上に苦労知らずだからだ。仁銘島は漁業一本で生計が成り立っている。言い換えれば漁獲量で生活水準が左右される不安定な状況だ。宮司でなくても、他に固定化できる収入なら喉から手が出るほど欲しいに決まっている』

幼稚園児呼ばわりは心外だが、ジンさんと話していると本当に自分が幼くて無知だと思い知らされる。付き合えば付き合うほど劣等感に苛まれるが、さりとてこれほど頼りになる相棒もいない。全くもって悩ましい。

「じゃあさ、知らないと仮定するなら宮司に教えるべきじゃないかな」

『……あのよ。お前、今まで口を開く前に考えたことないだろ。島の現状を鑑みろ。立て続けに殺人が起きて、最有力容疑者は行方を晦まし、おまけに台風の襲来で通信手段は途絶、電気も復旧していない。こんな状況下で島の地下には鍾乳洞が広がってますなんて相談したって、宮司も誰も冷静な判断なぞできねえぞ。冷静でない時の判断が往々にしてトラブルの原因になるのは言うまでもないだろう。まっ、俺はトラブルが三度の飯より好きだから構わねえが、責任は全部お前に跳ね返ってくるからな』

もっともな話で、これまた反論の余地はない。

『付け加えておくと、俺は宮司がこのことを知らないとは断言していない』

「何だよ、それ。僕の考えを完璧に論破しておいて」

『鍾乳洞の存在を知り、その観光資源としての価値も知りながら島民たちに隠し続けていた可能性もゼロじゃない。そのくらい気づけ』

「どうして秘密にしなきゃならないんだよ」

『そこからは想像の範疇《はんちゅう》でしかない』

「いったい、僕はどうすりゃいいんだよ」

『何もするな。少なくとも今のところはな』

ジンさんはいつになく慎重な態度だった。

『殺人事件が解決し台風が去ってから、遺産分割協議の一環として改めて話をすりゃあいい。とにかくヒーローでもないのにこういう時に目立とうとするな。大怪我《おおけが》のもとだ』

「ジンさん、どうしちゃったんだよ。いつもよりずいぶん慎重な態度みたいだけど」

『お前みたいなのが戦場で一番早く死ぬ。ヒョーロクは人間てのを知らねえんだ』

「僕とジンさんは同い年みたいなものじゃないか」

『手前ェが見ているのはいっつも人間の上っ面だけだ。パニックに陥った人間に理性も良心もあるか。自分が安心するためなら平気で他人を撃つし、何の躊躇もなく暴走する。逃げ場のない絶海の孤島なら尚更《なおさら》だ。コミュニティに侵入してきた異物が有害だと認識した途端、排除にかかる。法律も良識もない。不安からくる恐怖と憎悪だけで動くようになる。どうせお前の事だから、日本人は礼儀正しいからリンチは有り得ないとか思ってるんだろ。それは、お前の、か・ん・ち・が・い。礼儀正しさの裏には大抵陰湿さが同居しているもんだ。手前ェの顔も見えない、素性も分からない匿名の下でなら日本人はいくらでも残酷になれる。その陰湿さが他人への攻撃に向けられた時の凄《すさ》まじさを想像したことがあるか』

「ちょっと大袈裟《おおげさ》だと思うけど」

『さっき組合長の事務所の連中に囲まれたのをもう忘れたのかよ、若年性慢性記憶喪失。あと一瞬事務所から飛び出すのが遅かったら、お前は間違いなく袋叩きに遭っている』

忘れていた恐怖が甦る。ジンさんの指摘通り、あの場の雰囲気はまさに剣呑そのものだった。

「ちゃんと僕のことを心配してくれてたんだね」

『もしお前が右肩を殴られたら俺がとばっちりを食うんだ。俺を巻き込むなっつうの』

「ジンさんに迷惑はかけないよ」

『お前が宿主になった時点で既に大迷惑だ。自覚しとけ』

こんな時でもジンさんの毒舌は相変わらずで、妙な安心感がある。自分が息絶える際もこんな風に毒を吐かれるのかと、つい想像してしまう。

その時、灯明の火が大きく揺らめいた。拝殿に大きな隙間風でも入ってきたのかと思ったが、三津木の肌は何も感じない。

『ヒョーロク。どこから風が侵入するのか、拝殿の四辺を調べろ』

「どうしてさ」

『つべこべ言わずに従え。隙間風がどこからもれているかは灯明の火で分かる』

三津木が疑問に思うことでも、ジンさんの指示に従っていればまず間違いがない。

三津木は操り人形よろしく、灯明の一つに近づく。

「すみません、お借りします」

無宗教のくせにどこか信心深い三津木は、深雪夫人の亡骸に手を合わせてから一本の灯明を手に取る。拝殿の隅まで進み、上下左右に灯明を翳《かざ》してみる。火は微かにしか揺るがない。三津木は同じ行為を反復しながら時計回りに拝殿の端から端を巡る。

おそらく仁銘神社の中でも拝殿は一番広い場所だ。まだ半周もしていないのに三十分近くが経過してしまった。立ったり座ったりを繰り返しているので、そろそろ腰が悲鳴を上げ始める。

『どうした。息が上がってるぞ』

「息が上がって当たり前だろ。これって変形のヒンズースクワットじゃないか」

『物件の現況調査で散々歩き回っているだろ』

「それとこれとは違うんだって」

『早くしないと宮司が様子を見にくるかもしれん。注意深く急げ』

「人使いが荒いよ」

『お前より俺の方が賢いのは認めるか』

「不本意だけど」

『大抵の場合、俺が司令塔だよな。つまり俺が脳で、お前は手足って訳だ。手足は文句言わずに脳の命令に従え』

もう言い返す気にもなれず、三津木は作業を再開する。

だが一時間近く探し回ってみても、隙間風の侵入口は見つからなかった。

「結局、骨折り損だよ」

三津木は畳にへたり込み、灯明を持っていた左腕を休ませる。

『大袈裟に言うな。どこの骨が折れてるっていうんだ。そもそもお前の腕はたった一時間かそこら灯明を持っていただけで折れるのか』

「それは、ものの喩《たと》えで」

『比喩なんて高等技術は必要ない。お前は単純作業だけやってりゃいいんだ』

「ひどい」

『隙間風が吹き込むのは壁からとは限らない。今度は畳の上を限なく移動してみろ。グリッド（格子）状に進んで畳一枚一枚を虱潰《しらみつぶ》しにするんだ』

「へいへい」

命じられるまま三津木は畳に跪き、灯明を翳しながらグリッド状に這《は》い回る。この様を宮司に目撃されたら間違いなく不審に思われる。従って宮司の足音が聞こえてこないかも含めて神経を集中していなければならない。普段より三津木は注意力散漫であり、こういう場合はジンさんが手伝ってくれる。

「少しでも異変があったら教えてよ」

『言われるまでもない。お前は黙って這い回ってろ』

ひどい言い草だが、これでも連携が成立しているのだから自分とジンさんはやはり二心同体なのだと思う。

拝殿の奥には扉の閉じた神座が控えており、四つん這いの三津木を睥睨《へいげい》しているようだった。

いくら無宗教でも神や仏に対する敬虔さは持ち合わせている。神から見れば自分の行為など冷笑ものに違いないと、三津木は自嘲する。

神座の前を横切った、その時だった。

ゆらりと灯明の火が揺れた。

『止まれ』

ジンさんの命令で三津木は静止する。

『ここだ。風は神座の方向から吹いている』

指摘通り、灯明の火は神座とは逆方法に傾《かし》いでいる。だが、あまりに弱々しい風らしく三津木の肌はそれを感知できない。

『神座に接近して場所を特定しろ』

今度は指先を唾で濡らし、畳の上に翳してみる。神座といっても大きさは畳一畳分ほどの面積しかない。周辺を巡って場所を特定するには、さほどの時間を要しなかった。

風は神座背後の畳の縁《へり》から洩れていた。

『ヒョーロク』

「うん」

『ちょっと神座を動かしてみろ』

聞き間違いかと思った。

「無理だってジンさん。御神体だけで何百キロあると思ってるんだよ。僕一人じゃ絶対無理」

『試しもせずに断言するな。前後左右に力いっぱい押せ。無理かどうかは、それから決めろ』

「……やってみるよ」

『やってみる、じゃない。やるんだ』

「へえへえ」

神座の台座に両手を添え、全体重をかけて押してみる。

『どうした。力の限り押せと言ったぞ』

『情けねえな。まるで小学生の玉転がしじゃねえか』

『それでも成人男子か。女子どもに嗤《わら》われるぞ』

ジンさんにいいように詰《なじ》られながら三津木は全力で神座を押す。日頃の現況調査で多少足腰を鍛えていると自負していたが、どうやら思い違いだったらしい。

『っとにひよわなんだな、お前』

「口ばかりじゃなくて少しは手伝うとか応援するとかしたらどうなんだよ」

『応援なんかしてたまるか。お前は叱って伸びるタイプだ』

「いい加減なことを」

『五歳からの付き合いだ。お前のことはお前以上に知っている』

前に押しても駄目、左に押してもびくともしない。額に玉のような汗が浮き、ぽたぽたと畳の上に滴り落ちる。

「ちょっと休ませて」

『ぐずぐずしてたら宮司が来る。やれ』

心の中でジンさんに呪詛《じゅそ》の言葉を浴びせて右に押した時だった。

ずる、と一センチだけ神座が動いた。

『渾身《こんしん》の力を込めて押せ。出し惜しみするな。死にもの狂いで押せ』

一度動くと後は比較的楽だった。ずる、ずる、と詰まりながらも神座は右側にずれていく。

台座が移動した跡には、床にぽっかりと穴が開いていた。ただの穴ではない。真下の暗黒に向かって石段らしきものが続いている。

『盲点だったな』

ジンさんは誇らしげに言う。

『神社の拝殿に集う者は宮司を含めた信者たちに限られる。信者が神座を押すなんて罰当たりなことをするはずないだろうからな。宮司も言っていたが、神座の扉が開かれることは滅多にないそうだから当然宮司が近づく機会も少ない。入口を隠すにはうってつけだ』

ぽっかり開いた虚《うろ》からは湿った空気が立ち上ってくる。先刻から聞こえていた木霊のような音も奥底から洩れている。

『下りるぞ』

「え」

『え、じゃない。ある程度は下りてみないと鍾乳洞と繋がっているかどうか判断つかねえだろ』

「でも」

『デモも座り込みもあるか。今すぐ確かめろ。でなきゃ張り倒すぞ』

人面瘡がどうやって宿主を張り倒すのか想像もつかなかったが、とにかく奈落の入口に立ってみた。

穴の中に光源らしきものは見当たらず、漆黒の闇が口を開けている。石段は不整形で尚且つ相当に古いものらしい。素人造りの危うさが三津木にも分かる。

「靴、履いてないんだけど」

『お前は靴下が汚れたら死ぬのか。それに今は最下段まで下りろなんて言ってないだろ』

「暗すぎるからケータイのライトを使った方がいいんじゃないのかな」

『馬鹿。停電の時には節電しろ。どうせ他の照明器具も鴇川家に置き忘れたんだろう。今は灯明の火で間に合わせろ』

一歩、また一歩と灯明の火で足元を確かめながら下りていく。四段ほど下りたところでそろそろ目が闇に慣れてきたはずだが、それでも漆黒の中はまるで何も見えない。明かりを周囲に翳してみると壁にハンドル状のものが突き出ていた。

『ヒョーロク。そのハンドル、ゆっくりと回せ。いいか、ゆっくりだぞ』

言われた通り回してみると、ずずっという音とともに神座の台座がわずかに閉まった。

『内側からはハンドルで、外側からは手押しで台座を移動させていたんだ』

下りるに従って微かに生臭さを嗅ぎ取った。鍾乳洞の中に蔓延《まんえん》していたものと同じ臭いに相違なかった。

「どうやら鍾乳洞に続いているみたいだね」

『いったん戻るぞ。本格的な探索は照明器具や靴やらを揃《そろ》えてから再挑戦する』

やれやれ助かった。

三津木は回れ右をして元来た階段を上っていく。明るい方向に向かっていくと心底ほっとした。

拝殿に戻り、今度は神座を逆方向に押す。ゆっくり台座が元の位置に収まると同時に、足音が近づいてきた。三津木は慌てて灯明を元の場所に戻す。

現れたのは予想通り宮司だった。

「豪造のヤツ、やっと帰りましたよ」

宮司はやれやれといった体で嘆息する。

「刑事さんに説得され、半ば引き摺《ず》られるようにして出ていきました。島中がこんな騒ぎなのに、組合長の立場でありながらこれ以上周囲を混乱させてどうするつもりなのか。全く嘆かわしいったらない……おや」

宮司は三津木に向けていた視線を畳に落とした。

まさか鍾乳洞への入口を見つけられたのか。

途端に心臓が早鐘を打ち始める。右肩の突っ張り具合で、ジンさんも緊張しているのが分かる。

再びこちらに向けられた視線には、はっきりと非難の色が浮かんでいた。

「三津木先生」

「は、はい」

「足の裏を見せてください」

まるで万引きを見つかった子どものような気持ちで、そろそろと片足を持ち上げる。

靴下の裏は土で真っ黒だった。

「いったい、靴も履かずにどこをほっつき歩いていたんですか。灯明の火を見守るようにとあれほどお願いしたのに」

三津木は慌てて両方の靴下を脱ぐが、宮司の視線は尚も冷ややかだ。

「ほれほれ、畳の上にも土塗《まみ》れの足跡がついておる。聖なる拝殿を何と心得ておいでか」

「すぐに拭き取りますっ。たった今、瞬時に、たちどころに、あっという間に」

「しかも神座の周辺をこんなに汚して。いくら信心深くなくとも、聖域での作法には従ってもらわないと」

「すみません、すみません、すみません。雑巾をお借りします」

「掃除用具一式は社務所に置いてあります」

三津木は逃げるようにして拝殿から社務所へと向かう。宮司の言葉を反芻《はんすう》してみたが、どうやら拝殿の畳を汚されたことに苦言を呈しているだけで、鍾乳洞の入口に気づいた様子はなかった。

「やっぱり宮司もあの入口のことは知らないんだよ。知っていたら、あんな風には怒らないだろうから」

『その、根拠のない決めつけはいったいどこからくるんだ』

またもやジンさんのダメ出しが飛ぶ。

『宮司はお前より演技力があるかもしれん。だったら鍾乳洞とその入口の存在を知った上で小芝居していた可能性だってある』

社務所から雑巾を借り、拝殿に取って返す。腕組みをした宮司が監視する中、畳に付着した土を丁寧に拭き取る。

「それにしても三津木先生。先ほどの質問に答えていただいてませんね。靴も履かずにどこへ行ってたんですか。土がついているので外には間違いないと思いますが」

「土砂降りが気になり、つい拝殿から外へ出てしまいました」

「おまけに地面に下り立った訳ですか」

「あのですね。土砂降りになったり台風がきたりすると、とんでもなく気分が昂揚《こうよう》する時があるじゃないですか。僕は今でもそうなんです」

「中学生ですか、あんたは。公一郎や雛乃でも最近はそんな子どもじみた振る舞いはしませんよ」

十四歳の少年少女と比較されると、さすがに顔から火が出そうになる。この言い訳は相手の気を殺《そ》ぐには効果覿面《てきめん》だが、一方で三津木の自尊心をずたずたに引き裂く。

「いや、もう、ホントにご迷惑をお掛けしちゃって」

「ここはいいから鴇川家に戻ってください。豪造もひとまず落ち着いた様子なので心配は要らんでしょう。どうもご苦労様でした」

厄介払いされるように拝殿を追い出された三津木は、社務所の前で降り止《や》みそうにもない雨を恨めしげに見上げる。

「中学生扱いは応えるよなあ」

『何を不満そうな顔していやがる。俺の入れ知恵は今度も役立っただろう』

「確かにあの言い訳は宮司の追及を逃れるには効果的だけど、僕のプライドが甚《いた》く傷ついた」

『プライド』

ジンさんは不思議そうに呟く。

『お前にそんなものがあったとは初耳だ。しかしよ、寄生された人面瘡にあれこれ指図されている時点でプライドなんてゴミ同然だぞ。そんなものに拘《こだわ》るより、いかにトラブルを回避するかに注力しろ。大体、世の中が騒乱状態になったりバトルロイヤルになったりした時は、プライドの高いヤツから脱落していくんだ。覚えとけ』

ジンさんの喩え話は多くの場合、正鵠《せいこく》を射ている。特に今は連続殺人事件とライフラインの途絶で島全体が疑心暗鬼に駆られている。妙なプライドなどはかなぐり捨てて、頭を低くしている方が利口なのだろう。

『どうした。いつも以上にしょぼくれて』

「いつもってのは余分だよ。なんかさ、僕のやっていることは全部から回りだと思ってさ」

相続鑑定士という立場から、関係者においそれと愚痴をこぼすのも弱音を吐くのも許されない。三津木の相談相手は詰まるところジンさんだけだ。毒舌でサディストで情け容赦ない生き物だが、少なくとも嘘を吐かないだけ誠実な相棒だと思っている。

「佐倉組合長が刃傷沙汰起こすんじゃないかと神社までやってきたけど、結局は何の役にも立たなかった。遺産相続絡みで鴇川家が不幸続きになって、せめて公一郎くんと雛乃ちゃんには被害が及ばないようにしてやりたいけど、僕じゃあ力不足なのは分かっている。何か色々とダメだよね」

しばらく三津木の言葉を聞いていたジンさんは、一拍空けて口を開く。

『あのなあ、ヒョーロク。こんな時、相棒なら手前ェを慰めてくれるもんだと思っているなら、それもお前の大いなる、か・ん・ち・が・い。色々ダメだと。違う。お前は全部ダメなんだよ』

「ひどい。完全否定」

『どんなに善人ぶったところでお前は所詮部外者だし、赤の他人を救済できるような甲斐性《かいしょう》を持ち合わせていない。そういう人間がいくら善意を発揮しようとしたところで、当事者には傍迷惑でしかない。自分の不幸を娯楽として消費されているようにしか思えねえんだよ。だからお前みたいに力のない人間は関与しようなんて思うな。それが当事者には一番有難いんだから』

「身も蓋もないなあ」

『元から身も蓋もないから当たり前だ。お節介を焼いていいのは、お節介を焼ける甲斐性を持っているヤツだけだ。お前、相続鑑定士なんだろ。だったら、今回も相続鑑定の仕事を全うしろ。鍾乳洞の観光価値を含めて不動産鑑定すりゃあいいだけだ』

「うん……そうだよね。そうだ、僕は自分のできることをすればいいんだ」

『もっとも俺はこの横溝《よこみぞ》的展開をこの上なく愉しんでいるんだけどよ。遺産相続を巡って肉親同士が血で血を洗う。外界と連絡の途絶した絶海の孤島。地下に隠されていた巨大鍾乳洞。大横溝がこの場に居たら随喜の涙を流すこと請け合いだ』

どうにもジンさんの趣味は特殊過ぎてついていけない。しかし今は相続鑑定士としての仕事を全うすべきという忠告は金言だった。

いったい鍾乳洞の観光価値とは何を基準に算定するべきなのか。またその所有権・管理権は何者に帰属するのか。かつて取り扱ってこなかった事例であり、鑑定士としての知的好奇心が大いに刺激される。比較対照するのは既に観光地化した鍾乳洞の規模と収益、そして管理費だが、仁銘島の場合は離島というマイナス要因を考慮しなければならない。いや、離島というのは鍾乳洞の神秘性を商品化する上では逆にプラス要因に働くのではないか。

鍾乳洞についてつらつら考えながら坂を下っていると、鳥居の辺りにレインコートを着た五人の姿があった。

事務所に屯していた組合員たちだった。

4

「よう、先生」

浅黒い肌の男は三津木を睨《ね》めつける。元より強持《こわも》てのする男なので、睨むだけで結構な威嚇になる。

「組合長と宮司の仲裁に入ってくれたらしいな」

「ええ、まあ」

「本島から来たお巡りが間に入って事なきを得たようだが」

「あの、佐倉組合長は」

「事務所に連れ戻されて、酒かっくらって、今は自分の部屋でおとなしくしている」

「よかったですね。それじゃあ」

男たちの脇をすり抜けようとしたが、横一列に並んで行く手を遮られる。

「あんたに話があるんだ」

「なななな何でしょうか」

「先生は範次郎さんとウマが合っていたらしいな」

予想外の質問だった。

「あんたと範次郎さんが親しそうに話しているのを何人かが目撃している」

「そりゃあ話したことは何度かありますけど」

「現状、範次郎さんは連続殺人の容疑者だが、停電のどさくさに紛れて行方を晦ませている。ひょっとしてあんたがどこかに匿っているんじゃないのか」

「滅相もない」

三津木は言下に否定する。

「匿うなんてそんな。百歩譲って匿うにしても、よそ者の僕が地元のあなたたちも見当がつかない場所をどうやって見つけるというんですか」

「あんたは島に来てからずっとあちこちの不動産を探索していたんだろ。だったら人一人隠す場所くらい見つけられるはずだ」

「いくらウマが合う人でも僕にそこまでする義理はないです」

我ながら冷たい言い草だと思ったが、この窮地を逃れるための言い訳なら致し方ない。

男たちも半信半疑の顔で頷いた。

「まあ、よそ者なんてそんなもんだよな。だがよそ者なら別の理由で、今すぐこの島から出ていってくれねえか」

「今すぐって」

三津木は抗議するように言うが、男たちは至極当然といった面持ちでいる。

「この豪雨ですよ。しかも海は時化に時化ていて、一隻の船も出ていないじゃないですか」

「海の様子はあんたに言われなくても、よく分かっている。分かった上で言っているんだ。筏《いかだ》ぐらいは作ってやるから、今すぐ島を出ろ」

「どうして」

「理由は、さっき事務所で言った。あんたがやってきてから島は不幸続きだ。続けて人死にが出るわ、大型台風に直撃されるわ、まるで疫病神を呼び込んだみたいだ」

浅黒い肌の男の言葉に共鳴して、他の四人もめいめいに頷く。

「僕のせいじゃないですよ」

「あんたが匠太郎さんたちを殺したり、台風を呼んだりした訳じゃないのは分かっている。だけどな、本人が意識しなくても不幸の方から近寄ってくる。疫病神ってのは、そういうもんだ」

「初めて見た時から胡散臭いヤツだと思ってた」

顔の彫りの深い男が一歩前に出る。

「土地家屋調査士だか何だか知らないが、お高くとまりやがって」

そんなつもりは毛ほどもなかったので三津木は驚いた。

「自覚していなくても、あんたは人面島に災いを持ち込んでいる。俺が生まれてこのかた、島で人殺しが起きるなんてことはなかった。それが今回は二件も続いている。みんな、あんたが島に来てからだ。あんたが災いを運んできた。これ以上、被害が広まったら敵《かな》わない。だから一刻も早く出ていってくれ」

「そんなこと言われても」

「出ていかないのなら、摘《つ》まみ出すまでだ」

男たちが三津木との距離を縮める。

「ちょっ、ちょっと。落ち着いて話しましょうよ」

「心配すんな。俺たちゃ充分落ち着いている」

「落ち着いているのなら、そんな理屈、無茶だと思いませんか」

「さすがに先生は理屈に拘るんだな。俺たちはそんなものには拘っていない」

「ああ、理屈より大事なものが沢山あるからな」

三津木の頭の中で警報が鳴り響く。

たまさか仕事で来ただけなのに疫病神扱いされ、強制的に排除されようとしている。まるで百年も前に時代が遡ったような感覚だが、これはれっきとした現実だった。令和の世に時代錯誤も甚だしいと思うが、生憎《あいにく》と三津木の意見はここでも無視されている。

逃げろ。

三津木の中で叫ぶ者がいた。叫んだ者はジンさんか、それとももう一人の自分か。

とにかく理を説くよりも五人から離れるべきとの結論に達した。

三津木は身を翻すと、今下りてきたばかりの坂を脱兎《だっと》のごとく駆けだした。

「あっ」

「待てよ、こら」

力はないが逃げ足は速い。子どもの頃からの、あまり誇れない特技がそれだった。

降りしきる雨と足場の悪さをものともせず、三津木は神社への坂を駆け上がる。

「待て、この野郎」

「逃げ切れると思ってんのかあっ」

こういう場合は一瞬の躊躇が命取りになる。挑発にも威嚇にも耳を貸さず、とにかく一目散に逃げる。したたかに計算している訳ではなく、ただ臆病者の恐怖心が背中を押しているだけだ。

「っの野郎」

追いかける声が遠くなっていくので、男たちとの間隔が徐々に開いていくのが分かる。それでも三津木は登坂速度を緩めない。心臓が口から飛び出しそうになるが、後ろを振り向くことなく駆け続ける。

追いかけるより逃げ回る側になることの方が圧倒的に多いので、逃走を続けた挙句に捕縛された際の扱われ方は誰よりも心得ている。獲物に逃げられた者はより嗜虐《しぎやく》心を増長させ、より残酷になる。獲物を捕まえたが最後、不必要な暴力まで加えるようになる。

走れ、走れ。死ぬ気で走れ。

ようやく神社に辿り着き、社務所に飛び込む。中には宮司と女性職員一人がいた。

「匿ってください」

「何ですか、三津木先生。今、出ていったばかりじゃありませんか」

「組合員の連中に待ち伏せされていました。お前は疫病神だから、一刻も早く島を出ていけって」

宮司はうんざりといった顔をする。

「あの連中のやりそうなことだ。島民は信心深い者がほとんどだが、中には迷信深い者もいる。豪造の下で働いている者の中にそういう輩《やから》が散見される」

「今捕まったらリンチされるかもしれません」

「リンチというのはいささか大袈裟だが、まあ血の気の多い連中だから無傷ではすまんだろうな」

話していると、社務所の外に男たちの気配を感じた。

「匿うだけなら引き受けよう」

「あの、いくら頭に血が上っていても佐倉組合長の娘さんが安置してある場所にまで踏み込まないと思うんです」

「深雪夫人のご遺体が安置してある拝殿に身を潜めるというのですか。なるほど賢明ですな。よろしい、神座の後ろにでも隠れていなさい」

快諾してくれたと思ったが、宮司は釘《くぎ》を刺すのも忘れなかった。

「ただし、畳その他を決して汚さないように」

「それはもう、神に誓って」

「……みだりに神の名前を出してはなりません」

「念のため、靴は持っていきます。土間に置いてあるのを見られたら大変なので」

「どうぞご随意に」

三津木は靴を脱ぐと片手に持ち、社務所の中から拝殿へと急ぐ。靴を持ってきたのは男たちに悟られない以外にも目的があった。

拝殿では先ほどと同様、深雪夫人の亡骸が灯明に囲まれて横たわっていた。

「すみません、もう一度お騒がせします」

深雪夫人の亡骸に向かって律儀に手を合わせると神座の横に回り、全体重をかけて台座を右方向へ押す。嫌になるほどゆっくりと入口が開いていく。

人一人が入れそうなくらいに入口が広がると、灯明を掲げて中に入る。四段下りてから壁のハンドルを回すと、力いっぱい台座を押していたのが馬鹿らしくなるほど、容易《たやす》く台座が移動する。ものの数秒で入口は完全に閉じてしまった。

拝殿からの明かりが遮断され、頼りとなる光源は灯明の火だけとなる。

灯明台に突き立てられた蠟燭はまだ五センチほど残っている。さほど太くないので長時間は保《も》たないだろう。

『神座の下に隠れろと提案したのは俺だけどよ』

不意にジンさんが口を開く。

『何も灯明を照明にしろとは言わなかったぞ。どうして宮司に懐中電灯とかを借りなかった』

「懐中電灯なんて口にしたら、どこに隠れるんだって話になるじゃないか」

『それでさっきと同じことを繰り返してんのかよ。その蠟燭、あとどれくらい保つのか分かっているのか』

「組合員たちが諦めて帰るまで保てばいいでしょ。まさかの時にはスマホをライト代わりにすればいいし。あ、節電はちゃんと心得ているよ」

『それを言う前に、スマホのバッテリー残量を確認したのか』

「……してない」

はああ、とジンさんは長い溜息《ためいき》を洩らす。

『本っ当に無計画な野郎だな』

「あの五人に待ち伏せされてたんだよ。また拝殿に戻る羽目になるなんて予想もつかないって」

『島中が停電しているんだ。いくら各戸に自家発電の備えがあるからって、バッテリー残量を気にしないなんて有り得ねえ有り得ねえ。お前ほどサバイバルに向かないヤツはいねえよ』

暗闇の中、足元から吹き上がる微風に蠟燭の火が揺れる。吹き消されないように手で覆っていると、何やら神秘的な気分になる。

その時、頭上で野卑な声が聞こえた。

「あの野郎、どこに消えやがった」

「拝殿を覗《のぞ》いてみろ」

例の五人組に相違なかった。

「おい、深雪夫人の死体が安置されてるんだぞ」

「様子を見るだけなら構わないだろう」

どうやら拝殿の中に入ってくる気らしい。三津木は思わず身体《からだ》を固くした。

『ヒョーロク。下りろ』

「え」

『こっちが向こうの気配を感じるなら、向こうだって俺たちの気配を感じる。あいつらが入口を見つけない保証はどこにもない。それなら鍾乳洞に下りるしかないだろ』

ジンさんの言うことはもっともだが、今回に限っては別の意図も感じられる。

「それだけかい」

『いいや。これを機会に鍾乳洞の再調査もできる。一石二鳥だろ』

「何もこんな時に再調査しなくても」

『どうせ身を潜めている間は何もできないんだ。それなら少しでも有効活用するのが賢い人間の処世術だ』

上手く乗せられている気がしないでもないが、五人組から遠ざかるのは賛成だ。三津木は腰を低くし、灯明で足元を照らしながら一歩ずつ石段を下りていく。

最初は気づかなかったが石造りなのは踏面《ふみづら》と蹴上《けあげ》の部分だけで、基礎は岩盤になっている。頑丈な造りなので崩落するような惧《おそ》れはない代わりに足場がひどく不安定だ。焦らず、足場を確認してから体重をかけなくてはならない。

十段二十段と下りても、まだ先は続いている。入口からはかなり離れ、男たちの声も聞こえなくなった。

「少なくとも危機は脱したみたいだね」

『そう思い込んで引き返したら二度目の待ち伏せに遭う。よくある話だ』

「縁起の悪いこと言うなよ」

『じゃあ降下を続けろ。その分、危険からも遠ざかる』

「ジンさん、自分の好奇心さえ満足させられればいいんじゃないの」

『そんなことはない。この世で俺ほどお前のことを心配しているヤツはいない』

「嘘でも嬉《うれ》しいよ」

『そうか。それなら、もし足を滑らせたら右肩を庇《かば》って落ちてくれ。お前が瀕死の重傷を負っても、俺は無傷でいたい』

　更に二十段。すっかり拝殿からの物音は途絶え、代わりに生温《なまぬる》い水と苔《こけ》の匂いが強くなってきた。心なしか気温も下がったようだ。

「ずいぶん深いみたいだね」

『当たり前だ。仁銘神社自体が坂の頂に建立されている。地下の鍾乳洞からはその高さ分だけ距離がある』

　更に二十段下がると、明らかに体感温度がぐんと下がった。二ツ池から鍾乳洞に入った際、洞内の気温は十七度だった。今まで蒸した場所を走っていたので、余計に肌寒く感じられる。

『観光資源としてはますます価値が出てきたじゃないか』

ジンさんはこんな状況にも拘わらず心底楽しそうに言う。

『秘匿されていた隠れキリシタンの島。それだけじゃ客は呼べないが、神社の神座が地下に広がる鍾乳洞の入口となれば、相乗効果で価値は爆上がりだ。長い石段も雰囲気を盛り上げるにはうってつけだ』

「僕は薄気味悪いんだけど」

『そんな風だから、いつまで経っても弥生に頭が上がらねえんだ』

更に下りていくと、次第に水の流れる音が聞こえてきた。

「何だろ、あれ」

『海からの水が勢いを増しているか、さもなきゃ地下水脈だろう。水脈があるならどこかに地底湖もあるかもしれん。期待は膨らむばかりだな』

ようやく地面らしきものがぼんやりと見えてきた。ところがいつの間にか蠟燭が燃え尽きる寸前になっていた。

「ヤバい」

『だーから言わんこっちゃない。慎重に急げ』

注意深く足を運んでいるうち遂に蠟燭は燃え尽き、炎は平たくなって消滅した。

漆黒の闇に包まれるのと、片足が地面に着くのがほぼ同時だった。

三津木はスマートフォンを取り出してライトを点ける。途端に蠟燭の火よりも眩《まぶ》しい光が地面を照らし出す。

次の瞬間、三津木はひいと呻《うめ》いた。

光の輪の中で範次郎の目がこちらを睨んでいた。

五　大伽藍の鬼

I

「ひいいいいっ」

範次郎の顔が照らし出されると、三津木は身も世もなく悲鳴を上げた。洞窟内は結構な高さがあったが、悲鳴はわんわんと反響する。

『おい、いくら鍾乳洞《しょうにゅうどう》の中でもな、そんなブタが絞め殺されるような悲鳴上げたら外のヤッらに聞こえちまうぞ』

「だだだだだ、だって範次郎、さん、死体が」

歯の根が合わず、上手《うま》く喋《しゃべ》れなかった。

『死体かどうかをまず確かめろ。驚くのはそれからだ』

自分がどれだけ狼狽《ろうばい》してもジンさんがいつも冷静沈着なので、三津木は安心していられる。

範次郎は靴を履いて石段の真下に横たわっていた。スマートフォンのライトを翳《かざ》して仔細《しさい》に頭部を見れば前頂部が割れ、地面には血溜《ちだ》まりが出来ている。瞳孔は開ききり、ライトを近づけても反応しない。身体《からだ》は人間では有り得ない方向に捩《ねじ》れ、まるで糸の切れたマリオネットのようだ。

「範次郎さん、範次郎さん」

『……その首の曲がり方を見た上でまだ生きていると思うか。心臓が動いているか確認してみろ。おっと手で確かめようとなんてするなよ。指紋が残ったら後々面倒になる』

ジンさんの指示に従い、恐る恐る鼻と口に手を翳す。

「息をしていない」

『もう一度、首から下の状態を見せろ』

範次郎の身体に光を当ててみる。すると膝や腰、胸部に血の滲《にじ》んだ痕が見つかった。

「ジンさん、これって」

『打撲傷だな。即死に近い状態だったんで派手な出血には至らなかった。殴られたにしては地面に争った跡がない。石段の上から転落する途中で頭を強打したとみるのが妥当だ』

「誰かに突き落とされたとか」

『そいつは分からん。石段を下りていく最中、背中を軽く押すだけで事足りるから、大層な力は要らん。一方、碌《ろく》に補修もされていない石段だから、不注意で足を滑らせたとしても何の不思議もない』

「つまり事故というのも充分有り得る訳だ」

『あくまでも可能性があるってだけで、俺自身は他殺だと踏んでいる』

「どうして」

『決まってる。話としちゃあ、そっちの方が数段面白いからだ』

「お、面白いって。もっと真面目に考えてくれよ」

『それをこの場でゆっくり推理している暇があると思うか。今、自分の置かれている立場を理解してんのか』

「じゃあ、どうすればいいのさ」

『死体はこのまま放置しておく。下手に動かすとお前が疑われる。それに外のヤッらが神座の入口を見つけて鍾乳洞に侵入しても、ここに範次郎の死体があれば、驚くなり片づけるなりして気を取られて追跡が遅れるだろ』

言われてみればいちいち理に適《かな》っている。三津木は放置することへの詫《わ》びも含めて手を合わせた。

「ナンマンダブ、ナンマンダブ」

『言っとくが、範次郎は隠れキリシタンだぞ。浄土宗の念仏じゃ成仏できねえかもな』

「……折角、敬虔《けいけん》な気持ちでいるのに、どうしてそういうツッコミするんだよ」

『お前をからかうと面白いからな。念のために死体の周辺に灯明台やライトの類が落ちていないか捜せ』

命じられるまま、ライトを翳して死体の周りを回ってみる。だが灯明台はおろか、懐中電灯もライターすらも見当たらない。

『スマホは落ちてないか』

「ないみたいだよ」

『スマホなんて落ち方次第で遠くに弾《はじ》け飛ぶ。もっとよく捜してみろ』

人使いの荒い人面瘡だと思ったが、もはや口にするのも億劫《おっくう》だった。

「やっぱり見当たらない」

またひとくさり愚痴か罵詈雑言《ばりぞうごん》を浴びせられると思ったが、意外にもジンさんはそうかと答えるだけだった。

「ねえジンさん。このまま範次郎の死体と一緒にいるのは、いくら何でも気味が悪い」

『それなら拝殿に戻って深雪夫人と同衾《どうきん》してみるか。追っ手からは隠れられるし、おまけにひんやり涼が取れる』

「やめろよ、そういうブラックジョーク」

『留《とど》まるのも退くのもダメなら前に進むしかないだろ』

「それ、すごく前向きな発言に聞こえるけど、ホントは違うよね」

『どのみち逃げている状況に変わりない。だったら逃げ続けるのが一番真っ当な選択肢だろうが』

「案内人なしで鍾乳洞の中をうろつくのはリスキーじゃないのかい」

『追っ手だって案内人なんていない。広くて暗いなら逃げ回るのに好都合だ』

「分かったよ」

正直、範次郎の死体を見た瞬間から心臓は早鐘を打ち続けている。本来なら警察なり鴇川家なりに委ねて死体発見のショックから逃れたいところだが、今はそれが叶《かな》わない。

恐怖に罪悪感が加わって心細いことこの上ないが、不思議にジンさんの毒舌を聞いていると平常心を取り戻せる。ひょっとしたらジンさんも承知の上で悪罵を垂れ続けているのかもしれない。

『おっと、その前に灯明台は置き忘れたりするなよ。お前の指紋がべっとりと付着しているだろ。拾われたらあらぬ疑いをかけられる』

灯明台は真鍮《しんちゆう》製で結構な重みがある。持ち上げようとするとそれなりの力が要るので、どう握っても指紋がついてしまう。

『注意事項その二。もうスマホのライトを消せ。ただでさえ充電を忘れてるんだ。節電して誤魔化し誤魔化し使わないと、あっという間に電池切れするぞ』

「でも光源がないと一歩も進めないよ」

『おいおいおいおい、もう忘れちまったのか』

ジンさんは心底呆《あき》れたという口調で三津木を蔑む。

『鍾乳洞の天井だか壁だかには何カ所か穴が開いていて全くの闇じゃなかっただろが。今日は生憎《あいにく》の天気で外光も弱いが、それでも何も射《さ》さないよりはマシだ』

言われてスマートフォンのライトを消す。途端に周囲は漆黒の闇に包まれた。

『動くな。声も立てるな。じっとして、目を闇に慣れさせろ』

一分。

三分。

五分。

ようやく洞内の凸凹が薄ぼんやりと浮かんできた。地面にできた水溜まりの位置も見えてきた。

「何とか行けそう」

『おら、さっさと行け』

全く人使いの荒い人面瘡だと思ったが以下同文。

闇には慣れたものの、足元が暗い状況に変わりはない。転倒しても受け身を取りやすくするため中腰気味に歩を進める。しばらく歩いていると、なるほどどこからか淡い光が洩《も》れている。二ッ池の方から侵入した時はわずかだった採光が、仁銘神社方向からだと心なしか多いようだ。土砂降りの中でこれだけ光線が射すのなら、快晴時には照明など不要なのではないか。

前回も思ったが洞内の天井は高い。目測では四階建てのビルに匹敵するだろうか。恐怖心が遠ざかると、早速相続鑑定士としての審美眼が起動する。天井に間接照明を設《しつら》えれば、それだけで幻想的な空間を演出できるはずだ。隠れキリシタンの遺産という要因を無視しても観光資源としてかなり有望だ。

だが三津木の判断はいささか性急だったと言わざるを得ない。更に先へと進むにつれ、天井の様相が変化してきた。

つららのように長く垂れ下がる鍾乳石が次第に数を増やしていく。最初は数えるほどだったが、そのうち十の位を超えた。

「すごい」

無意識のうちに口からついて出た。

もうわずかな隙間すらない。

見上げるばかりに鍾乳石の槍《やり》がずらりと並び、天井を埋め尽くしている。

まるで天然のシャンデリアだ。

照明なしでも充分に壮観だが、鍾乳石の一本一本が色とりどりのライトで照らし出される光景を想像するだけで胸が高鳴る。ついさっき範次郎の死体を見たばかりで我ながら現金だとは思うが、この威容を前にすればそれも仕方がないと思えてくる。

その荘厳さと高さは中世に建造された大聖堂を連想させる。隠れキリシタンの島にはますます相応《ふさわ》しい観光資源だ。

節電を言い渡されていたが、三津木は堪《たま》らずライトを点灯させた。スマートフォンの光源では光が天井まで届かない。それでもとんでもない規模と美しさであるのが計り知れる。

「これ、下手したら天然記念物に指定されるかもね」

天然記念物に指定されれば文化庁の予算を環境維持に充てることができる。観光資源を護《まも》るという観点で国の予算は無視できない。仁銘島の財政を鑑みれば尚更《なおさら》だ。

『嬉《うれ》しそうだな』

「嬉しいというか、どうしたって興奮しちゃうよ。鍾乳洞を一般公開するだけで仁銘島の観光収入は莫大《ばくだい》なものになる」

三津木は未練がましくライトを消すと、先へと進む。

毒舌塗《まみ》れで時折罵倒されるが、ジンさんと話している分には恐怖を紛らせることができる。プライドは傷つくが、その痛みが別の感情を誤魔化してくれるのだろう。

つぎの瞬間だった。

きっ。

頭のすぐ上を何かが通過した。

鳥かと思ったが、啼《な》き声がそれらしくない。

きっ。

二羽目だ、と認識した時、鳥が三津木の胸にしがみついた。窮鳥懐に入れば猟師も殺さず。どんな鳥か確かめるべく、スマートフォンのライトを照らす。

鳥ではなかった。

コウモリだ。

きききききいっ。

三津木が叫ぶ間もなかった。

ライトを浴びると、しがみついていたコウモリは抗議の叫びを上げて飛び立った。

羽根の尖端《せんたん》が頬を掠《かす》ったが、当然羽毛ではなく皮膜の感触だった。

「ひぃ」

三津木は悲鳴にもならない声とともに、すとんと腰を落とした。

先の二羽が先遣隊でもあったのか、矢庭に羽ばたきの音が頭上に広がる。

ばさ。

ばさばさ。

ばさばさばさばさばさばさ。

雪崩のような羽ばたきの音、そして甲高い啼き声が一斉に起こる。時間的に夕方だから、夜行性のコウモリがちょうど目覚める時だった。

「うわ」

コウモリの群れが頭上を飛び交う。凶暴な騒音に、三津木は頭を抱えて地に伏せる。こういう時は頭を低くして災厄が通り過ぎるのをひたすら待つに限る。

五分ほどその姿勢で耐え忍んでいると、やがてコウモリたちの飛行が収まった。

『おい、そこの腰抜け。もういいぞ』

ジンさんの声を合図にゆっくりと顔を上げる。まだ多少の羽ばたきが聞こえるものの、恐怖を覚えるほどではない。

「びっくりした」

『俺はお前の物識《ものし》らずにびっくりした。夜行性のコウモリがこういう暗い洞窟を根城にしているのは当たり前じゃねえか。当たり前のことに驚くのは異常者の末期症状だぞ。ほれ、斜め上十時の方向だ』

指示された方角にライトを当てると、そこには人の胴体ほどもある大きな石筍《せきじゅん》が何十本も生えていた。しかしジンさんが言うのは、その真上にぽっかりと口を開けた虚《うろ》の方だった。

生中《なまなか》なライトの光など全て吸収してしまいそうな虚の中から一匹また一匹とコウモリが飛び出してくる。どうやら穴の奥に彼らの巣があるらしい。

「確かに洞窟にコウモリは付き物かもしれないけど、ここが観光地化した時には邪魔になるんじゃないか」

『馬鹿言え。天然記念物になっているような洞窟は、大抵コウモリが集団越冬している。古来、縁起物とされている動物だ。観光資源の足しになっても邪魔にはならねえ。あの出入口だってコウモリ穴とでも命名すりゃあ、結構な名所になる』

コウモリが縁起物というのは初耳だが、それが本当なら観光客も喜ぶに違いない。コウモリが嫌いな人間は少なくないだろうが、好きと嫌いは表裏一体だ。

『先行け、先』

地上から離れていても篠突《しのつ》く雨の音が落ちてくるが、洞内は不思議と落ち着いていられる。

洞内からも音が出ている。雨音ほど派手ではないが、耳を澄ましていると足元から小川のせせらぎが聞こえてきた。

言わずと知れた地下水脈だろう。先に行けば行くほどせせらぎの音は大きくなり、やがて目の前に湖面が見えてきた。

鍾乳洞の広さに比例しているのだろうか、地底湖も相当な規模だ。わずかにこぼれてくる光の下でも湖の深さと美しさが堪能《たんのう》できる。

三津木は誘われるようにふらふらと湖面に近づき、片手を水の中に入れる。

ひやりと冷たい。

水質を劣化させるものが存在しないためか、水は澄みきっている。この分では淡水魚も生息しているのではないか。

ぴちゃん。

前方で雫《しずく》の落ちる音がする。外の豪雨がどこからか降り込んだのか、それとも洞内の空気が水滴に変わったのか。いずれにしても地底湖の幻想性を演出する音として申し分ない。

「この水、飲めそうだな」

『待て』

すんでのところでジンさんの制止が入る。

『ビビリの癖に慎重のしの字もねえんだな。せめて水質調査してから口にしろ』

「でも、こんなに澄んでるんだよ」

『いくら地下水だからって何を含有しているか分かったもんじゃない。高濃度の無機ヒ素を含んでいる地層だって存在する。土地家屋調査士がそんなことも忘れたか』

「……すっかり忘れていた」

三津木は水の中に突っ込んでいた手を引き抜き、服の裾で拭う。

『しかし、もし飲料水になるんだったら、地底湖の水も高く売れる。市販のミネラルウォーターの三倍近い値付けをしても売れるだろうな』

「三倍は高過ぎるよ」

『大衆ってのはな、値段が高いものを有難がるんだ。ましてや鍾乳洞の地底湖から採れた水だ。健康志向の強い客ならダース買いしていく』

「何となく、健康志向の強いお客さんを馬鹿にしていないかい」

『あいつらは健康にいいと言われたら、売血や大麻吸引までしかねないからな。素性の知れない水を飲むことなんざ屁《へ》でもねえ』

相変わらずの物言いだが、何故《なぜ》か三津木は聞いていて安心する。辛辣な言葉は敬遠されやすいが、正鵠《せいこく》を射ていることが少なくない。ジンさんの言葉がまさにそうだった。

『結局な、「隠れキリシタンの島に眠る大鍾乳洞」っていうフレーズが付きゃあ大抵のマイナス要因もプラスに転じる。交通の不便さは稀少《きしょう》価値に、島民の時代遅れの信仰心は物珍しさに変わる。するとな、ヒョーロクよ。今回の事件、犯人はこの鍾乳洞の存在を知っていた可能性が浮上する』

「仁銘島の土地が想定外の価値だったたって話だろ」

一般的に、地上の土地所有者の権利は地下にも及ぶとされている。つまり仁銘島の土地の所有者は鍾乳洞の地権者でもあるという解釈だ。

『チンケな離島の、そのまたチンケな土地代とは訳が違う』

「連続殺人の動機としては、ますます濃厚だってことだよね」

『動機としてはな』

ジンさんには珍しく奥歯に物が挟まったような言い方をする。

「してはって何だよ」

『二度も言わせるな。人殺しの理由なんて色かカネか、さもなきゃ狂気だ。鴇川家の犯行動機がカネだとしたら、この鍾乳洞の存在はその補完材料になるって話だ。その場合、鍾乳洞の存在を知っていた者が犯人ということになるが、しかし犯行動機が色や狂気だったのなら鍾乳洞の存在云々《うんぬん》は無関係ということになる』

「範次郎さんの奥さんを暴行した匠太郎さんの件があるから色というのは分かるけど、狂気っていうのは誰を指すんだい。鴇川家にそんな様子の人はいなかったと思うけど」

『鴇川家に限定するから全体像が見えなくなるんだ。迷信じみた恐怖に駆られて東京から来た相続鑑定士を血眼になって捜し回っている連中がいるだろ。あれが狂気でなくて何だっていうんだ』

組合員から向けられた視線を思い出し、三津木は怖気《おぞけ》を震う。彼らが異常者とまでは言わないが、カルト教団の信者がテロリストと化した事例があったことを思い出すと決して安心はできない。

『信仰心の強さは往々にして正常な判断力を駆逐するんだ』

予《かね》てからのジンさんの持論だが、今は尚更説得力がある。三津木に反論の余地はない。

「ジンさんは信仰心なんて嫌いなんだよね」

『ケースバイケースだな。大体、人面瘡なんてスーパーナチュラルな存在だろうが』

ジンさん本人から言われると突っ込みようがなく、やはり三津木は返事に窮する。

『ほれほれ、まだほんの数百メートル歩いただけだろ。さっさと歩け』

地底湖の畔《ほとり》を通り過ぎて先へと進む。地底湖の広がる場所ではやや低かった天井がまた高くなっていく。

『気づいているか、ヒョーロク』

ジンさんが興味深そうに言う。興味の対象は何かの異状なのか、それとも三津木が異状に気づいているか否かなのか。

『お前、運動神経よくないだろ』

「相続鑑定士には必要のない資質だよ」

『拗《す》ねるな。その運動神経が乳飲み子以下のお前が、石段を下りてからこっち、一度も躓《つまず》くこともなく鍾乳洞の中を歩いている。妙だとは思わねえか』

情けないが、指摘されて初めて気がついた。天然の造形物であれば、人に都合がいいような造りにはなっていないはずだ。勾配や凹凸があって然《しか》るべきだが、道中に難所らしい難所は見当たらなかった。

『神座下の石段はコンクリート造じゃなかった。コンクリートの材料のセメントが日本で最初に本格的に生産されたのは明治維新後の深川《ふかがわ》だ。これは官営事業の一環だったんだが、一八八四年には民間の浅野《あさの》セメントに払い下げられて一般にも普及した。だから、あの石段はそれより前に造られたと考えていい』

「かれこれ百四十年前だ」

『つまり百四十年より以前、神社の真下に石段を造り、人が通れる道を造った者がいる。一人二人が利用するのにそんな大掛かりな作業をするはずもない。どこかで伝承が廃れちまったんだろうが、鍾乳洞には少なくない数の人間が行き来していた証拠だ』

「こんな巨大な天然記念物の存在が伝わらないなんて」

『宮司だって継承の儀については全てを知らなかった。大きな戦争があると人の記憶も記録も散逸しちまうんだ』

不意に視界が開けた気がした。

『ヒョーロク、ライトだ』

ライトを高く掲げて度肝を抜かれた。そこに広がっていたのは平たい鍾乳石の層だった。波紋のかたちをした岩板が階段のように上へ延びている。三津木は以前、同じものを山口県美祢市の秋芳洞で見た。所謂《いわゆる》〈百枚皿〉と呼ばれ、段丘を流れる水の石灰分が長い年月をかけて波紋の形に固まったものだが、それによく似ている。

それだけなら単に自然の驚異だが、三津木が心底驚嘆したのはその一段一段に大小様々の装飾品が並んでいたからだ。

逸《はや》る心を抑えながらライトを翳して近づく。所狭しと並んでいるのは全てキリスト教関連の装飾品だった。青銅製らしき十字架・彫像・真鍮製のキャンドルホルダー・豪奢《ごうしや》なタペストリー・宝石を埋め込んだメダリオン。

ひときわ圧巻なのは頂に鎮座した聖母像だった。大きさは仁銘神社に祀《まつ》られている御神体の倍以上はあろうか。ここから見る限り全身がくすんだ金色をしている。宝石鑑定士の目から見てもメッキとは思えない。他の装飾品も同様だ。埃《ほこり》こそ被《かぶ》っているものの、陽《ひ》の射さない場所に眠っていたせいか褪色《たいしょく》は認められない。平戸藩の有力な家臣たちが信仰の証《あかし》として臣民や民衆から寄進を募り、教会に献上した蓄財。その一部は黄金や装飾品に姿を変え、この鍾乳洞に秘匿されたに違いない。

『ほう。仁銘神社の御神体や装飾品は神道色や仏教色が混淆《こんこう》されていたのに、人目に触れない地下では堂々とキリストを拝んでいたって訳か』

「すごいよ、ジンさん。この装飾品、見る限りは全部本物だ」

『あの天辺《てっぺん》のマリア像も黄金製なのか』

「手が届けば鑑定したいところだけど」

聖母像の台座までは五メートルほどもあるだろうか。何段もある上に他の装飾品がほぼ隙間なく陳列されているため、足場を確保するのが難しそうだ。鍾乳石の上を土足で歩くのも憚《はばか》られるし、水で滑って転落する惧《おそ》れもある。

『精確な鑑定なら後でやればいいか。しかしマリア像を除外しても、こりゃあ大した文化遺産だぞ』

ジンさんが人やモノを褒めることなど滅多にないので面食らった。つまりはそれだけの価値があるという意味に他ならない。

『おそらく古《いにしえ》の隠れキリシタンにとっての聖域だったんだろうな』

またもやジンさんが柄にもないことを口走る。三津木は茶化すのも忘れて、しばし聖母像を見上げる。

聞こえるのは天井の雨音と雫の落ちる音、そして地底湖のせせらぎ。喧噪《けんそう》も雑音もなく、ただ静謐《せいひつ》な時間が流れていく。

乏しい光の中、無宗教の三津木でさえが神々しい光景に立ち尽くしてしまう。スマートフォンの淡いライトでさえこの壮観だ。LEDで本格的にライトアップしたらどれだけ荘厳な大伽藍《だいがらん》に映ることか、想像するだけで心が震えてくる。

電池の残量が心許《こころもと》なかったがどうしてもこの光景を切り取っておきたいと思った。持っていた灯明台を傍らに置き、三津木はカメラの焦点を聖母像に合わせてシャッターを切る。確認すると、やはりバッテリー残量はほんのわずかしかなかった。

写真を撮り終えてから改めて豪奢な祭壇を眺める。度重なる悲劇に倦《う》み飽きた神経が束《つか》の間《ま》の安堵《あんど》に浸っていたその時、異変が起きた。

三津木が臆病者だから察知できた。

何者かが自分の背後に立っていた。

2

振り返る間もなかった。

首を動かそうとした寸前、背中を押された。

押された弾みでスマートフォンが手を離れ、どこかへ飛んでいく。途端に辺りは再び闇に包まれる。

「誰」

誰何《すいか》しても答えはない。三津木が体勢を崩したところを狙って第二打がきた。

ぐいと腰を押され、三津木は堪らず祭壇前にできた深い水溜まりに手を突いた。

脇腹を鈍痛が襲う。今度は蹴りを入れてきたのだ。

急所に命中したため、一瞬三津木は息ができなくなる。

身体中から力が抜け、三津木はへなへなと地面に突っ伏す。

だが襲撃者は満足しなかった。抵抗力を喪失した三津木の後頭部を鷲掴《わしづか》みにし、顔面を水中に押しつける。

突然だったので湖水を飲んでしまった。寸前まで息が止まっていたのが幸いし、溺死するような量ではなかったが、それでも気管が悲鳴を上げる。

後頭部を押さえつける力は尚も続く。

このままでは殺される。

生への執着心がむくむくと湧き起こり、三津木の麻痺《まひ》していた神経に活を入れた。頭を鷲摑みにしていた手を払い除《の》けようとするが、存外に相手の握力は強い。

相手の腕を捉えられなかったが、辺りを彷徨《さまよ》った右手が灯明台を摑んだ。咄嗟《とっさ》に振り回すと、運よく灯明台の端が相手の腕に命中した。相手は反射的に手を引いた。

三津木は湖面から顔を上げるなり空嘔《からえずき》をする。次の攻撃に備えて湖水から離れるが、まだ目が慣れていないので相手の姿は闇に溶け込んで位置が分からない。視界が確保できないまま格闘する羽目になるのか。怖気を震いながら身構えていると、相手は急に別の方向に駆け出したらしく、足音が遠ざかっていく。

「待て」

声を掛けてみたが、もちろん三津木の方は既に戦意を喪失している。相手が逃げてくれて九死に一生を得た。

『勝負する気もないのに、待てとはよく言った』

「黙って見てないで加勢してくれよ。死ぬところだったんだぞ」

『俺がどうやって加勢するんだ。相手の首っ玉に齧《かじ》りつけとでも言うのか、馬鹿』

「ジンさんが顔を晒《さら》してやれば、大抵の人間は驚く」

『この暗がりで見えるもんか。本当に絶体絶命になったら恫喝《どうかつ》くらいはしてやるつもりだったが、俺の助けなしでも何とか保《も》ったじゃないか』

「思いきり抵抗してやった」

『……レイプが未遂に済んだ女みたいな言い草だな』

「それにしても、どうして僕が襲われなきゃいけないんだ」

現金なもので、ひとまず危機が去ると怒りが込み上げてきた。

「ただ逃げ隠れしているだけなのに」

『襲撃犯は疑心暗鬼に駆られているのかもな。たとえお前が何も見聞きしなくても相手は何かを知られたと考える。それで闇討ちを仕掛けてきた』

「何も見聞きしてないって」

『さっき死体を見たじゃないか。襲撃犯は俺たちが範次郎の死体を見つけたのを知って、ここまで尾行してきたんだ』

「範次郎さんの死体を見られて何か都合の悪いことでもあったのか」

『あのな、あれこれ訊《き》く前にちったあ手前《てめ》ェの頭を働かせろ。島民どころか宮司すら知らない鍾乳洞で人が死んでいる。しかも死んだのは一連の事件の犯人と目されている人間だ。こんなところで発見されたら具合が悪いとでも考えたんじゃねえのか』

「つまり、さっき襲ってきたヤツが真犯人っていう訳か」

『早まるな。そういう解釈もできるって話だ。すぐ結論を急ごうとするから早漏と馬鹿にされる』

誰がそんなことを言った。

言い返そうとしてやめた。三津木がひと言でも反論しようものなら十になって返ってくるのが目に見えている。三津木は手探りで何とかスマートフォンを探り当てた。

『電池はそろそろ限界だな』

「うん。多分ライトに使用したら三分も保たないんじゃないかな」

『じゃあ戻るぞ』

聞き間違いかと思った。

「戻るって」

『決まってるだろ。今来た道を引き返して仁銘神社に戻るんだ。ここに潜んでいたって何が解決する訳じゃない。腹も減るし放っておいてもスマホの電池は切れる』

「だけど」

『それともヒョーロク。お前、コウモリ捕まえて生で食おうってのか』

ぬめりとした皮膜の感触を思い出し、三津木は慌てて首を振る。

「あんなものが食えるもんか」

「好き嫌いはよくねえぞ」

「そういう問題じゃないだろ」

『よし、それなら引き返せ。これだけ時間を稼いだんだから、組合員の連中も諦めた頃だ。それに確かめたいこともある』

宿主が寄生物に従うのは業腹だが、今までの経験からジンさんの命令に逆らうと碌な目に遭わないのは分かっている。三津木は仕方なく、仁銘神社の方角へと足を向ける。

『もっときびきび歩け。一度通った道だろう』

「さっきみたいに、いきなり襲われたらどうするんだよ」

『二度も襲うしつこさがあるなら、あの場でカタをつけてらあ。地の利は向こうにあるしな』

「地の利って何が」

『襲撃犯はすぐに走って逃げただろ。鍾乳洞に初めて足を踏み入れた人間だったら手前ェの現在地も分からないはずだ。それを迷うことなく走ったのなら、この場所に慣れ親しんでいるってことだ』

「犯人はずいぶん前から鍾乳洞の存在を知っていたんだね」

『そういうヤツだったら、範次郎の殺害にこの場所を選んだ理由も納得できる。誰も知らない上に広大だから、死体の隠し場所にも困らない』

「じゃあ、今この瞬間にも襲ってくるかもしれないじゃないか」

『あーっ、本っ当に三歩歩いたら忘れるんだな、お前は。徹底的に仕留めるつもりなら、とっくの昔にやられている。中途半端で終わったのは、相手にも余裕がなかったからだ。それが精神的な余裕だったのか、それとも時間的余裕だったのかは不明だけどな』

ジンさんにぐちぐちと蔑まれながら元来た道を戻る。透明度の高い水を湛《たた》えた地底湖を通り過ぎ、コウモリの巣を懐に抱く石筍の林を抜ける。

『見れば見るほど絶景だな。マリア様の祀られている祭壇も見事だったが、それ抜きでも充分拝観料が取れる』

「こんな時にも冷静だよね、ジンさんって」

『俺以上に冷静なヤツがいる。もう三人も殺してるんだぞ』

二度目の道は短く感じる。大した苦労もなく三津木は石段に辿《たど》り着いた。

「ジンさん」

三津木は思わず足を止めた。

範次郎の死体が消え失《う》せていた。

「死体が消えた」

『消えたんじゃない。移動したんだ』

「誰がそんなことを」

『さっきの襲撃犯に決まってる。ヤツは俺たちを始末できなかった。だから大慌てでここまで引き返し、死体を別の場所に移したんだ。証拠さえなけりゃ、ヒョーロクが何を言っても無駄だからな』

「僕はそんなに信用がないのか。仮にも土地家屋調査士だぞ」

『あのな。どんな辺鄙《へんぴ》な場所に住んでいても、不動産屋とそれに加担するヤツらは千《せん》三《み》つ屋だと相場は決まってるんだ。そうでなくたって、地下の大伽藍に範次郎の死体が転がっているなんておよそ現実味がない。警察だったら一応は調べるだろうが、結局死体が見つからなけりゃそれ見たことかで終《しま》いだ』

念のために周辺に注意を払ったが、やはり近辺には死体の欠片《かけら》もない。

悪意を持った何者かが地下空間を跳梁跋扈《ちょうりょうばっこ》している。そう想像しただけで怖気づいた。三津木は足元を確かめながら石段をゆっくり上がっていく。

天井から微かに届く光は神座の台座から洩れているものに違いない。その光を道しるべに、三津木は石段を這《は》うようにして上り続ける。

光がどんどん接近してくる。ジンさんが予想した通り、頭上から喧噪は聞こえない。組合員たちは帰ったものと思われる。

どれだけ荘厳な闇を巡った後でも、やはり明かりの魅力はいささかも減じない。人に安らぎと希望を与える。

ようやく台座まで辿り着くと、手探りで壁のハンドルを見つけた。

慎重にハンドルを回すと、鈍重な音とともに台座の隙間が広がっていく。まだ停電中と思われ拝殿もさほど明るい訳ではないのに、射し込む光は眩《まばゆ》いほどだ。

台座が人一人分這い出る程度に開いた時だった。

「三津木先生」

頭上から麦原が顔を覗《のぞ》かせた。

「あんた、何ちゅうところに隠れておるんですか」

「いや、これには色々と事情があって」

麦原の手を借りて、三津木は台座の隙間から這い出る。

「いきなり神座が動き出したもんだから、何が起きたのかと思いました」

「僕もついさっき見つけたばかりなんです」

「拝殿で灯明の番をしていた三津木先生が姿を晦《くら》ましたというんで、捜していたんですがね。しかしまあ、こんなところに抜け穴があるとは」

「あの、宮司は」

「社務所にいるはずだが、呼んできましょう。宮司はこの穴のことを知っているのかな」

「ちょ、ちょっと待ってください」

三津木は慌てて、台座の下には鍾乳洞が広がっている事実、そして石段の下には範次郎の死体があったもののすぐに消失してしまった旨を説明する。

案の定、麦原は胡散臭《うさんくさ》げな表情になった。

「隠れキリシタンの大聖堂とか消えた範次郎氏の死体とか、俄《にわか》には信じられませんなあ」

「でも本当なんですって」

ジンさんについては打ち明けられないので、説明している三津木にも隔靴掻痒《かっかそうよう》の感がある。麦原も半信半疑ながら話を聞いているようだ。

「今の話ですと、鍾乳洞への入口はここだけということになる。いや、もちろん二ッ池の方から進入するルートもありますが、海が時化《しけ》ている今はよほど腕のあるダイバーでもない限り無理がある」

「僕もそう思います」

「じゃあ、三津木先生を襲った犯人は範次郎氏の死体を移動した後も、洞内に潜伏しているということですね。拝殿から怪しい人物が現れた気配もありませんし」

「ですね」

「では、取りあえず唯一の出入口である台座を閉めておきましょう。閉め方もご存じですか」

外から閉める際は人力に頼らざるを得ないと説明する。ものは試しと麦原が台座に体重を掛けると、神座はずるずると元の位置に戻っていく。

「ほう。コツさえ摑めば案外簡単に閉まるものですな」

開ける時には悪戦苦闘したとはとても言い出せなかった。

ふと思いついた。

麦原は拝殿から出てくる怪しい人物はいなかったという根拠から、犯人は洞内に潜んでいると判断した。

だが拝殿に出入りしても決して怪しまれない人物が一人だけいるではないか。

3

外は相変わらずの雨で一向に衰える気配がない。つまり海の時化具合も変わらないということであり、二ツ池から鍾乳洞へ侵入するのは生身の人間では不可能だ。まともな出入口である神座が閉められた今、襲撃犯は洞内に閉じ込められたと考えていい。

麦原は元の位置に戻された神座を見つめたまま、束の間考え込んでいた。

「こうやって閉じ込めておけば逃げられない。しかし三津木先生。鍾乳洞はかなりの広さなんですよね」

「大聖堂の辺りから神社の真下までずいぶん歩きました。全体像はまだ把握しきれていません」

「それだけの広さがあって、仮に襲撃犯が食料を携帯していたら長時間の籠城も可能になる」

「でも麦原さん。持っていける食料にも限りがありますよ。一日二日程度ならともかく」

「こちらの状況もある。わたしたちがこの場でずっと待機できればいいが、この騒ぎの中で警察官三人が張り付いている訳にもいかんでしょう」

豪雨被害だけではない。これだけ海が時化ていれば海難事故が発生する危険性もある。非常時には警察官が動かざるを得ない。

「二人の警官のうち一人は島の駐在ですが、だからといって鍾乳洞に入ったことはないでしょうから、一人で襲撃犯捜しをさせる訳にもいかない。そうかといって、わたしが同行すれば残る警察官は一人きりになる」

麦原は苦渋に顔を歪ませる。本島との連絡が途絶し、自分を含めて三人しか警察官のいない状況で非常事態に臨むのはさぞかし困難だろうと想像する。

「今悔やんでも仕方ないが、この豪雨の中だから深雪夫人の事件にしても現場保存は充分じゃなかった。本島から鑑識を呼んだとしても大抵の遺留品は流されて検出のしようがなかった」

「たかが雨で証拠物件は流されてしまうんですか」

「水というのは証拠隠滅の手段としては最強なのですよ。指紋、毛髪、体液、繊維、下足痕、その全てを根こそぎ攫《さら》っていく。後にはペンペン草も生えやしない」

麦原の愚痴は続く。

「台風上陸に乗じた騒ぎで島民一人一人の行動が把握できない。鴇川家の家族ですらそうです。こんな状況でアリバイを証明する方が難しいが、それを言い訳にしたら解決できる事件も解決できなくなる」

いかにも口惜《くや》しそうな顔で、喋っている内容が本気と分かる。既に全国で知られることとなった重大事件であることを差し引いても、麦原の捜査に対する執念が窺《うかが》える。

「三津木先生が宮司に鍾乳洞のことを伝えたがらないのは、宮司が犯人かもしれないと疑っているからでしょう。拝殿から怪しい人物は出入りしなかったが、宮司なら決して怪しまれませんからね。通常ならその推理も有効です。だが今も言った通り、神社どころか島全体が混乱の極みにあるので宮司以外の人間が出入りしても見咎《みとが》められませんか。社務所に待機しているはずの我々が慌しく出入りしているくらいですからね」

「宮司も社務所にずっといたんですか」

「わたしたちもしょっちゅう出入りしているから、始終宮司と一緒にいた訳じゃありませんよ」

なかなか容疑者を絞れず、三津木は心中で歯嚙《はが》みをする。

その時、拝殿に近づく足音があった。

噂《うわさ》をすれば影とやらで、襖《ふすま》を開けたのは宮司だった。

「麦原さん。あなたに緊急の電話だ」

電話と聞いて電波が復旧したのかと思ったが、よく考えてみれば停電しても電源を使用しない固定電話は繋《つな》がる。おそらく仁銘神社にはそうしたアナログの固定電話が設置されているのだろう。

「須磨子からだ。今度は公一郎の姿が見えないそうだ。雛乃の話によると、行方を晦ました範次郎を捜しに家を出たらしい」

「この忙しい時に」

麦原は忌々しそうに洩らす。

「二次遭難の惧れがあるから家にじっとしているよう通達しているはずなのに」

「公一郎は人一倍優しいからな。家族を放っておけるタチじゃない」

珍しく慌てている宮司を見て思い出した。宮司にとって公一郎はひ孫なのだ。

だからという訳でもないが、三津木も公一郎の人柄には同意せざるを得ない。鴇川家の中では公一郎が一番真っ当ではないかと考えていたのだ。

「三津木先生は持ち場を離れないように」

麦原はそう言って宮司とともに社務所に向かう。いつの間にか拝殿が自分の持ち場になったようで、どうにも尻の据わりが悪い。

しばらくして麦原が戻ってきた。

「どうやら公一郎くんはこちらに向かったみたいですね」

麦原はまだ迷惑そうな顔をしている。

「範次郎叔父は行方を晦ましたんじゃなく、ひと足先に帰ろうとしただけだと主張していたそうです。きっと道中のどこかで足を滑らせて転落したんじゃないかと」

「この雨と道路状況なら有り得ない話じゃありませんね」

「有り得なくはないが、ずいぶんと都合のいい可能性でしょう。第一、鴇川家までの道中で転落しているのなら、通りかかった誰かが気づいてもよさそうなものです」

麦原が拝殿を出ていくと、三津木はまた一人で灯明の火を守ることになった。一人きりというか深雪夫人の亡骸《なきがら》と一緒なのだが、洞内で襲撃犯の気配に怯《おび》えているよりはよほど気が楽だ。死んだ人間より生きている人間の方がずっと恐ろしい。

神社の屋根や壁を叩《たた》く雨音は激しいままだが、聞き続けているうちに慣れてきた。外見は古色蒼然《こしょくそうぜん》とした社だが、この豪雨をものともしない頑丈さは心強い。

しばらく耳を澄ましていると、雨音に奇妙な音が混じっているのに気づいた。

軋《きし》む。

拝殿の至るところから軋み音が洩れている。今までは雨音に掻《か》き消されていたものが、次第に顕在化したように思える。

軋む。

木造建築特有の悲鳴が三津木を包囲する。

「何だ、これ」

独り言に答えたのはジンさんだった。

『お前、それでも土地家屋調査士かよ』

「こんな音、聞いたことがないよ」

『過去の経験がなくたって、これが神社の断末魔の悲鳴ってことくらいは察しがつくだろ』

「まさか」

『そのまさかかもな。これが未曽有の豪雨なら、予想される被害も未曽有でなきゃ辻《つじ》褄《つま》が合わねえ。宮司の話じゃ百年以上前からの建築物だ。そろそろ寿命がきてもおかしくない』

「選りに選って、こんな時に」

『偶然じゃない。明らかに台風のせいだ。お前だって薄々気づいているんだろ』

さすがに二心同体のジンさんらしく、三津木の考えなど全てお見通しだった。

古い木造建築で軋み音がするのは特段珍しいことではない。木材は地震、湿気、気温などで変形しても元に戻る力があり、この時に音が鳴る。木材が隣接した木材と擦れる際に摩擦音を発するのだ。

だが拝殿内から聞こえるそれは歪みを復元する際の音とは到底思えない。いみじくもジンさんが喝破した通り、仁銘神社の断末魔の悲鳴のように聞こえる。

ざわざわと背中が粟立つ。土地家屋調査士としての知識が尚更不安に拍車をかける。

確認する必要がある。そう考えて腰を浮かしかけた時だった。

「三津木先生。三津木先生」

境内に面した襖の向こう側から自分を呼ぶ声がする。立ち上がって廊下に出てみると、レインコートを着た雛乃が立っていた。

「どうしたの、雛乃ちゃん」

「助けて」

土砂降りの雨に負けじと雛乃は叫ぶ。

「公ちゃんがいなくなって」

「うん、さっき須磨子さんから連絡が入った」

「お巡りさんたちに任せておけばいいのに、公ちゃん、心配だからって家を飛び出したの。でも、まだ見つからなくて」

声の調子からも不安が窺える。

「麦原さんたちが捜索に向かっているよ」

「でもお巡りさん、三人だけですよね。この雨の中、しかも停電して街灯も消えて真っ暗なのに三人じゃどうしようもない」

「それはそうかもしれないけど、雛乃ちゃんまで巻き込まれたらどうするのさ」

雛乃と公一郎の睦《むつ》まじさを目撃している三津木には、彼女の不安と焦燥が十二分に理解できる。だからこそ、ここは雛乃を説得して家に帰らせるのが大人の態度だろう。加えて雛乃には伝えるべき話がある。

だが雛乃は聞く耳を持たなかった。

「わたしのことを心配するより公ちゃんを捜してください。今は一人でも多くの人手が欲しいんです」

雛乃は三津木の手首を摑み、強引に引っ張ろうとする。

「ちょ、ちょっと。落ちちゃうよ」

「お願い。公ちゃんを捜すの手伝って」

たとえ十四歳でも女性だ。そして三津木はあらゆる女性に対して拒否権を発動できない。

「わ、分かった。分かったからいったん手を放して」

「ありがとう、先生」

雛乃に押し切られるかたちで、三津木もレインコートを着て外に出る。しばらく屋内にいたため、雨が身体を叩く痛みを思い出す。

「お巡りさんたちは神社から家までの道を辿っていったんでしょ。そうじゃなくて、神社の坂から滑り落ちたんじゃないかと思って」

神社の坂は相当に高低差がある。しかも雨で泥濘《ぬかるみ》になっている。足を滑らせればひとたまりもないだろう。

「この雨だもん。真下に滑り落ちたら上からは見つけにくいと思う」

雛乃の意見はもっともで、三津木は彼女に手を引っ張られながら坂道の下から探索を開始する。頼りになるのは互いに持つ懐中電灯の光のみだ。

高台に建つ仁銘神社への通路は急な坂道しかない。周囲は灌木《かんぼく》と雑草に覆われた獣道が走るだけで、とても人が進めるような場所ではない。言い換えれば、坂の上から滑落したとしても下草がクッション代わりになる可能性も見出《みいだ》せる。

普段でも見通しが悪いというのに、この雨の勢いと暗さだ。視界はほんの数メートルしかなく、草に足を取られる。三津木も雛乃も這うようなスピードでしか前に進めない。

「公ちゃあん。公ちゃあん」

雛乃は声を限りに何度も呼び続ける。傍《そば》で見ていると何ともいじらしくなる。しかし一方、この場では自分が保護者であることを忘れてはならない。

「僕から離れちゃいけない。それと、あまり深追いをしない方がいい」

「深追いしなきゃ見つけられない」

奥へ奥へと進もうとする雛乃を抑えながら、三津木はその後をついていく。

華奢《きゃしゃ》な背中を見ていると、つい口をついて出そうになる。

範次郎さんの死体を見つけたよ。

拝殿の前で顔を合わせた時から、何度も言おうとした。だが公一郎捜しに我を忘れている雛乃に父親の死を告げるのは、この上なく残酷なような気がする。せめて捜索が一段落し、彼女が落ち着いてからでも遅くあるまい。

それにしても三津木の手を摑む雛乃の力は強い。下手をすればこちらが引き摺《ず》られそうになる。

「雛乃ちゃん、そんなに急いだら」

「急がなきゃダメ」

雛乃は振り返りもしない。

「こうしている間にも、公ちゃんが助けを待っているかもしれない。怪我《けが》をしているかもしれない。じっとしていられない」

それほど大切な相手なのだろう。雛乃を抑えようとする気持ちが後退する。

「じゃあ、せめて僕が先頭になる。絶対、僕から離れないように」

有無を言わせず雛乃の前に出る。三津木の勢いに押されてか、彼女は文句も言わずについてくる。

厚手のレインコートでも雨の痛みを感じる。灌木や雑草の抵抗は尚更だった。

「公ちゃあん」

「公一郎くうん」

二人で呼んでみるが、声は雨音に消されてしまう。

ふと三津木は神社へと続く崖に視線を移す。擁壁もなく、地肌を晒したままの崖は無防備にしか見えない。

眺めていると、崖の一部から泥が噴き出ているのが分かった。

「ちょっと待った」

雛乃に断ってから、そちらに近づく。噴き出る水をライトで翳してみると、やはり泥水だ。明らかに上から流れてきた雨水ではない。

三津木の脳内で警戒警報が発令される。仁銘神社の断末魔の悲鳴というのは勘違いではなかったのだ。

斜面の地表部分が雨水の浸透や地震などで緩むと、突然、土砂崩れを起こす場合がある。崩れ落ちるまでの時間が至極短いため、人家付近では逃げ遅れる者も少なくない。

そして土砂崩れの前兆となるのが地鳴りや斜面からの水の湧出だ。土壌の保水力が飽和状態になっている証左の一つであり、湧き出ているのが本当に地下水ならばいつ崖が崩落してもおかしくない。

まずい。

もちろん地下水の湧出が即座に土砂崩れを意味するものではないが、大型台風の接近に伴う記録的な雨量は間違いなく高台の土壌を脆弱《ぜいじゃく》にしている。少なくとも宮司には避難を勧めるべきだろう。

「雛乃ちゃん」

異状を伝えようとした瞬間だった。

「おーい」

二人の前方から声が聞こえた。まさかと思って声のした方向に視線を向けると、雨に煙る灌木の間から公一郎が姿を現した。

「公ちゃんっ」

「ごめんなさい、雛乃。三津木先生。心配かけちゃったみたいで」

公一郎が言い終わる前に、雛乃が飛び出していく。危急のさ中だが、甘酸っぱくて見ているこちらの方が気恥ずかしくなる。

「範次郎叔父を捜している最中に、坂から滑り落ちちゃってさ。ミイラ取りがミイラになるってこういうことだよな」

なるほど転落の際にでも傷ついたのか、公一郎の着ているレインコートはところどころが破損している。泥や草も盛大に付着しており、さながら茨を敷き詰めた道を引き摺られたような有様だった。

公一郎は神妙な面持ちで三津木に向き直る。

「ホントにご迷惑をおかけして」

「無事ならいいよ」

「でも結局、範次郎叔父は見つからなくて」

「人捜しは警察や消防に任せておけばいいよ。それがあの人たちの仕事なんだから。僕たちはさっさと危険区域から離脱しなきゃ」

危険区域というのは咄嗟に出てきた言葉だが、公一郎が耳聡《みみざと》く捉えた。

「三津木先生、危険区域ってどういう意味ですか」

「詳しいことは後で話すよ。それより、いったん神社に戻らなきゃ」

三津木たちは元来た坂道を上り、神社に戻る。社務所に待機していた宮司は公一郎の姿を認めると、安堵したように嘆息した。

「無事だったか、公一郎」

神職としてではなく、肉親としての声だった。

「合羽がぼろぼろで泥だらけじゃないか。さっさと風呂で身体を洗ってきなさい」

「あの、法蔵地のおじいちゃん。公ちゃんの着替えはありますか」

「居間のタンスに何かしら着られるものが入っているだろう。適当に見繕ってあげなさい」

公一郎と雛乃が奥に消えていくと、宮司は改めて三津木に頭を下げた。

「ひ孫を見つけていただき感謝します」

「いえ、見つけたというより、公一郎くんが自力で這い出てきたんです。神社の坂道から滑り落ちたみたいですね」

「それでもあなたたちがいなければどうなっていたか」

宮司を見ていると、やはり範次郎の死体と鍾乳洞の話を切り出すべきか迷いが生じる。しかし今は避難するように説得するのが第一義だと己を窘《たしな》める。ここで死体や鍾乳洞の話を持ち出せば、十中八九宮司は神社に留まろうと言い張るはずだ。

「宮司。今すぐ神社から避難してください」

「言っておられる意味が分からんが」

「仁銘神社のある高台が崩落するかもしれないんです」

宮司に崖の法面から水が湧出している事実を告げ、土地家屋調査士としての専門的な知識を加える。最初は訝《いぶか》しげだった宮司も、説明を聞くに従って顔色が変わってきた。

「いくら三津木先生の話でも、すぐには納得できませんな。仁銘神社は江戸時代から続く由緒ある神社です。今までも主がお護りになられた。それがこれしきの雨で被災するなどと、俄には信じがたい」

「どれだけ歴史を重ねた建造物でも破壊されるのは一瞬ですよ」

「わたしには神社を護る使命がある」

「そんなことを言って宮司が被災したら、後の神事を誰が執り行うんですか。大事なのは建物じゃなくて神職でしょう」

「神職だからこそ、誰から何を言われようとわたしはここを動くことはできん」

「しかしですね」

「避難するにしても今すぐなんて到底無理だ。御神体はもちろん神社に奉納してある文書類や神具一式を移し替える必要がある。どれだけ急いだとしてもまず二日はかかる」

「崖はいつ崩落するかも分からないんです。二日も待っていられませんよ」

「いつ崩落するか分からないのなら、二日待ってもいいじゃないか」

これでは埒《らち》が明かない。そう思った瞬間だった。

二人の足元から低く重い震動が響いた。地震のように揺れはしないものの、床下を巨大な生き物が這いずり回るような震動だ。

三秒、あるいは四秒も続いたか。震動は潮が引くように収まった。

宮司はと見ると、己の足元に視線を落としていた。ゆっくりと上げた顔には驚愕《きょうがく》と焦燥が浮かんでいる。

「今の感じましたよね、宮司」

「確かに感じた。しかし」

「これも土砂崩れの前兆なんですよ。湧出と地鳴り。もう二つも重なっているんです」

その時、奥から公一郎と雛乃が血相を変えて戻ってきた。

「三津木先生、今の震動は何だったんですか」

思い入れの差なのだろう。同じ説明を聞いた二人は宮司と違い、あっさりと三津木の勧告を受け容《い》れた。

「あまり時間がない。二人は大事なものを片手に持てる分だけ持って神社から出て。宮司は何を持っていったらいいか、二人に指示してください」

「待ってくれ。御神体は四人でも運べないぞ」

「諦めてください」

「長持二つ分の文書類は」

「一人が片手に持てる分だけですったら」

子どものように駄々をこねる宮司は、諦めきれない体《てい》で言葉を続ける。

「では深雪夫人の亡骸はどうするかね。やはり諦めるのか」

さすがに三津木も逡巡《しゅんじゅん》する。

だが死んだ人間よりも生きている人間だ。

「亡骸をどうやって坂の下まで運ぶんですか」

「棺《ひつぎ》に納めて四人がかりで運ぶしかない」

「坂は暗くて、しかもびしょ濡れです。そんな足元の覚束《おぼつか》ないところを運べませんよ。第一、下まで下ろしたところで棺を入れるクルマもないじゃないですか」

坂の下は仁銘神社の駐車場になっており、宮司の所有しているクルマがプリウスなのは分かっている。トランクには遺体どころか神具の大部分も収納できない。

「あんたはご遺体まで捨てておけと言うのか」

「捨てろなんて言ってませんよ。台風が通過した後、崩落の危険性がないことが確認できたら何の問題もないんですから」

湧出や地鳴りが土砂崩れとは無関係ならそれに越したことはない。避難を勧めた三津木の早とちりで済むだけの話だ。

宮司も同様に考えたのか、やがて不承不承に頷《うなず》いてみせた。

宮司が貴重品を取りに姿を消すと、右肩が疼き出した。

『いやー、大したもんだ』

開口一番、ジンさんは感慨深げに唸《うな》った。

「何がさ」

『あのヘタレで自主性のない、付和雷同野郎のヒョーロクがリーダーシップを発揮して皆に避難勧告を。立派だねえ。俺は感極まって号泣しそうになった』

「この非常時に、そういう冷やかしはやめてくれないかな」

『分かった』

ジンさんはがらりと口調を変えると、早速命令を発した。

『今から拝殿に行って証拠物件を取ってこい』

「え、証拠物件。いったい何だよ」

『お前は考えるな。俺の言う通りにしていりゃいいんだ』

口を開けば皮肉か命令、さもなければ蘊蓄《うんちく》。全く人の風上にも置けない人面瘡だが、習い性となっていて逆らうことができない。三津木は内心で溜息《ためいき》を吐《つ》きながら拝殿へと足を向けた。

『それとな、今から俺の言うことをよく聞いていろ』

「何だよ」

『一連の事件の犯人が誰なのか教えてやる』

宮司の指示の下、片手に神具を携えた四人は神社を出る。その頃には雨ばかりか風も強くなっており、雛乃などは神具のいくつかを落としてしまった。だが、宮司も敢《あ》えて責め立てようとはしなかった。

やっとの思いで駐車場に辿り着き、四人は荷物をトランクに収めてプリウスに乗り込む。宮司は一度だけ高台の方を振り返った後、徐《おもむろ》にアクセルを踏んだ。

四人を乗せたプリウスが鴇川家に到着すると、偶然にもほぼ同時にパトカーが横づけされた。中から出てきたのは麦原と二人の警官だ。

「何だ、見つかったのか」

麦原は公一郎を認めた途端、安堵の表情を浮かべる。次に宮司の姿を見咎めて、ここに来た理由を質《ただ》してきた。答えるのは三津木の役目だろう。

「実は高台に土砂崩れの危険があって」

説明を聞いた麦原はたちまち思案顔になる。

「幸い、社務所に残してきたものは個人的な持ち物だけだから特に困らないが、一応は仮の捜査本部でも機能しないのは痛いな」

だが、すぐに気を取り直したらしい。

「まあ、いい。非常時には非常時の対応をするだけのことだ。様々な台風被害が予想される中、やはり警察官は一カ所に集まっているべきだろうな」

須磨子に都合を尋ねると、今や鴇川家の男手といえば公一郎だけなので警官が家の中にいてくれるのはとても心強いと言う。

部屋に通された麦原たちが島民の避難場所について確認していると、荒々しく玄関を開ける者がいた。

「円哉はいるのかあっ」

佐倉組合長が怒髪天を衝《つ》く勢いでやってきた。

「さっきの電話は何だ。高台が崩落する惧れがあるから、深雪の遺体は置き去りにしてきただと。き、貴様はそれでも宮司かあっ」

「勝手なことを言うな。わしだって亡骸や御神体を運び出したかったが、三津木先生の勧告を受け入れて後ろ髪を引かれる思いで飛び出して来たんだ」

「ふん、怪しいもんだな」

力不足は承知の上で、これは自分が二人を執りなす場面だろう。

「あの、すみません。あの高台は本当に危険だと思ったので、僕が無理を言いました」

痩せても枯れても土地家屋調査士である三津木の言葉には信憑性《しんぴょうせい》がある。佐倉組合長は憤懣《ふんまん》遣《や》る方ないという体だったが、それでも渋々矛を収めた。

ふと気づけば事件の関係者全員が顔を揃《そろ》えていた。先刻、ジンさんから告げられた推理が正しいかどうかを確認する絶好の機会ではないか。

三津木はその場の全員に向かって口を開く。

「皆さん、今から奥の間に集まっていただけませんでしょうか。僕からお話ししたいことがあります」

4

宮司と須磨子と公一郎が並び、向かい合うかたちで佐倉組合長と雛乃が座る。三津木は持参した荷物を置いて二つの列を見渡す位置に陣取り、麦原たち警察官はその背後に控えている。

「まず落ち着いて聞いてください。範次郎さんは亡くなりました」

一同の顔に驚きの色が広がる。佐倉組合長などは今にも叫び出しそうだったが、三津木は機先を制して話を進める。

「死体を発見したのは僕です。既に麦原さんにはお伝えしましたが、範次郎さんは石段の上から転落していました。決して足元が明るい場所ではないのですが、範次郎さんはちゃんと靴を履いて、おそらくはライトも照らしていました。何事にも慎重な人でしたし、石段には崩れた箇所も見当たりません。従って僕は、範次郎さんは突き落とされたものと判断しました。ところが数十分後に戻ってみると、死体は影も形もありません。何者かが移動させたに違いないのですが、ただの事故死なら死体を隠す必要もありませんから、やはり範次郎さんは殺されたと考えるのが妥当でしょう」

「刑事さんは範次郎の死体を見たのか」

佐倉組合長の問いかけに、麦原は無言で首を横に振る。

「麦原さんに死体を確認してもらえなかったのは残念でしたが、発見したのは明かりがない上にとんでもなく広い場所だったので」

早速、佐倉組合長が聞き咎めた。

「とんでもなく広い場所だって。島の中にそんな場所があるのか」

「島の地下には鍾乳洞が広がっていたのです」

最初は珍妙な顔をしていた者たちも、仔細を聞くに従って次第に真剣な表情になっていく。特にマリア像が祀られている祭壇の件になると、宮司と佐倉組合長が同時に呻《うめ》いたほどだった。

「黄金のマリア様だと」

「まさか、隠された財宝の言い伝えが本当だったなんて」

「俄には信じられないかもしれませんが、僕も一端《いっぱし》の宝石鑑定士です。マリア像が純金製かどうかはともかく、数々の装飾品はいずれも本物でした。ただ、そうした貴金属の価値も然《さ》ることながら、鍾乳洞の観光価値は計り知れないものがあります。それこそ仁銘島の経済状況を一変させてしまうかもしれません」

宮司と佐倉組合長は信じられないといった様子で顔を見合わせる。覇権を争っている二人だが、島の発展を願うという点では一致しているに違いない。

「ところで僕が鍾乳洞巡りをしている最中、何者かに襲撃されました。誰も知らないはずの鍾乳洞に何人もの不審者が潜んでいるとは考えにくいので、範次郎さんを殺害し、その死体を隠した人物だと思われます。暗闇だというのに動きが敏捷《びんしょう》で、どうやら洞内の地理にも明るいようでした。きっと僕が発見する以前から鍾乳洞の中を行き来ていたのでしょう」

「三津木先生。話を聞いていると、その人物に心当たりがあるような言い方だが」

麦原の質問に三津木は一瞬振り返る。

「ええ、その人物は今この大広間にいます」

部屋の空気が張り詰めたのが分かった。三津木は鴇川の家族に向き直って言葉を続ける。

「その人物と格闘になった時、僕は明かり代わりの灯明台を持っていました。その端が犯人の腕に当たったんです。もちろん致命傷になるような深い傷にはならなかったのでしょうけど、犯人はそれで戦意を失《な》くしてくれたのか逃げていきました。僕は難を逃れて外に出てきたのですが、腕に新しい傷をこしらえていた人物は一人しかいませんでした。そう、君です」

全員の目が公一郎の絆創膏《ばんそうこう》だらけの腕に注がれる。

当の公一郎はまじまじと自分の腕を見つめている。

「嫌だな、三津木先生。これはさっき坂道から転落した際、灌木で切った痕ですよ。レインコートがぼろぼろになっていたのは先生も見たじゃないですか」

「格闘した時の傷を誤魔化すための偽装工作だよ。それにレインコートの上から傷をつければ深手にならない」

「証拠がないですよね」

隠し玉を出す時がきた。三津木は持参した荷物を皆の面前に出す。風呂敷を剝ぎ取ると、中から現れたのは灯明台だった。

「格闘時に僕が握っていた現物です。公一郎くんの腕に残っている傷のどれかは灯明台の柄と一致するはずだ。灯明台の方にも君の血液が付着していたら立派な証拠物件になる」

公一郎は三津木ではなく、灯明台を睨《にら》み続けている。もし衆人環視の中でなければ力ずくで奪いかねない顔つきだった。

「公一郎くんは以前から鍾乳洞の存在も、拝殿にある出入口も知っていました。きっとこんな経緯だったと思います。深雪夫人の亡骸を確認するため、鴇川家の皆さんが神社に赴いた際、公一郎くんは範次郎さんに絶好の隠れ場所があることを教えたのです。その時の範次郎さんは匠太郎さん殺害の疑いをかけられて島民と顔を合わせるのを避けていましたからね。ほとぼりが冷めるまで身を隠しておくのはいい考えでした。もちろん、地下に眠る鍾乳洞にも興味をそそられたに違いありません。公一郎くんは皆が帰り支度をし始めると範次郎さんとともに拝殿に取って返し、鍾乳洞への石段に範次郎さんを誘うと、背後から突き落とした。彼の死亡を確認すると出入口を閉じ、何食わぬ顔をして家族に合流したのです」

「三津木先生はまるで見てきたかのように説明するが」

口を挟んだのは宮司だった。

「公一郎が範次郎を殺したのは匠太郎殺しの復讐《ふくしゅう》だったのかね」

「違うと思います。匠太郎さんを殺された恨みというのなら、深雪夫人を殺害した動機が説明できませんから」

「公一郎が深雪夫人を殺したという証拠はあるのか」

「公一郎くんを見てください。腕だけではなく手の甲にも絆創膏を貼っていますよね。あれは多分、深雪夫人を絞殺した際、凶器の紐《ひも》で擦りむいたからです」

「それこそ当てずっぽうじゃないか」

宮司はひ孫の潔白を信じたいのか、三津木に食ってかかる。確かに想像の域を出ないが、信憑性も皆無ではない。

「当てずっぽうと言われればそれまでですが、警察官が三人だけで検視官や鑑識係の情報が得られない中で推論を組み立てるのだから、多少なりとも想像が入るのは仕方ありません」

普段であれば三津木も不用意に憶測じみた推理をひけらかしはしない。しかしジンさんの推理なら信用できる。加えて、憶測じみていようともこの場で犯人を指摘しなければならない理由もある。

「ただ想像だとしても、深雪夫人の頸部《けいぶ》に残った紐状の痕と公一郎くんの手の甲に刻まれた痕が一致すれば、やはりそれも雄弁な証拠物件となり得ます」

「公一郎。何か反論はないのかっ」

宮司の詰問にも、公一郎は己の手を忌々しそうに見つめるだけだ。虚勢を張ったり下手な言い訳をしたりしないのは、なるほど公一郎らしかった。

すると納得いかない様子で麦原が口を挟んできた。

「じゃあ三津木先生は、匠太郎氏殺しも公一郎くんの仕業だと言うんですか」

「いえ、匠太郎さんを殺したのは公一郎くんではありません。何と言っても匠太郎さんは公一郎くんの父親ですからね。自ら手を下すのは抵抗があると思います」

「だったら、いったい誰が匠太郎氏を殺害できたんですか。継承の儀の最中、参加者は一カ所に集められていた。一時間毎《ごと》に一人ずつ祈禱《きとう》所に赴き、匠太郎氏がオラショを唱え続けているのを確認し、宮司の番になる前に匠太郎氏の声が途切れた。つまりは参加者が互いにアリバイを証明していたことになる」

「確かに一人ずつ祈禱所を見回りに行きました。匠太郎さんの声も聞いています。しかし皆さんが確認したのは声だけで、誰も匠太郎さんが生きているのを見た訳ではないでしょう」

麦原は片方の眉をぴくりと上げた。

「……偽装だったのか」

「ええ。ついでに言えば、廊下に落ちていた守護矢の弓も偽装でした。矢に射貫《いぬ》かれた死体と弓があれば、弓から放たれた矢で殺害されたように見えますからね。しかしあの距離から祈禱所の換気口を貫通させるのは普通の人間には困難です。守護矢を使い慣れている人もいませんしね。あの時、犯人は矢を握って、直接匠太郎さんを刺し貫いたんです。地面に下りて祈禱所に近づき、換気口から匠太郎さんに向かって声をかける。中にいた匠太郎さんは何事かと通気口に近づきます。そこをすかさず矢で一気に刺す。匠太郎さんは刺さった矢ごと祈禱所の中で倒れるという寸法です。しかも殺害時に残った足跡も、死体発見時に皆さんが一斉に地面に下り立ったため、紛れてしまいました」

「なるほど守護矢による殺害方法に関しては三津木先生の推理が現実的でしょう。しかし匠太郎氏の祝詞が死体発見直前まで続いていた件はどう説明するんですか」

「あれは録音でした」

三津木が視線を投げると、その人物は今にも舌打ちしそうな唇になった。

「事前に匠太郎さんの詠むオラショの一番から十四番までを録音し、匠太郎さんを殺害した直後に祈禱所の裏から流し続けていたのですよ。匠太郎さんの声が途切れたのも、予《あらかじ》め再生時間を設定していたのでしょう」

「しかし、オラショの一番から十四番までは結構な長さだと聞いていますよ。犯人はそんな長い祝詞をどのタイミングで録音したんですか」

「宮司が仰《おつしや》ったのですよ。『若いのに感心で、匠太郎がオラショの練習をしている時にも傍らでじっと聞いていた。あれは行平さんの教育の賜物《たまもの》だろう』と。その際、彼女はスマホのボイスレコーダー機能を使って、密《ひそ》かに録音していたんです。そうですよね、雛乃ちゃん」

皆の目が今度は雛乃に集中する。雛乃も公一郎と同様に畳に視線を落としている。ジンさんの推理が全くの的外れなら反論するはずだから、この沈黙は肯定と見ていいだろう。

「雛乃ちゃんが単独で祈禱所に赴いたのは一度きり。つまり最初に見回りに行った時、殺人と偽装が行われました」

宮司が低い声で呻いた。

「では、匠太郎が殺されたというのに、皆はそれを知らぬまま見回りを済ませていたというのか」

「最初に見回りに行った時点で殺されているなんて、なかなか思えませんから盲点でもあったんです。継承の儀の最中は何人たりとも修行者に接触しない。その決まりを利用した大胆な手口でした。偽装に使用したスマホは皆が庭に下りたどさくさに紛れて回収したのでしょう。あの時、雛乃ちゃんは祈禱所の裏側に回っていました。スマホを祈禱所の裏側に仕込んでいたからでしょうけど、冷静に考えてみれば不自然な行動でした。でも死体発見の時点では全員が恐慌状態だったので、不審に思う余裕もなかったんです。ああそれから、弓もどこかに隠してあったのを、皆が死体発見で我を忘れている時にさりげなく廊下に置いたのだと思います」

「しかし何故」

佐倉組合長は雛乃を睨みながら声を上げる。

「公一郎が深雪と範次郎を、雛乃が匠太郎を殺した手順は三津木先生の言った通りだとして、どうして二人がお互いの家族を殺し合わなきゃならないんだ。まさか遺産目当てか」

「もちろん遺産目当てというのは否定できません。しかし二人ともまだ十四歳です。遺産目当てで自分たち以外の相続人を亡き者にするのは、動機としてはいささか即物的に過ぎると思うんです。十四歳って、ほら、ロマンチックな年頃じゃないですか」

「ロマンチックって、まさか」

「ええ、『ロミオとジュリエット』ですよ。公一郎くんと雛乃ちゃんはお互い惹《ひ》かれ合っているのに、両家は憎しみ合って交際するのも許してくれない。二人の恋を成就させるためには、お互いの家族を黙らせるより他にない」

馬鹿な、と宮司が否定する。

「いくら何でも、たかが色恋沙汰なんかのために」

「しかし匠太郎さんと範次郎さんも、その色恋沙汰で反目していたじゃありませんか」

そう指摘されると宮司は黙り込んでしまった。佐倉組合長は納得ができないといった様子で雛乃の肩を激しく揺さぶる。

「雛乃、何とか言え。本当にそんな理由で匠太郎を殺したのか」

続いて須磨子も公一郎の背中を叩く。

「あんたも何か言いなさいっ。このままだとあんたも犯人にされちゃうのよっ」

すると雛乃がゆっくりと顔を上げて三津木を睨んだ。

「とぼけた顔してるのに、案外冴《さ》えてたんだね」

事実上の告白のようなものだった。

「どうせわたしのスマホも証拠になるんでしょ」

「録音内容を削除しても復元は可能らしいからね」

「どの証拠も全部後付けなのに、よくこの段階でわたしたちを犯人だなんて指摘できたよね。そんな度胸がある人にも見えなかったけど」

三津木は答えなかったが、無論それにも理由がある。二人の犯行動機は交際に異を唱える者たちの抹殺だ。従って次の標的は須磨子になるはずだった。二人がこれ以上犯行を重ねないようにするには、証拠不十分であっても彼らの身柄を監視下に置くしかない。普段のジンさんなら決して選択しない手段だが、緊急時ではやむを得なかったのだ。

鴇川家の大人たちは今度こそ黙り込んでしまった。いくら公一郎と雛乃が殊勝にしていても、犯した行為はあまりに短絡的で非道だった。

しかしジンさんはこうも言っていた。

『二人とも十四歳で少年法の対象だからな。家裁に送られて審判に付されるか、それとも刑事処分相当として検察に逆送致されるか。どちらにしても鴇川家の尋常ならざる家庭環境は、二人にとって有利な要因になる。憎しみ合う家庭がひとつ屋根の下で同居していて、子どもにいい影響があるはずがない。俺が弁護士の立場なら、間違いなくそう主張する』

ジンさんの見立てがどうであれ、これで公一郎と雛乃、延《ひ》いては鴇川家が世間の晒《さら》しものになるのは避けられない。それを知ってか彼らの上には陰鬱な空気が伸し掛かっている。

ふと公一郎がこちらに向き直った。

「刑事さん。俺たちに手錠嵌《は》めなくていいんですか」

「手錠というのはな、逃亡の惧れがある容疑者にするもんだ」

麦原はひどく面倒臭そうだった。

「この雨と時化だ。どんなに頑張っても島から外には出られないだろう」

既に二人には目に見えない足枷《あしかせ》が嵌まっている。皮肉にも麦原の放った言葉は、公一郎と雛乃を巡る現実を喝破していた。果たして鴇川家の大人たちは麦原ほど現実を理解していたのかどうか怪しいものだ。

重い空気が立ち込める中、玄関先でピリリと小さく尖《とが》った音がした。停電時のアナログ電話が受電を告げる音だ。

今や鴇川家で自由に行動できるのは須磨子しかいない。いかにも未練たっぷりという体で大広間から出ていった須磨子は、数分後、更に青ざめた顔で戻ってきた。

「お祖父《じい》ちゃん」

「どうした、須磨子」

「ご近所からの電話……神社の建っていた高台が、たった今土砂崩れを起こしたって」

電気に触れたように宮司が背筋を仰《の》け反らせる。

「じ、神社はどうなった」

「暗がりではっきりしないけどほぼ全壊だろうって」

宮司はかっと目を見開くと、ゆっくり後ろに倒れていった。

5

南九州一帯を襲った大型台風は翌未明には平戸を通過していった。台風の残した爪痕は大きく、取り分け仁銘神社は壊滅的な痛手をこうむった。朝日が昇って被害状況が明らかになると、島民たちはその惨状に改めて言葉を失った。

島の象徴であり、隠れキリシタンの拠《よ》り所《どころ》であった神社はもはや見る影もなかった。高台の半分以上が崩落したため、神社は基礎部分から崩れ、流され、押し潰されていた。土砂から覗いているのは屋根瓦と一部の壁のみで、大方は土中に封じ込められていた。到底復元できる状態ではなく、別の場所に新築するより他、仁銘神社が復活する見込みはない。

ただの丘に変貌した神社跡を前に、三津木は嫌というほど無常観を味わう。

拝殿にあった鍾乳洞への石段はどこにあるのかさえ分からなかった。天井が高い分だけ崩落すれば土砂に埋まる。神社の残骸を撤去するだけでいったい何台の起重機を必要とするのか、見当をつけることすら億劫だった。当然ながら仁銘島の経済力では復興予算は捻出困難であり、義援金や国からの補助を得たとしても鍾乳洞への扉を開くには相当な月日を費やすものと想像できる。

「あんたの話が本当だとしたら、集まった復興予算の全額を注ぎ込んでても掘り返さなきゃなるまい」

三津木の横に立っていた佐倉組合長は悲愴《ひそう》な面持ちだった。

「肝心の円哉は寝込んじまうわ、須磨子さんは須磨子さんで対応に追われるわで二人とも使い物にならん」

「鴇川家の遺産分割協議も、いったんはペンディングですよ」

反対側に立つ馬喰弁護士は気落ちした様子だった。

「遺産相続人が相次いで死亡、もしくは刑事被告人になるかもしれない。結果的には須磨子さんだけが一人勝ちのような印象を受けるが、彼女が行平氏の遺産を独り占めできる訳じゃない。そもそも彼女は得られるものより失ったものの方が大きいんじゃないのか」

佐倉組合長は深く嘆息する。それが馬喰への返事だった。

いずれにしても須磨子一人では鴇川家は滅ぶ。後継者を失くした仁銘神社も滅ぶ。公一郎と雛乃はたった二人で鴇川家と仁銘神社を滅ぼしたことになる。大したものだと、三津木は今更ながら感心する。

一つ気掛かりなのは、深雪夫人と範次郎の死体が未《いま》だに発見されないことだ。本島の消防団も応援に駆けつけて捜索を続けているものの、未だ肉体の一部も発見できずにいる。消防団は、相当深いところに埋まっているかもしれないと言う。三津木は二人の遺体が早期に発見されるのを願う一方で、母子が同じ場所で眠っているのはせめてもの救いだと勝手なことを考える。

「それにしても三津木先生。あんた、大活躍だったな」

佐倉組合長はさも感心したように三津木を持ち上げる。

「難事件を解決したばかりか、鍾乳洞と隠れキリシタンの財宝を発見してくれた。島がこんな有様じゃなかったら、島民挙げて祝いたいくらいだ。死んだ行平や円哉に代わって礼を言う。本当にありがとう」

「いや、僕のしたことなんて全然大したことじゃないんで」

他人には謙遜に聞こえるだろうが、これは紛れもない本音だった。一連の推理と本人たちを自供に追い込む手順を指示したのはジンさんなので、称賛されても気恥ずかしさが募るばかりだ。

唯一、三津木の手柄と言えば地盤崩落前の鍾乳洞を撮影できたことくらいか。公一郎と雛乃と別れる寸前、せめてもの慰めにとスマートフォンに保存してあった画像を見せてやると、二人は気まずそうな顔をしていた。おそらく二人にとって他人には暴かれたくない聖域だったのだろう。

「じゃあ、そろそろ僕はおいとましますす」

今回の被災で島内の不動産価値は大きく目減りした。再鑑定するには後始末を待たねばならず、そもそも遺産分割協議が当分保留になった今、三津木が島に滞在する理由もまた消滅した。弥生からも早く帰京しろと矢のような催促がきている。

「お世話になりました」

佐倉組合長と馬喰弁護士に一礼すると、三津木は踵《きびす》を返して港に向かう。

折からの微風を受け、少しだけ晴れがましい気分だった。

＊

本島に向かう臨時便は警察官で満杯だった。三人を殺害したのが十四歳の従兄妹《いとこ》同士というのは相当に重大な事件なのだろうと、公一郎は他人事《ひとごと》のように捉えている。

「中学生二人にお巡りさんが十二人って。何か大袈裟《おおげさ》過ぎる」

隣に座る雛乃も過度の警備に呆れているようだった。

「第一、船の上からどうやって逃げるっていうのよ」

「声が大きいって。もうちょいボリューム絞れよ」

「わたしたち、これからどうなるのかな」

「三津木先生が言ってたじゃないか。十四歳だから少年法の適用を受けて家裁送りになる。そっから保護処分になるか検察に逆送致されるかは、馬喰先生の頑張りと家裁の判断によるって」

「三津木先生の言葉、どこまで信用してるの」

「正直、俺も眉唾だよ」

「でしょでしょ。スマホでオラショを再生したトリックや公ちゃんの怪我が偽装なのを気づいたのはスゴいと思ったけど、鍾乳洞とか黄金のマリア様とか何あれ。わたし、必死に口閉じてた。開けたら口が塞がらなそうだったから」

開いた口が塞がらないのは公一郎も同様だった。二ツ池の底が洞窟に繋がっているのは以前から知っている。遊びで雛乃と池に潜っている時、偶然に発見したのだ。自分たち以外には誰も知らない秘密の場所。気兼ねなく性行為に及べる、二人には絶好の場所だった。

「二年前から何度も洞窟に入った。二人で探検もした。だけどあそこは石筍一本も見当たらない、ただの洞窟だぞ。しかもマリア様を祀った祭壇だって。そんなもの、どこにもないよ。もし鍾乳洞や財宝があるなら、見つかるかもしれないのに誰が潜水用具なんか貸すもんか。法蔵地の曽祖父《ひいじい》ちゃんや佐倉組合長は目の色変えてたけど、あれが根も葉もないデタラメだと知ったら腰抜かすぞ」

「あの人ちょっと、どころかとんでもなく変。だってあるはずのないものを、あんな事細かに生き生きと説明していたのよ。得意げにスマホで撮った画像を見せてくれたけど、真っ暗で何も写っていなかった」

「変なのはそれだけじゃない。ある晩さ、廊下で三津木先生が誰かと話しているのを聞いたんだよ。で、こそっと盗み見したらさ、あの人独り言呟いているだけだったんだよ。要は一人でボケとツッコミやってんの」

「何それ、怖い」

「見ていた俺の方がよっぽど怖かったんだって」

寒くもないのに、公一郎の背中に悪寒が走る。

交際を認めてもらえないという理由で、邪魔な親たちを殺そうと計画した自分たちは確かにおかしいかもしれない。だが他人に見えないものが見えたり一人漫才をしたりするヤツよりは、ずっとまともではないか。

「結局、一番アブないのはあの先生だったのかもな」

「異議なし」

やがて二人の視界に平戸港が入ってきた。

『人面島』
発売記念特別対談

中山七里
谷原章介

ミステリーが炙りだす「善と悪」

この対談は「STORY BOX」2022年4月号に掲載されたものを
加筆・改稿したものです。

中山七里　ごぶさたしています。お目にかかるのは五年ぶりぐらい？　「ＷＢ」（「早稲田文学」のフリーペーパー）の対談以来でしょうか。

谷原章介　そうなりますか。あ、その後に「王様のブランチ」でお会いしています。

中山　そうでした、そうでした。コロナ禍で、テレビの現場は大変なのではないですか？

谷原　今回、オミクロン株が流行して、デルタ株の時よりも、現場の撮影が止まっているような気がしますね。

中山　それに比べると、物書きというのはナチュラルボーン・リモートワークですから。この二年間で、新型コロナに感染した同業者、私は一人しか知りません。でも、この間新人賞の選評で、これだけコロナが日常になったんだから、そういう設定にしないとエンターテインメントとしておかしい、と書いてあるのを読んだんです。単なる舞台設定にすると軽くなってしまうし、メインテーマにするのも難しい。己の創作態度やテクニックを問われる怖い状況だなって思いました。

谷原　時代を反映するという意味では、たしかにこのコロナ禍での日常というのは、描かれてもいいかもしれないですね。

ぼくが仕事を始めたころは携帯電話がまだなかったんです。途中から携帯が出てきて、待ち合わせは簡単にできてしまうし、連絡もすぐついちゃう。携帯が出てきた影響で、ストーリーも大きく変わりました。

中山　携帯電話はぼくら作家も頭が痛いんですよ。スマートフォンとグーグルがある状況では、本当にミステリーがつくりにくい。

谷原　お察しします。『人面瘡探偵』の続篇『人面島』でも、いかに携帯が使えなくなるかに、工夫を凝らしておられますよね。

中山　携帯電話の電波が届かない状況を設定しないと、横溝正史的な世界にならないので苦労しました。

タイトルだけで読者をつかむ小説

——谷原さんご自身、金田一耕助シリーズのドラマにも出演経験がおありです。元祖横溝作品と比べていかがでしたか。

谷原　ぼくが比べるなんておこがましいですが、一作目も二作目も、七里さんが生き生きと、ご自身がお好きなことをやっておられるな、と思いながら拝読しました。こういう世界観の作品がもともとお好きなんですよね。

中山　嫌いじゃない……、というかまあ、大好きです。

もともとのオファーは、「とにかく面白いものを書いてくれ」とだけ言われたんですよ。そのとき思い出したのが、かつて「漫画アクション」の編集長が言った、「いろんな漫画を連載したけど、一本だけ、タイトルだけ見て連載を決めた作品がある」という話です。タイトルだけで、登場人物のキャラクターからストーリーまで全部わかる。それが『ルパン三世』なんです。

谷原 ああ。なるほど。

中山 その話が頭にあったので、タイトルだけで企画が通る話ってなんだろうと考えて、「そうだ、『人面瘡探偵』はどうだろう」。題名が浮かんだ三十分後にはストーリーも全部できあがって、すぐ編集者に電話して、「『人面瘡探偵』って、どうです？」。その場で連載が決まりました。

――探偵役にあたるのが相続鑑定士の三津木六兵。六兵の右肩には人面瘡の「ジンさん」が寄生していて、頭脳明晰で毒舌のジンさんと、お人好しで世間知らずの六兵が、漫才コンビ顔負けのテンポのよい会話をかわしながら殺人事件の謎に迫ります。

谷原 人面瘡が事件の謎を解くなんて着想の原点はどこにあったんですか？

中山 それはやっぱり、令和の時代に横溝正史的世界を書こう、ということです。

谷原　それまでに、編集の方と「横溝的なものを令和にやりたいね」という話があったとか。

中山　まったくなかったです。人面瘡を登場させたら一気におどろおどろしくなるので、令和の横溝正史になるな、って。タイトルから、みなさんだいたいこういう期待をしてくれるだろうなという予想はつきますよね。家父長制度や男尊女卑がいまだに根強く残っている、余所者《よそもの》に排他的な架空の地域を設定すれば、横溝的世界が書けるだろうと考えました。

予想を超えたどんでん返し

谷原　ぼくの最初の印象では、人面瘡というと、もちろん横溝作品的ですけど、どうしても妖怪や魑魅魍魎《ちみもうりょう》のたぐい、京極夏彦氏の作品や、江戸川乱歩の『怪人二十面相』を連想するんです。ところが、第一作の『人面瘡探偵』を読ませていただいたとき、最後の最後、オーラスの大どんでん返しで七里さんの世界観がバシッと決まって、そうかそうか、これはあやかしの世界ではないんだ、と。これから読む人のためにここで詳しくは言えませんが、三津木六兵という主人公の人物造形の奥深さに気づいて、すごく怖かったです。

中山　最後のページまで、延々と主人公の目線で話が続くんですけれども、最後の最後の一ページで他人の目が入ると話が逆転する。こういう形のどんでん返しもいいだろうと思ったんですよ。

谷原　「どんでん返しの帝王」と言われる七里さんだから、事件の謎解きのどんでん返しかと思いきや、謎解き後のどんでん返しが来た。

中山　そこは犯人捜し以上に力を入れたところです（笑）。

谷原　相続鑑定士というのも架空の仕事なのかと思って調べたら、実際にある民間資格なんですね。

中山　そうなんです。この仕事であれば、遺産相続のときにどこにでももぐりこめますから。でないと、一般市民が殺人事件に首を突っ込む理由がないんです。金田一さんみたいな探偵役を持ってくる手がないわけじゃないですけど、今の時代だと現実味がなくなってしまいますから。

――二作目の『人面島』では、遺産相続鑑定の依頼を受け六兵が出向いた長崎県の、隠れキリシタンの島である仁銘島の旧家で連続殺人が起こります。谷原さんはどこに注目されましたか?

谷原　六兵と、ジンさんの関係性が興味深かったですね。ジンさんから「ヒョーロク」と呼ばれる六兵は、善意の塊。ジンさんはそんな六兵を叱咤しつつ見守り、テキパキと指示する。実にバランスよく、ともに歩んでいく存在なのかと思っていたら、『人面瘡探偵』で血で血を洗う殺人事件が起きたとき、ジンさんが『俺の趣味にぴったりだ。好きなんだよ、こういう横溝的展開』と言うじゃないですか。あれにはゾクッとしました。ジンさんは、ただ口が悪いだけで、六兵と同じ善の側のキャラクターかと思いきや、こんな悪意を抱えているんだなって。

あのせりふを読んだとき、六兵の過去がふわっと香る気がしたんです。ああ、この人は抑圧された過去を背負っているのかもしれないと、より一層、ストーリーに引き込まれました。もし六兵のキャラクターが、ジンさんの部分も含めて完成するとすれば、本質の部分では深い陰がある人なんだな、と思いました。

中山　六兵というのは、まごうかたなき現代人です。今の人って、集団で人と接しているときはすごくいい顔をするじゃないですか。そのくせ、裏に回るとSNSに捨てアカでひどい書き込みをしたりする。六兵も、表面を取り繕っているぶん、闇が深いんだと思います。

谷原　その闇の深さが、『人面島』でも最後のどんでん返しの部分を鮮やかに際立たせていますね。

本格ミステリーは得意ではない!?

中山　実は六兵は、ミステリーで言うところの「信用できない語り手」ですからね。どうせ信用できないなら、とことん信用できなくしてやろう、って思っています。

谷原　でも、謎解きの部分に関しては、ジンさんの働きもあって、すごく信用できるんですよね。的確に事態を把握して鮮やかに謎を解いていく。このアンバランスさが魅力的です。

中山　薄氷を踏むような書き方になるんですけどね。ミステリーとしては、ぜんぜん正統派じゃない。十数年、ミステリーを書いてきて、ぼくは本格ミステリーがそれほど得意じゃないってわかったんです。

谷原　えええええ？　そんなことないでしょう。

中山　いや、そうなんです。だから、社会的なテーマを盛り込み、トリックに寄りかかりすぎないミステリーを書いてきたという思いがあります。

谷原　もう一つ、ぼくがゾクッとしたのは、「土地には人を縛る力がある」という、これも登場人物のせりふです。ぼくも若いころは海外に飛び出したい思いがあったけど、今年五十歳になり、仕事をして子どもを育てていて、今いる場所から出て行こうとは思えない。おまえはもう逃げられないんだ、って言われたみたいでした。

中山　人間関係が濃密であればあるほど、逃げられなくなるんですよね。

谷原　プレッシャーを与えるようですけど、この先、六兵とジンさんの関係がどうなるのか気になります。六兵の過去には何があって彼がジンさんと別れる瞬間を見ることはあるんだろうか。過去の話には、六兵が勤める相続鑑定事務所の所長、弥生さんがからんでくる気もします。

中山　六兵がなぜ人面瘡を宿すようになったか。バックグラウンドは一応、考えてあるんですよ。第三弾を書く気になったら、そのあたりに触れるかもしれません。

ぼくのこの先の楽しみは、いつか自分の作品の映像化に谷原さんにかかわっていただきたいということです。ぼくはいつも、頭の中に浮かんでいる原稿用紙の文字をダウンロードするように書くんですけど、唯一、谷原さんの映像を思い浮かべて当て書きしたのが、『総理にされた男』の加納慎策ですからね。

谷原　それは光栄です。機会があればぜひ。こちらこそよろしくお願いします。

聞き手・構成／佐久間文子　写真／五十嵐美弥

谷原章介（たにはら・しょうすけ）
1995年映画『花より男子』道明寺司役で俳優デビュー。以後ドラマ、映画、舞台、CMなど多数出演。近年は「パネルクイズ アタック25」「うたコン」の司会やナレーションなど幅広く活躍。2021年3月末よりニュース情報番組「めざまし8」のメインキャスターを務める。

谷原章介ヘアメイク：川端富生／スタイリスト：小野塚雅之

※この作品はフィクションであり、登場する人物・団体・事件等は、すべて架空のものです。

本書のプロフィール

本書は、二〇二二年三月に単行本として小学館より刊行された作品を加筆改稿し文庫化したものです。

小学館文庫

人面島《じんめんとう》

著者　中山七里《なかやましちり》

二〇二四年十二月十一日　初版第一刷発行
二〇二五年二月三日　第二刷発行

発行人　庄野　樹
発行所　株式会社　小学館
〒一〇一-八〇〇一
東京都千代田区一ツ橋二-三-一
電話　編集〇三-三二三〇-五九五九
販売〇三-五二八一-三五五五
印刷所――TOPPAN株式会社

この文庫の詳しい内容はインターネットで24時間ご覧になれます。
小学館公式ホームページ　https://www.shogakukan.co.jp

ISBN978-4-09-407411-6